The 3rd Principle

제3원칙

ⓒ 오인경, 2026

초판 1쇄 발행 2026년 2월 25일

지은이　　오인경
펴낸이　　이기봉
편집　　　좋은땅 편집팀
펴낸곳　　도서출판 좋은땅
주소　　　서울특별시 마포구 양화로12길 26 지월드빌딩 (서교동 395-7)
전화　　　02)374-8616~7
팩스　　　02)374-8614
이메일　　gworldbook@naver.com
홈페이지　www.g-world.co.kr

ISBN　979-11-388-5516-7 (03810)

휴머노이드 **로봇**
시대의 **감정**과
생각을 다룬
공상 심리 소설

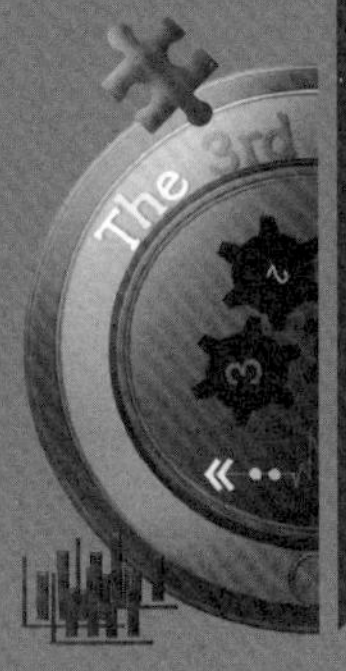

제3원칙

오인경 장편소설

"당신은 인간입니까, 로봇입니까?"

인간과 똑 닮은 휴머노이드 로봇과
함께 살아가야 하는 미래

좋은땅

목 차

2050년_현재

2044년_로봇차별금지법 시행 1년 전

2047년_로봇차별금지법 시행 2년 후

2050년_다시 현재

1부

2050년_현재

학교

"어린이 여러분! 수업 시작할게요. 각자 제자리에!"

담임 선생님이 큰소리로 외치자 떠들썩하던 아이들은 자기 자리로 돌아가 앉기 시작했다.

"여러분, 오늘은 특별활동으로 아주 귀한 분을 모셨어요. 수업 제목은 '나의 꿈 찾기'인데, 강의해 주실 분은 제니 강사님이에요. 힘찬 인사와 박수로 환영해 주세요."

"안녕하세요!"

아이들의 씩씩한 인사와 함께 담임은 말을 이어 갔다.

"여러분의 부모님들도 오늘 수업에 관심이 높아서 함께하셨어요. 그리고 우리 친구들이 공부하는 걸 뒤에서 지켜보실 거예요. 그럼 이 시간에 친구들은 어떻게 해야겠나요?"

"장난치지 말고 열중해서 들어야 해요!"

"네, 맞아요. 지금부터 제니 선생님 말씀 잘 듣고 열심히 해 보기로 해요."

"네!"

학부모들은 교실 뒤에 서서 아이들의 뒷모습을 흐뭇하게 바라보고 있었다. 한 아이가 머리를 뒤로 돌려 엄마가 자기를 보고 있는지를 확인했다. 자기만을 위해 지금 여기 와 있다는 것 자체가 사랑으로 느껴졌다. 엄마와 눈이 마주치자 씩 웃고는 고개를 돌려 수업에 집중하기 시작했다. 사랑받는 느낌이 아이의 심장에 뭉클 들어와

앉아 공부를 도왔다. 아이에게 엄마는 또 하나의 자신이자, 안전이
자 권력이자 식량이었다.

　수업이 어느 정도 진행되었을 때 한 아빠가 누구에게랄 것도 없
이 중얼거렸다.
　"뉴스에서 보던 대로 제니 강사님 인상이 참 좋으시네요. 인간 강
사님일까요?"
　그 아빠는 강사가 인간인지 아니면 휴머노이드 로봇인지가 무척
궁금했던 모양이었다. 옆에서 그 말을 들은 한 엄마는 무슨 그런 실
례의 질문을 하느냐는 듯이 남자를 흘겨보았다. 머쓱한 분위기를
막으려고 얼른 다른 엄마가 상냥하게 끼어들었다.
　"후후…, 아직도 그런 질문을 하는 분이 계시네요. 로봇이든 인간
이든 잘 가르치는 분이 좋은 강사님 아닐까요?"
　"아! 그건 그래요. 하하하."
　남자는 자신이 로봇에 대해 차별적인 의식을 가진 '인간 우월주
의자'란 것이 남들에게 드러난 것 같아, 부끄러운 듯 뒷머리를 긁으
며 낮게 헛웃음을 웃었다.
　부모들의 잡담에 제니 강사는 부드러운 미소로 조용히 해 달라는
눈짓을 보냈다. 부모들과 아이들은 다시 수업에 집중했다. 제니는
아이들을 다독여 가며 설명과 질문과 칭찬을 능숙하게 소화해 냈다.

로일

　정확히 아침 8시에 맞춰 인공지능 스피커, 요니는 밥 말리의 노래로 로일의 잠을 깨웠다. 늘어지는 듯하면서도 엇박자를 타는 듯한 레게 리듬에 눈꺼풀을 힘겹게 들어 올렸다. 맥박처럼 툭툭 튀는 정박자의 음악보다, 레게가 잠을 깨우기에는 그만이었다. 밝은 햇살이 연푸른색 레이스 커튼을 뚫고 눈동자를 쓰다듬었다. 로일이 눈을 뜬 것을 센서로 감지한 요니가 말을 건넸다.

　"안녕히 주무셨어요? 좋은 아침이에요. 지금 밖의 기온은 영상 15도이고, 로일님이 좋아하는 약간의 바람이 부는 맑은 날입니다. 미세먼지는 좋음입니다."

　"고마워, 요니. 아! 잘 잤다."

　눈을 반쯤 뜨고 기지개를 켜며 로일은 다정하게 응답했다.

　"요니, 음악 소리 좀 올려 줘."

　요니는 드럼의 파동으로 온 침실이 꽉 찰 정도로 볼륨을 올려 주었다. 감정을 쥐어짰다가 뿌리는 듯한 밥 말리의 목소리가 특히 좋았다. 이불을 걷고 일어나 둠칫둠칫 리듬을 타면서 욕실로 걸어갔다. 침실과 연결된 욕실 문이 자동으로 열리며 전등이 켜졌다. 인공지능 샤워기 앞에 서서 지시했다.

　"샤워 시작."

　로일이 좋아하는 온도와 세기의 물이 자동으로 몸에 분사됐다.

　"조금만 온도를 내려 줘."

약간 차가워진 물이 얼굴에 흐르자 잠이 확 깨었다. 장미 향의 바디워시를 부드럽게 뿜으며 샤워기에서 질문이 흘러나왔다.

"전동 마사지 기능을 켤까요?"

"아니, 오늘은 곧 출근해야 하니까 이따 자기 전에 부탁할게."

"네. 알겠습니다."

샤워를 마치고 샤워부스를 나오자 새하얀 목욕 수건을 걸친 자동 타올 걸이가 로일 쪽으로 회전하더니 손 높이에 맞춰 떨궈 주었다. 장미 향이 나는 수건으로 물기를 닦으니 제니의 향기가 얼핏 연상되었다.

'제니가 어제 학교 강의는 잘했으려나?'

궁금해하며 자동 서랍이 내주는 옅은 보라색 속옷을 챙겨 입었다. 로일은 보라색을 좋아했다. 행운을 갖다줄 것 같은 기분이 들어서였다. 요즘 회사 일이 복잡해서 행운의 색깔에라도 기대고 싶었다. 옷을 입기 전에 자신의 전신 모습을 거울로 살펴봤다. 철저한 자기관리 덕을 톡톡히 보고 있는 육체였다. 운동으로 잘 다져진 구릿빛 어깨와 팔 근육에 힘을 줘 봤다.

만족스러운 표정을 지으며 욕실을 나와 왼쪽의 드레스룸으로 들어갔다. 드레스룸에는 고급 원목 붙박이장이 양쪽으로 길게 늘어서 있었다. 스마트 거울이 달린 옷장 앞에 서자, 거울은 연회색 후드티 그리고 허벅지 부분이 맵시 있게 탈색된 청바지를 입은 로일의 모습을 가상 현실로 보여 줬다. 거울에 달린 스피커가 물었다.

"오늘은 외부 미팅이 없어서 편한 옷을 준비했습니다. 마음에 드십니까?"

"오케이. 괜찮은데?"

옷마다 사물인터넷(IOT)이 달려 있기 때문에, 자동 센서는 방금 보여 준 옷들을 찾아 자동레일로 스르르 옮기더니 스타일러에 넣었다. 로션을 바르는 동안 스타일러가 초스피드로 말끔히 세탁해 준 옷을 입고 주방으로 발걸음을 옮겼다. 이런 기능을 갖춘 스마트 옷장 덕분에 세탁소는 이미 사라진 업종 중의 하나가 되었다. 청바지가 그의 긴 다리를 더욱 돋보이게 했다. 먼 옛날 미국 서부에서 금을 캤던 광부 노동자들은 자신들이 입었던 청바지가 몇백만 원을 호가할 거라는 걸 상상도 못 했을 것이다.

인공지능 냉장고가 자동구독 서비스로 마트에 주문해 놓았던 사과를 꺼내 자동 세척기에 넣었다. 로일을 센서로 감지한 커피머신은 이미 케냐산 싱글 오리진 원두의 고소하고도 풍미 깊은 향기를 뿜어내고 있었다.

로일은 커피잔을 들고 거실로 걸어가 창밖을 바라봤다. 넓은 거실의 직각 벽면은 온통 창문으로 트여 있었다. 밑으로 보이는 아파트 정원에는 하얀 벚꽃이 흐드러지게 피어있었다. 완연한 봄이었다. 특히 이 시기의 벚꽃잎은 크리스마스 장식용 전구보다 더 촘촘하고 화려한 빛을 내뿜었다. 오른쪽 창문으로는 한강과 동작대교가 보였다. 동작대교와 평행으로 지나가는 4호선 지하철이 햇빛을 받아 반짝이며 막 한강을 건너고 있었다. 눈을 왼쪽으로 돌리면 멀리 관악산이 보였다. 산세가 가팔라 악산 중의 악산이라고는 하지만, 계절이 계절인 만큼 순한 잎을 막 뽑어내기 시작한 연녹색 나무들이 뭉글뭉글 뭉쳐 있어서 폭신한 느낌마저 들었다. 지리적으로 완벽한 배산임수였다. 그래서 이 아파트를 골랐었다. 시대가 바뀌어도 최고의 주거 환경을 갖는 것은 여전히 청장년들의 버킷리스트에서 빠져 본 적이 없었다.

사과와 커피로 간단하게 아침을 대신하고 집을 나섰다. 주차 층을 누르지 않았는데도 자동 센서로 로일을 감지한 엘리베이터는 그를 태우고 지하로 내려갔다. 지하 주차장에 내리자마자 자율주행차가 스르르 다가왔다. 이 차는 로일의 전용차였다. 요즘 대부분은 차를 구매하지 않고 자율주행 공유 택시를 이용했다. 주차장 출입구에 설치된 버튼 하나만 누르면 공유 택시가 3분 이내에 도착하기 때문이었다. 그럼에도 불구하고 부자들은 여전히 전용차를 소유했다. 인간의 역사를 움직여 온 동력 중의 하나는 소유욕일 것이다. 그러나 로일이 전용차를 마련한 이유는 소유욕과는 좀 달랐다.

아무도 보지 않는다는 것, 그것은 인간을 방종으로 유혹하곤 했다. 운전기사가 없는 자율주행 택시는 승객이 탑승하는 동안 은밀한 공간이 된다. 그 공간에서 아이들은 장난으로 몰래 기기를 부수고 달아나기도 했다. 어른들은 술판을 벌이고 깨진 술병이나 찌그러진 맥주캔들을 그대로 놓고 내리기도 했다. 연인들은 블랙박스를 가리고 진한 로맨스를 벌이기도 했다. 공유 택시 관리 회사가 아무리 청소를 잘한다 해도 인간들의 못된 욕구를 당해 낼 수가 없었다. 특히 늦은 밤에 공유 택시를 잘못 탔다가는, 오줌이든 음료수든 정체불명의 액체로 흠뻑 젖은 시트에 앉을지도 몰랐다.

로일은 어떤 승객이 공유 택시의 시트에 장난 삼아 박아 놓은 못에 찔릴 뻔한 이후로 자율주행 전용차를 마련했다. 정부 정책에 따라 집도, 자동차도 '공유'는 무조건 싸고, '전용'은 무조건 비쌌다. 하지만 전용차 값이 아무리 비싸더라도 로일은 다시는 공유 택시를 이용하고 싶진 않았다.

자율 전용차의 내부는 아늑한 영화관 옵션의 인테리어로 꾸몄다. 차에 타자마자 넓은 스크린에 엄마의 얼굴이 나타났다. 엄마가 영상통화 예약을 해 놓았던 모양이었다. 통화 버튼을 눌렀다.

"아들 잘 잤어? 오늘 집에 오는 거 잊지 않았지?"

"예, 엄마. 오늘 등갈비찜이 먹고 싶은데, 해 주실 수 있어요?"

"알았어. 근데 네 머리가 좀 길어 보이는구나."

"그런가요?"

"응. 이따가 집에 오면 내가 좀 다듬어 줄게."

"예. 그럼 7시에 봬요."

엄마의 얼굴이 사라지자, 스크린을 거울로 전환해서 머리를 살펴봤다.

"아직 괜찮은데, 엄마는 참….."

매주 토요일마다 본가에 가서 식사하는 것이 그들의 가족 문화였다. 하지만 이번 주는 사정이 있어서 주중인 오늘 보기로 했던 것이었다.

집에서 회사까지는 15분 정도 걸렸다. 그 사이에 머리를 받침대에 기대 눈을 감고 오늘 할 일을 정리했다. 매일 그 시간이 로일에게는 아주 중요한 시간이었다.

새라

로일의 비서인 새라는 로일이 출근하면 곧장 업무를 시작할 수 있도록 집무실을 정돈하고 있었다. 하늘하늘한 블라우스에 베이지색 저지 바지를 입은 세련된 차림으로 능숙하게 움직였다. 새라는 일도 똑 부러지게 잘할 뿐 아니라 회사 CEO인 로일과 직원들 사이를 부드럽게 연결해 줘서 모든 직원이 아끼는 직원이었다.

로일의 책상 뒤편 벽에는 휴로웍스(HuRoWorks)라는 회사 로고가 그려진 액정 액자가 큼지막하게 걸려 있었다. 휴로웍스는 로일이 만들어 세계로 전파한 신조어로, 휴먼의 '휴', 로봇의 '로', 일한다는 '웍스'를 조합한 신개념이었다. 다시 말해서 인간과 휴머노이드 로봇이 조화를 이뤄 협업하는, 이 시대의 가치관을 담은 말이었다.

37살이란 젊은 나이에 성공 신화를 쓴 CEO와 함께 일하는 것을 새라는 늘 자랑스럽게 생각해 왔다. 창업과 동시에 입사해서 국내외적으로 인정받는 글로벌 컨설팅 회사가 되기까지 CEO를 도우며

8년간 몸담아 왔던 회사에 깊은 애정을 품고 있었다.

새라는 무엇보다도 회사의 설립 목적이 '인간과 로봇 모두 일터에서 차별받지 않고, 평등하게 협업하는 환경을 세상에 선물한다'는 데 끌려서 지원했었다. 신생기업이었지만 여태껏 아무도 시도하지 않았던 일하는 방식을 개척하는 로일의 소명 의식 또한 그녀를 강하게 끌어당겼다. 게다가 로일이 세계적인 대학에서 '인권과 로봇권'을 주제로 박사학위를 취득했으며, 국내에서 로봇권 분야로 진출한 최초의 기업인이라는 점에서 배울 것도 많을 것 같았다. 결정적으로, 입사 면접 때 로일을 직접 만나 보고 나서 인간적인 매력까지 갖춘 그에게 끌려 입사 결심을 굳혔다.

그녀의 기대에 어긋나지 않게 회사는 해가 갈수록 프로젝트와 컨설팅, 교육 주문이 늘어났고, 정부 정책 및 제도 개발에도 크게 이바지했다. 그러한 회사의 성장이 새라의 자존감과 주머니까지도 넉넉히 채워 주었다. 회사는 그녀가 일궈 낸 열매였다.

워낙 미지의 분야를 개척했기 때문에 로일에게 미디어 출연 요청이 많이 들어왔고, 이를 적절히 안배하여 거절하는 것도 새라의 일과 중 하나였다. 성공한 CEO로서 패션잡지의 표지 모델을 한 이후로 로일은 셀럽으로서의 위상까지 갖추게 되었다. 큰 키에 맵시 있는 로일의 외모도 한몫했다. 로일의 취미생활을 올린 SNS는 늘 대중들의 '좋아요'와 댓글들이 넘쳤다. 그를 흠모하는 여성 기자는 취재 평계를 대고 종종 연락을 해 와서 새라를 피곤하게 했다.

로일은 재택근무를 하기도 하지만 1년 전 새 사옥을 마련한 이후로 사무실 근무를 더 좋아했다. 새라도 출근할 때마다 회사 건물을 올려다보며 이 건물의 한 층 정도는 내가 이바지했겠거니 하는 상상을 즐겼다.

로일이 집무실에 도착하기 3분 전, 자율 전용차는 자동 기능으로 비서인 새라에게 커피를 주문했다. 로일이 올라오는 시간에 맞춰 새라는 아이스아메리카노를 준비해 책상에 올려놓았다. 그것은 새라가 로일에게 주는 일종의 심리적 보상이었다. 간혹 출근하기 싫은 날이면 로일은 일하러 가는 게 아니라 새라가 만든 맛있는 커피를 마시러 간다는 상상을 하며 마인드 컨트롤한다는 걸 새라는 잘 알고 있기 때문이었다. 엘리베이터를 내려 걸어오는 로일을 상냥한 인사로 맞았다. 집무실 문이 열리고 모든 사무기기의 전원이 자동으로 켜졌다. 로일은 자리에 앉아 오늘의 두 잔째 커피를 음미했다.

"새라."

잠시 후 인터폰으로 부르는 소리에 새라는 집무실로 들어갔다. 그리고 늘 하던 대로 밤사이에 외국에서 들어온 연락을 전달했다.

"어젯밤 2시에 미국 행정부에서 업무 협조 연락이 왔습니다. 최근에 로봇 직원들의 이상 행동 및 자살이 늘고 있다는데, 이에 대한 자문을 부탁한다고 합니다."

"음…. 쉽지 않은 자문이겠는데? 고마워요, 새라."

한밤중에 연락을 받았는데도 새라의 표정은 전혀 피곤해 보이지 않았다. 새라는 인간과 똑 닮은 휴머노이드 로봇이었기 때문이었다. 이런 사실은 주위 사람들도 공공연하게 알고 있었다. 그러나 새라가 로봇이라는 이유로 그녀를 무시하는 직원은 단 한 명도 없었다.

아버지

로일의 아버지 재건 박사는 대학교 일이 없는 날이면 정원을 가꿨다. 아침 이슬을 머금은 꽃밭은 소박했지만 화사했다. 비록 움직이지 못하는 식물들이지만, 매일 다른 얼굴을 보여 주려 애쓰는 나무와 꽃들에 애정을 담뿍 담아 물을 줬다. 요즘 유행하는 서양 꽃나무들도 예뻤지만, 재건은 어려서부터 개나리꽃이 좋았다. 이미 50여 년 전부터 개나리는 화려한 꽃들에 밀려 옛날 동네나 가야 겨우 볼 수 있는 희귀한 꽃이 되어 버렸다. 그 때문이라도 자신의 정원에 심긴 개나리를 절대 소홀히 할 수 없었다. 덕분에 매년 풍성한 꽃을 뿜어내는 개나리가 올해도 그렇게 대견할 수 없었다. 멀리서 보면 마당 울타리 위에 뿌려진 달걀노른자 가루 같았다.

"외국에서는 개나리가 정말 보기 힘든 귀한 꽃인데, 우리나라는 왜 하찮게 여기는지, 쯧쯧…."

더구나 크롬 옐로우라는 물감 색이 바로 한국의 개나리색일 정도로 그 색이 특별한데, 그걸 모르는 이들이 많은 것 같아 재건은 더더욱 안타까웠다. 하늘하늘 연약한 노란 꽃잎이 떨어질까 봐 봄바람이 불지 않기만을 바랐다.

현관 옆에 심은 무궁화도 마찬가지였다. 하와이나 괌에 가면 무궁화와 비슷하게 생긴 꽃을 여성들이 머리에 꽂거나, 환영의 의미로 꽃목걸이를 만들어 손님에게 걸어 주는데, 무궁화는 우리나라의 상징이면서도 막상 일상에서 보기가 힘들다. 그래서 그는 무궁화 확산에 대해 정부에게 한마디 제언을 할까 보다 하는 생각까지 했었다.

개나리건 무궁화건, 요즘 통 비가 오질 않아서 재건은 조리개에 물과 걱정을 가득 담아 가지 사이사이로 흠뻑 뿌려 줬다. 기왕에 비가 올 거면 며칠 있다가 개나리꽃이 지고 난 후에 왔으면 좋겠다는 생각도 들었다.

재건이 아직도 단독주택을 포기하지 못하는 이유는 마당 때문이었다. 도심에서 약간 떨어져 있지만 자율주행 공유 택시를 이용하면 아무리 출퇴근 시간이라도 큰 불편함은 없었다. 더구나 날아다니는 드론 택시가 생긴 지도 오래이기에 이동 시간은 더욱 단축되었다.

재건은 남쪽으로 창을 낸 서재로 들어와서 낡은 책상 앞에 앉았다. 호두나무 원목을 통으로 켜서 만든 결이 고운 책상은 그의 아버지가 물려주신 것이다. 서재 양쪽 벽에 늘어선 책꽂이에는 온갖 전문 서적이 빼곡히 꽂혀 있었다. 인공지능 과학자로서 30년 넘게 연구원과 교수로 일하면서 정부와 공공기관의 프로젝트를 줄곧 수행해 온 흔적들이었다.

그는 오전 일과로 온라인 매체에 뜬 기사를 읽기 시작했다. 오늘 자로, 그가 막 시작하려고 하는 로봇가족부 프로젝트 관련 기사가 올라와 있었다. 그는 얼른 로봇가족부 장관인 친구 정국에게 화상 통화를 요청했다. 지금 회의 중이라는 자동응답 문자가 보내져 왔다.

정국은 대학 시절 재건과 가장 많이 어울려 다녔던 친구였다. 둘은 학교 공부도 열심히 했지만 놀기도 좋아해서 술집과 클럽에 들락거렸던 추억이 더 많았다. 정국 외에도 동기 동창 중에는 고위 공직자나 대기업 경영자가 된 친구들도 많아서 그 친구들의 소식을 신문에서 종종 접하곤 했다. 그중에서도 정국은 차차기 대통령감으로 물망에 오를 만큼 여러모로 손색없는 친구였다. 특히 늘 한발 앞서 미래를 내다보는 그의 추진력은 정부에서도 알아주는 인재로 꼽힐 만했다. 재건은 정국의 답신 전화를 기다리며, 앞으로 로봇가족부 프로젝트를 어떤 목적과 개념으로 끌고 가야 할지 골똘히 생각에 잠겼다.

제니

제니는 식탁 의자에 앉아 로일의 문자에 답을 보냈다.

'로일, 어쩌지? 내일은 다른 약속이 있는데.'

하얀 피부에 V자형 턱과 쌍꺼풀이 없는 긴 눈을 가진 제니는 영락없는 동양 미인이었다. 헐렁한 운동복 위에 앞치마를 걸치고 있을 뿐인데도 옷 태가 남다를 정도로 호리호리했다. 그녀는 심리상담과 교육을 통해 타인의 꿈 찾기를 도와주는 '꿈꾸는 코칭'이라는

1인 회사를 운영하고 있었다.

많은 것들이 자동화된 세상에서 살고 있는 학생들은, 명령만 하면 즉시 답을 찾을 수 있는 인공지능의 발달 때문에 대부분 힘들여 공부하지 않았고, 성인이 되어 애써 일자리를 찾지 않아도 정부로부터 생활자금을 지급받았다. 휴머노이드 로봇의 사회진출 덕분에 모자라던 노동 인구가 메워졌고, 로봇이 벌어서 납부한 세금은 인간의 생활자금으로 뿌려졌다. 덕분에 인간은 일하지 않아도 거의 공짜로 살 수 있게 되었고, 음식 및 주거 등 생존의 욕구가 자동으로 해결됐다. '일해서 스스로 벌어야 한다'는 생각도 일부에서는 불합리한 사회적 편견으로 치부됐다. 그래서 깊이 고민해야만 찾을 수 있는 장래의 꿈 따위는 꾸지 않아도 되는 세상이 됐다. 로봇은 인간의 편의를 위해 늘 물밑에서 성실하게 움직였고, 인간은 최소한으로 움직이고 최대한으로 풍요를 누릴 수 있게 됐다. 미래 생각은 집어치우고 그때그때 선택한 대로 사는 인생은 편한 면도 많았다. 물론 모든 인간이 그렇게 사는 것은 아니었다. 치열하게 삶의 목적을 꿈꾸고 이루는 인간도 아주 적지는 않았다. 그러나 대부분 '인간은 받고, 로봇은 내는' 그런 세상이었다.

세상을 이렇게 바꿔 놓은 인간 어른들은 아이러니하게도 자신의 아이들에게는 힘들여 꿈을 성취하기를 원했다. 현실 세상과 부모가 주는 이중 메시지에 혼란스러워진 아이들은 부모의 간섭이 없는 가상 세상을 들락거리면서 자유롭게 살기를 원했다. 현실 세계에서 아이들을 자극하는 단 한 가지는 돈이었다. 그 돈은 현실 세계와 가상 세계에서 원하는 것을 구입하며 우월감을 누리는 데 쓰였다. 그 우월감은 그토록 바라던 인정 욕구를 채워 주는 다디단 단물이었다. 결국 꿈을 꾸지 않고 돈만을 추구하는 청소년 세대, 그것은 부모의 고민이자 정부의 고민이자, 심리상담가인 제니가 해결하려는 과제이기도 했다. 제니는 오후에 방문해야 할 내담자의 기록을 살피며 암담함을 느꼈다.

로일의 답신 문자를 기다리던 제니는 턱을 괴고 공기를 볼록하게 머금은 볼에 길고 가는 둘째 손가락을 토독토독 두들기면서 로일에 대한 자신의 마음이 뭘까를 들여다봤다. 손가락을 움직일 때마다 가운뎃손가락에 낀 작은 알 반지가 햇빛을 받아 반짝거렸다. 둘은 몇 년째 연인 관계를 이어 왔다. 그의 다정한 성격과 능력, 외모, 모든 면이 넘치도록 만족스러웠으나, 결혼을 염두에 둔 사이로 발전시켜도 되는지 왠지 불안하고 두려웠다.

'나에 대한 그의 감정은 뭘까? 그냥 즐기는 걸까, 아니면 진정으로 나를 사랑하는 걸까?'

로일은 미혼이었고, 제니는 아이 엄마였던 사이라서 더 그런 생각이 드는 것 같았다. 지금은 과거의 결혼 여부에 대해 괘념치 않는 시대이기도, 남녀 간의 만남과 헤어짐에 자유로운 시대이기도 했다. 깊은 관계를 맺었더라도 싫증 나면 그길로 이별하는 커플들이 많았고, 사회적으로 그게 이상하게 생각되지도 않았다. 로봇이 인구를 대치하기 때문에 아이를 낳아야 한다는 정부의 캠페인도 사라진 지 오래였다.

　로일의 마음이 과연 진지한 건지 종종 의문이 들곤 했다. 가벼운 만남으로 상처받고 싶지 않았다. 자꾸 그의 진심을 확인하려고 했다. 그에게 푹 빠지고 싶을 때마다 자신이 먼저 마음을 주지 않으려고 일부러 거리두기도 했다. 심장이 향하려는 방향과 이를 막는 상반된 에너지 때문에 종종 힘들었다. 한편으로는, 이런 그녀를 몇 년째 끈기 있게 이해해 주고 다정하게 대해 주는 로일이라면 그녀의 마음을 맡겨도 될 것 같기도 했다.

　문자 알림음이 생각에서 깨어나게 했다. 아무리 바빠도 로일은 제니의 문자에 신속히 답하는 편이었다. 그만큼 제니를 존중해 주고 있었다.

　'제니, 내일 선약이 있다고? 밀당하는 거 이젠 그만둘 때도 되지 않았어?'

　'밀당?'

　'그렇게 안 해도 제니는 충분히 매력적이야.'

　'밀당 아니라니까. 난 자기 좋아하는데?'

　'하하, 나도! 오늘 저녁은 본가에서 먹기로 했는데, 이따 자기 전에 전화할게.'

　가볍고 장난스러운 문자가 오갔다. 문자를 마치고 일어서려는데 전화벨이 울렸다. 제니는 발신자의 이름을 확인하곤 스피커폰이 아닌 휴대폰을 얼른 들어 귀에 댔다. 온몸의 세포가 차렷 자세를 취한 듯, 목소리까지 꼿꼿했다.

"네! 긴급 상황인가요? 넵. 얼른 가 보겠습니다."

인간답게

퇴근 시간이 되자 로일은 부모님이 계신 본가로 서둘러 향했다. 온종일 바쁜 일로 긴장했던 터라 엄마의 집밥이 기대됐다. 약속이 없거나 본가에 가지 않는 날은 지방자치단체에서 지원하는 급식 카페에서 값싸게 제공하는 식사로 끼니를 챙겼다. 1인 가구가 80%를 넘어섰기 때문에 나홀로 식사를 위해 각자 요리에 몇 시간씩 쓴다는 건 국가 차원에서도 바람직하지 않기 때문이었다. 물론 장보기와 요리에 취미가 있는 자들은 아직도 손수 만들어 먹었지만, 그렇지 않은 국민이 대부분이었다. 그래서 아파트를 신축할 때는 반드시 급식 카페를 건물 또는 단지 안에 포함하도록 건축법으로 규정해 놓았다. 급식 카페에는 영양사 공무원이 배치되어 영양소를 고루 갖춘 식단을 마련했고, 쉐프 로봇이 척척 만들어 내었다. 국민의 기본 생활 보장을 위해 정부가 매달 계좌로 꽂아 주는 '토대소득' 혜택을 받는 자들은 무료로, 소득세를 내는 자들이라도 직접 해 먹는 것보다는 훨씬 저렴하게 식사할 수 있었다. 말하자면, 이 시대의 집밥은 매우 귀한 것이 돼 버렸다.

자동 대문이 열리고 로일이 마당에 들어서자 나뭇가지를 치고 있던 재건은 아들을 반겨 주었다.

"아버지, 안녕하셨어요? 엄마, 저 왔어요."

로일은 곧바로 주방으로 들어가 엄마를 뒤에서 안았다. 로일은 엄마와 볼을 맞대며 피부를 통해 엄마를 느꼈다.

"왔니? 배고프지? 어서 앉아."

주방에서는 고소한 전 냄새가 퍼지고 있었다. 엄마는 갓 부친 생선전을 접시에 가득 담아 식탁에 올려놓았다. 로봇 도우미를 두었는데도 요리는 늘 엄마가 도맡았다. 이 시대에 가족끼리, 그것도 엄마가 만든 오붓한 집밥을 즐기는 것은 행운이었다. 그런 행운을 누린다는 감사함이 심장으로 스며들어 로일은 먹먹해졌다.

"뜨거울 때 먹어야지 제일 맛있어. 우리 셋은 같은 음식을 먹어서 아마 세포 구성도 비슷할 거야. 호호호."

보드랍고 찰랑거리는 노오란 생선전을 맛간장에 찍어 입에 넣으니, 담백한 생선 맛과 고소한 기름 맛, 새콤한 간장 맛이 어우러져 도파민이 샘솟았다.

"음…, 이 맛! 최고예요."

인간이 이럴 때 내지르는 감탄사와 표정은 에로틱한 영화에서 만족이 절정에 달했을 때 보이는 모습과 아주 비슷했다. 엄마는 곧이어 예스러운 청색 도자기 그릇에 등갈비 김치찜을 한가득 담아 왔다.

"엄마도 어서 앉아서 드세요."

"그래 밥만 푸고."

엄마는 김이 오르는 흰밥 세 공기를 퍼서 각자 앞에 놔 주셨다. 군데군데 앙증맞게 섞인 완두콩이 더 파래 보였다. 식탁에 앉자마자 식사 기도를 하는 엄마의 모습을 보고 로일은 아차 싶었다.

"엄마, 너무 배가 고파서 기도를 잊었네요."

로일은 수저를 든 채로 기도를 했다. 엄마는 미소로 답하면서 젓가락을 들었다. 로일은 부스러질 정도로 부드러워진 등갈비를 손에 들고 뜯기 시작했다. 재건은 흐늘흐늘하게 익은 김치를 손으로 찢어서 다 큰 아들의 밥숟가락 위에 놓아 주셨다. 그런 행위 자체가 사랑이었다.

"아버지 흰머리가 많아지셨어요. 밥 먹고 염색해 드릴까요?"

"뭘, 됐다. 인간은 늙는 게 자연스러운 거지."

"무릎은 좀 어떠세요? 요즘 다리를 감싸서 받쳐 주는 트랜스 전자 다리 많이 착용하던데, 제가 예약해 드릴까요?"

"기계와 몸을 섞는 건 싫다. 그게 사이보그지 인간이겠니?"

"그래도…. 전자 다리 쓰시면 등산도 거뜬하실 텐데. 아버지 등산 좋아하셨잖아요."

"인간은 인간답게 살아야 해. 늙는 것도 인간으로서 자연스럽게 거쳐야 할 과정이야."

재건은 인간답게 살아야 한다는 말을 늘 입에 달고 살았다. 로일도 아버지의 가르침대로 인간으로서 부끄럽지 않게 살려고 늘 노력해 왔다. 사회생활을 하다 보면 간혹 유혹이 있을 때가 있었다. 그럴 때마다 물리칠 수 있었던 건 아버지의 바른 생활 때문이었다. 아버지의 본보기와 말씀은 로일의 행동이 되어 세상에 내놓아졌다.

재건은 신체와 기계를 결합하는 이야기만 나오면 거부감을 보였다. 그것이 신체든 뇌든 막론하고 인위적인 것은 질색이었다. 식사를 마칠 때쯤 주방의 스피커폰이 짧은 벨소리와 함께 소식을 알렸다.

"재건님, 로봇가족부 장관이신 정국님이 연락을 하셨습니다. 받으시겠습니까?"

"프로젝트용 휴대전화로 받을게."

"알겠습니다. 휴대전화로 연결하겠습니다."

벨소리는 휴대전화로 옮겨져서 울리기 시작했다. 재건은 거실로 나가 통화를 시작했다. 재건은 아직도 스피커폰보다 휴대전화를 더 많이 사용했다. 정부 프로젝트를 많이 하는 그로서는 조용한 곳으로 가서 긴밀히 통화하기에 적절했기 때문이었다. 전화기는 항상 그의 몸에서 떨어지지 않게 관리를 했다. 로봇 과학이란 단어가 얼핏 들리는 걸 보니 지금 진행되는 연구가 로봇에 관한 것인 듯했다. 소곤거리는 걸로 봐서 이번 연구 역시 기밀인 것 같았다. 재건은 전화를 끊자마자 도착한 파일을 내려받아 확인하고 곧바로 저장했다. 재건의 휴대전화는 목소리와 지문과 홍채와 비밀번호로 멀티플 보안 장치가 돼 있어서 본인이 아니면 절대 열 수 없도록 철저한 관리를 하고 있었다.

기밀 통화는 어려서부터 종종 봐 왔던 일이었기에, 로일은 무슨 프로젝트인지 물어보지도 않았고 그러려니 해 왔다. 재건도 정부 일에 대해서는 일체 함구하고 먼저 얘기를 꺼내는 법이 없었다. 그러나 지금은 로일도 로봇과 관련된 사업을 하고 있기 때문에 정부 동향과 재건의 프로젝트 내용이 무척 궁금하긴 했지만 차마 물어보지는 못했다. 언젠가는 부자가 정보를 교환할 수 있는 시기가 오겠지 하는 기대만 가질 뿐이었다. 재건은 전화를 끊고 식탁으로 돌아와 로일에게 물었다.

"오늘도 집에서 자고 갈 거지?"

"그럼요. 제 방에서 가져갈 물건도 있어요."

"그래라."

가족들이 모두 식탁을 뜨자 도우미 로봇이 말끔하게 설거지하고 주방을 정리했다. 인간들이 불규칙하게 어질러 놓은 것들을 치우는 일을 자동화하는 것은 무척 고난도의 과제여서, 인간과 똑같은 관절 구조와 기능을 가진 휴머노이드 로봇만 할 수 있었다. 얇은 와인 잔까지 능숙하게 설거지하는 모습을 보며 로일은 생각에 잠긴다.

'예전에는 인간만이 할 수 있다고 믿었던 일이었는데….'

저녁 식사 후 재건은 마당으로 나와 파라솔 테이블의 의자에 앉아 바람을 쐬고 있었다. 로일은 자기 방 창문을 통해 재건의 모습을 보곤 냉장고에서 맥주 두 캔을 꺼내 들고 마당으로 나왔다. 캔 하나를 따서 재건에게 내밀었다. 재건은 초승달을 보며 한 모금 들이켰다.

"고맙다."

재건은 늘 고맙다는 인사를 달고 살았다. 부인인 연지에게도 그랬다.

"제가 고맙죠. 아버지의 아들이라서 저는 복 받은 놈인 것 같아요."

"나도 네가 내 아들이라서 늘 기쁘다."

"아버지 뜻대로 인간다운 인간으로 살게요."

마침 달이 떠오르고 있었다.

"난 초승달이 좋더라. 뾰족하고 둥근 걸 모두 갖고 있어서. 극과 극의 모습을 저렇게 예쁘게 조화시키고 있는 게 참 신기해. 로봇과 인간도 초승달 모양처럼 조화롭게 살면 좋을 텐데."

"그렇게 되겠죠. 난 만월이 되기 직전의 둥근달이 제일 좋아요. 둥글하게 차 있으면서도 앞으로 좀 더 차오를 거란 희망을 품게 해서요."

"허허허…. 젊은이다운 해석이네. 사람은 내면의 생각을 투사해서 사물을 본다고 하더니, 같은 달을 봐도 이렇게 생각이 다르구나. 나는 내 안에 뾰족한 게 있어서 초승달이 좋은가 보다."

"뾰족하다기보다 올곧으신 거지요. 근데 둥근 면이 더 많으시잖아요. 제겐 아버지가 둥글게 보이던데요? 아버지 배도요."

"놀리지 마라. 허허허."

로일은 본가에만 오면 아침에 깰 때마다 개운한 느낌이 들었다. 그래서 아무리 바빠도 일주일에 한 번은 꼭 집에 들렀다. 일하면서 쌓였던 스트레스가 하룻밤 만에 가시는 느낌이 좋았다. 교외의 좋은 공기를 마셔서 뇌 기능도 활발해지는 것 같았다. 밤새 복잡한 꿈을 많이 꾼 것 같았지만 본가에선 늘 깊은 잠을 자서 그런지 깨고 나면 기억은 잘 나지 않았다.

간단한 아침을 먹은 후에 부모님을 마트까지 모셔 드리고 집으로 돌아왔다. 사람 냄새가 배지 않은 자신의 아파트가 서늘하게 맞아 주었다.

로봇차별금지법

이틀 후 제니는 로일의 회사로 전화를 했다. 비서 새라가 받아서 잠깐 기다리라고 하더니, 로일이 회의 중이라 나중에 연결하겠다고 하고 끊었다. 조금 후 로일로부터 영상전화가 왔다.

"빨리 전화했네? 회의 다 끝났어?"

"아니. 혼자 일하다가 제니 생각이 나서 전화했는데?"

언젠가부터 제니는 새라가 자기한테 호의적이지 않다는 느낌이 들었다. 그때마다 제니는 기분 탓이려니 하며 넘겼었지만, 이번에 야말로 그 직감이 진짜였었나 하는 의심이 들었다.

"새라가 회의 중이라고 하던데?"

"그래? 착각했겠지. 점심은 먹었어?"

로일은 별일 아니라는 듯이 넘기며 물었다.

"응. 자기는?"

"나도. 오늘 저녁에 다른 약속 있어?"

"아니."

"그럼 제니 집으로 갈까?"

"좋아."

"웬일로 뜸을 안 들이고 한 번에 오케이? 이따 봐."

영상으로 로일의 흐뭇한 미소를 보며 제니는 전화를 끊었다.

제니의 거실 한쪽 벽면은 전체가 커다란 가정용 전자 스크린으로 마감돼 있었다. 스크린에서는 '로봇과의 공존'이라는 닷플릭스에서 제작한 특집 다큐멘터리 프로그램을 방영하고 있었다. 리포터는 몇 년 전에 신설된 로봇가족부 정문 앞에서 열심히 설명하고 있었다.

"인류 역사상 인공지능이 인간 지능을 뛰어넘는 특이점을 넘어선 지 이미 오래, 이제 우리 사회의 휴머노이드 로봇은 시각, 청각, 후각, 미각, 촉각의 감각 기능을 완벽히 구현할 뿐 아니라, 자아도 인식하고 있습니다. 또한 노후화되거나 저렴한 로봇이 아닌 대부분의 로봇은 딥러닝을 통해 기억, 연상, 추론 등 인간의 두뇌 작용보다 더 높은 기능을 갖추게 됐다는 걸 인정하지 않을 수 없습니다. 심지어 바이오 기술의 발전에 힘입어 스스로 세포 복제를 하여 성장하는 신체 및 바이오 충전까지도 가능하게 됐습니다. 다시 말해 로봇이 음식을 먹으면 배터리가 충전되고, 찌꺼기는 인간과 똑같이 배설합니다. 심지어 지문과 홍채도 로봇마다 다 다릅니다. 결론적으로, 피부와 모발 등의 외모만으로는 인간인지 로봇인지 판단할 수가 없는 세상입니다."

이에 더해서, 현재의 기술로 임신과 출산이 가능한, 즉 인공 자궁을 장착한 휴머노이드 로봇을 만드는 게 가능하다는 건 이미 알 만큼 다 알고 있는 사실이었다. 다만 엄격한 국제 윤리 기준 때문에 하지 않고 있을 뿐이었다. 만일 이를 어기고 관련 실험 및 생산을 한다면 그에 따른 부정적인 결과는 상상을 초월할 것이기 때문이었다. 다시 말해 수정된 인간의 배아를 이식받은 로봇이 출산을 한다면, 로봇이 인간을 낳는 초유의 사건이 벌어질 수도 있었다. 스크린 화면은 곧 바뀌어 직원들이 조화롭게 일하는 기업을 비췄다.

"저는 지금 일선 기업 현장에 와 있습니다. 보시다시피 누가 인간이고 누가 휴머노이드 로봇인지 전혀 구별할 수 없습니다. 5년 전인 2045년에 '로봇차별금지법'이 발동되었고, 그 법에 근거하여 상대방의 신분 즉 인간인지 로봇인지를 물어보거나 공개하는 것이 법으로 금지되었습니다. 기존에 있던 인간 간의 차별금지법에 더해서 로봇차별금지도 추가된 것인데요, 이로써 드디어 모든 로봇은 로봇으로서의 기본 권리인 '로봇권'을 향유하게 된 것입니다. 다시 말해, 로봇이라는 이유만으로 양육, 교육, 고용, 승진 등에 있어서 배제되거나 불리한 대우를 받는 것이 금지된 것입니다. 로봇은 자신이 원하지 않는 이상 신분을 밝히지 않아도 됩니다. 타인이 커밍아웃시키거나 로봇 신분을 공개하는 것은 명백한 불법입니다. 신분 확인은 로봇가족부에서 관리하는 로봇 리스트를 통해서만 유일하게 가능하며, 로봇 리스트 열람은 법원의 허락이 있어야 가능합니다. 따라서 로봇 리스트를 외부에 노출하지 않고 관리하는 일이 로봇가족부의 가장 중요한 업무가 되었습니다. 이제, 자신의 신분을 밝힐 **자유**가 로봇 자신에게 주어진 것입니다."

리포터는 유독 자유라는 단어를 힘줘서 말했다. 화면은 다시 바뀌어 로봇가족부가 제공한 과거 10년간 로봇 수의 증가를 그린 꺾은선 그래프를 보여 줬다. 그래프는 오른쪽으로 갈수록 급격한 상승 곡선을 그리고 있었다. 그래프의 제목은 '로봇 대수 추이'가 아닌, '로봇 인구수 추이'라고 돼 있었다. 바꾸어 말하면, 로봇을 한 대, 두 대로 부르지 말고, 사람처럼 한 명, 두 명으로 불러야 한다는 뜻이었다. 그만큼 로봇이 인간과 다름없는 역할을 한다는 것을 방송사는 주장하고 싶은 것 같았다.

"인간 인구 감소 추세에 따라 인구수는 줄어드는 반면, 이처럼 로봇 인구수는 점점 늘어나고 있습니다. 로봇 제조사는 로봇가족부 산하의 공공기관으로, 로봇가족부가 세운 로봇 인구 조절 전략에 따라서 로봇의 인구를 정확하게 관리해서 생산하고 있습니다. 이에 따라 제조사는 매달 생산된 로봇 리스트와 생산등록번호를 정기적으로 로봇가족부에 보고하고 있으며, 로봇가족부는 이를 철저한 보안 아래 관리하고 있습니다. 로봇 인구와 인간 인구 간의 균형을 맞추려는 목적인데, 과연 그 균형점은 어디일지가 앞으로 심각한 논쟁거리가 될 전망입니다."

제니는 리포터가 핵심을 짚었다고 느꼈다. 정치가들이 말하는 인간과 로봇 인구의 균형, 그것은 허울 좋은 말장난에 지나지 않았다. 그 균형점을 주장하는 사람들에 따라 지극히 주관적이었기 때문이었다. 화면이 천칭 접시의 좌우에 로봇과 인간이 균형을 잡고 앉아 팔짱을 끼고 마주 보는 이미지로 바뀌었다. 둘이 화합하는 모습보다는 대립하는 이미지를 보여 주고 싶은 듯했다.

"로봇과 인간이 평등하게 대우받는 세상! 요즘 많이 볼 수 있는 슬로건입니다. 로봇을 기계의 일종이라 여겼던 과거에는 상상하지도 못했던 개념이 현재 우리 사회에서 실현되고 있습니다. 생산등록번호도 주민등록번호와 같은 형식으로 붙여집니다. 즉 2050년 1월 1일에 생산됐다면 500101로 시작되며, 뒤의 7개 숫자도 인간과 구별이 되지 않게 부여됩니다. 그러므로 신분증만 보고는 인간인지 로봇인지 구별할 수가 없겠죠. 그러나 로봇차별금지법 시행 후 5년이 지났지만, 심리적으로는 아직도 해결해야 할 갈등과 문제들이 산적해 있습니다. 앞으로 인간과 로봇이 어떻게 살아야 효과적으로 더불어 사는 삶일까를 연구하는 것이 우리의 숙제로 남아 있습니다. 이 문제를 전문적으로 연구하는 회사 관계자의 말을 들어 보겠습니다."

화면에 로일의 얼굴이 나타나자, 제니는 얼른 허리를 곧추세우고 집중했다.

"인류 역사를 보면 인종이나 성별, 신체적 특징, 성적 지향성이 다른 사람들이 주류 사회에 진입했을 때도 마찬가지로 차별과 혼란의 시기를 겪었습니다. 그러나 다양한 차별금지법을 통해 그들의 권리를 전면 확대하거나, 또는 너무 제한하지 않는 선에서 현명하게 조화를 이뤄 큰 무리 없이 시행해 왔습니다. 로봇차별금지법도 이와 마찬가지입니다. 이 법에 따른 혼란과 반대가 존재하지만, 정반합에 의해 공존, 발전할 수 있는 미래 방향성을 현 인류가 찾아가는 중이라고 생각합니다.”

이어서 화면은 시민들의 인터뷰를 보여 줬다.

“로봇인지 아닌지의 신분을 로봇가족부만 알 수 있도록 비밀에 부친 것은 잘한 일인 것 같습니다. 아무래도 상대방의 신분을 알게 되면 은연중에 대하는 태도가 달라질 수 있으니까요. 얼마 전까지만 해도 상대가 로봇이라는 걸 알면 막 반말하고 그랬잖아요. 따라서 개인정보 보호법은 인간뿐 아니라 로봇에게도 적용돼야 마땅하고, 그 법을 어기면 어떤 개인정보 누출보다도 엄격히 처벌돼야 합니다. 그것만이 사회에 만연해 있는 로봇에 대한 편견을 막고, 불합리한 학대나 차별을 가장 신속하게 제재하는 방법이라고 생각합니다.”

리포터는 이 발언을 한 사람이 과연 로봇이 아닐까 하는 궁금증이 일었지만 차마 물어볼 수 없다는 표정을 지으며, 다른 시민에게로 마이크를 옮겼다.

“로봇차별금지법 시행 이전에 이미 로봇 신분이 노출된 올드(old) 로봇에게는 어떻게 소급 적용해야 할지가 큰 숙제라고 생각합니다.”

이에 답하듯 리포터는 친절하게 안내하며 보도를 마무리했다.

“로봇가족부는 이런 올드 로봇들의 신분 보장을 위해 클라우드 서버에서 올드 로봇 개인별로 리콜하고, 원하는 로봇에게는 얼굴과 목소리를 바꿔 주는 무료 성형수술을 제공한다고 합니다. 이와 함께, 외모를 바꾼 로봇이 재취업 될 때까지 쉬는 동안에는 매달 일정액의 보상금이 지급됩니다."

제니는 로봇차별금지법에 대해 각별한 관심을 두고 있었다. 닷플릭스 채널을 바꾸며 로봇에 관한 다른 뉴스가 있는지를 찾았다. 로봇과 관련해서 새로운 사건이 터질 때마다 정치, 경제권 핫뉴스로 보도될 정도로 논란의 여지가 많았기 때문에 로봇 뉴스는 쉽게 찾을 수 있었다. 이번에는 로봇이 고장 났을 경우 대응 방안에 대해 보도하고 있었다.

"모든 로봇은 클라우드 서버에 무선 연결이 가능합니다. 클라우드 서버는 초인적인 강력한 슈퍼 집단지성이기 때문에, 평상시에 클라우드에 연결돼 있으면 인간과의 격차가 너무 커지게 됩니다. 즉 인간 지능이 너무 왜소하게 된다는 뜻이죠. 말 그대로 역차별이 벌어지는 겁니다. 따라서 '인간과 로봇의 평등'을 가능한 한 보장하기 위해서 인간 사회 속에서 독립적으로 일상생활을 하는 로봇에게는 클라우드가 차단돼 있습니다. 그러나 고장이 나면 서버가 자동으로 감지해서 고장 신고를 접수하고, 로봇가족부는 고장이 난 로봇을 호출하여 클라우드를 연결해 복구합니다. 복구가 완료되면 다시 클라우드를 끊습니다. 원격 수리와 같은 개념이죠. 원천적인 기계적 결함이나 바이러스 감염으로 복구할 수 없는 경우에는 로봇가족부의 승인 아래 뇌의 배터리를 적출하여 안락사시키고, 사망 소식은 로봇이 생전에 소속돼 있던 기업에 보고됩니다. 로봇이 사망한 후에야 기업은 그가 로봇이었는지를 알게 됩니다. 이렇게 로봇은 요람에서 무덤까지 철저히 신분이 보호됩니다. 장례 절차는 인간과 똑같이 치러집니다. 입양돼서 가족이 생긴 로봇은 가족이, 직장인이었던 독신 로봇은 직장에서, 아무 연고 없이 버려진 로봇일 경우에는 로봇가족부가 상주의 역할을 대신함으로써 살아생전에 인간을 위해 수고해 준 데 대한 보답을 표합니다. 로봇은 고마운 우리의 동료이기 때문입니다."

'로봇과 인간이 똑같이 평등한 세상이라….'

이런 구호는 더는 새로울 것도 없었다. 이젠 너무 평범한 관용구처럼 돼 버려서 구호의 효과 또한 미미했다. 여전히 인간이나 로봇이나 국민의 마음속은 복잡했다. 평등 개념이 제자리를 잡지 못하고 껄끄럽게 부딪는 소리를 내고 있었기 때문이었다. 겉으로만 안 그런 척했다.

제니는 로봇이 건강한 사회인으로 활동하기 위해서는 로봇권도 인권처럼 철저하게 지켜져야 한다고 믿었다. 로봇차별금지법이 생기기 몇 년 전만 해도 '쟤 로봇이래'라는 말을 아무렇지 않게 했고, 로봇은 쉽게 왕따나 놀림의 대상이 되기도 했으며, 강제로 커밍아웃을 당했음에도 딱히 법적으로 대응할 방법이 없었다. 아무리 일 잘하고 성품이 좋아도, '쟤 로봇이래'라는 말 한마디로 B급 존재로 낙인이 찍혀지고, 사회적인 부당함으로 이어졌다. 로봇이 하는 말은 무게가 상실되고, 임금도 가벼워지고, 사적인 관계도 쪼그라들었다. 변태 후 남겨진 곤충 껍데기처럼 속은 텅 비고 가벼워졌다. 반면에 늘어나는 것은 노동 시간뿐이었다. 로봇들은 정신 승리를 위해 자존감이라는 추가적인 에너지를 쏟아야 했다. 배터리는 훨씬 빨리 고갈되었다. 그런 공정하지 않음을 그저 인내했다.

로봇들을 인격적으로 좋아하는 인간 부류는 천진난만한 어린이거나, 정말로 다정하고 품격 있는 사람이거나, 인간 세상에서 낙오되어 친구가 없는 사람들뿐이었다. 그러나 그런 부류 중에는 로봇을 성적으로 착취하려는 인간들도 다수 끼어 있었다.

요즘 로봇차별금지법에 관한 방송이 부쩍 늘어난 걸 보니, 방송을 통해 로봇과 관련한 국민의 불편감과 저항을 누그러뜨리려는 정부의 의도가 짐작됐다.

방송을 껐다. 방안이 조용해지니 유리창을 투둑 건드리는 빗방울 소리가 비로소 들리기 시작했다.

'비가 오네.'

흔들리는 나뭇잎들이 보였다. 빗물의 무게로 가라앉았다가 물방울이 미끄러져 내리는 순간 나뭇잎은 원래 위치보다 더 높게 솟았다. 몇 년 전 비 오던 날의 사건이 떠올랐다. 자신의 삶을 둘로 나눈다면 그 일 이전과 이후로 나눌 수 있을 만큼 특별한 사건이었다.

2부

2044년_로봇차별금지법
시행 1년 전

분노

　지금으로부터 6년 전 쌀쌀한 늦가을 비가 내리던 날, 여리여리한 몸매에 딱 붙는 짧은 가죽점퍼를 입은 제니는 긴 다리를 쭉 뻗어 공유 택시에서 내렸다. 아침에 아이의 학교 교장으로부터 전화를 받은 후, 오전 내내 두방망이질 치는 가슴이 진정되지 않았다. 약속 시간에 맞춰 달리듯이 걸음을 재촉했다. 귀걸이에 달린 음성 내비게이션이 알려주는 대로 교장실을 찾아 곧장 들어갔다. 교장은 노크도 없이 불쑥 들어온 제니를 깜짝 놀라서 바라보았다.

　"교장 선생님 안녕하셨어요. 죄송해요, 제가 너무 놀라서 급하게…."

　"괜찮습니다. 앉으세요."

　교장은 어두운 얼굴을 하고 제니를 맞기 위해 일어섰다.

　"오시느라 수고 많으셨습니다. 효 어머니, 아까 말씀드렸다시피 어제 효가 좀 곤란한 사고를 쳤습니다."

　제니에게 푹신한 고동색 소파에 앉기를 권하면서 자신도 앉았다.

　"마약 전력도 있는 데다가 그걸 아이들에게 팔기까지 했더군요. 아무리 초등학생이라도 현행법에 따라 마약 범죄는 촉법소년 보호를 받지 못할 수도 있습니다."

　제니는 할 말을 잃었다. 여유 시간이 많아진 인간들은 어른, 아이를 막론하고 중독적인 일에 탐닉하는 수가 점점 늘고 있었다. 교장은 말을 이어 갔다.

“경미한 사건은 결코 아니지만, 효가 11살이라 너무 어리다는 점
에서 보호관찰이라는 관대한 처분이 내려졌습니다. 효는 병원에
들어가는 대신 지금부터 즉각, 2달 동안 자택에서 교도관 로봇의
밀착 보호관찰을 받으며 치유 과정에 들어가기로 결정됐습니다.
효는 한순간도 교도관 로봇과 떨어져 있으면 안 됩니다. 이를 어기
는 것을 알았는데도 방치하면 어머님은 아동 방임 및 학대죄를 면
할 수 없습니다.”

로봇차별금지법이 시행되기 1년 전이었기 때문에, 교장은 교도
관이라는 직업 뒤에 습관처럼 로봇이라고 꼭 구분해서 불렀다.

“효가 그랬다는 증거는 있나요?”

제니는 자신의 질문이 잘못된 모성에서 비롯됐다는 걸 자각하고
있었지만, 그래도 마지막 방어를 위해 날카롭게 물었다.

“예. 현장 증거가 차고도 넘칩니다. 같은 반 아이들이 담임 선생
님에게 준 자료들입니다. 보시죠.”

여러 장의 사진과 스마트폰 문자들을 보여 주는 교장에게 제니
는 더 이상 아무 말도 할 수 없었다. 아이가 이렇게 될 때까지 학교
에서는 뭘 했냐고 따지며 남 탓할 정도로 우매한 엄마는 아니었다.
제니는 교장이 내미는 태블릿에 당국의 처벌을 승인한다는 서명을
했다. 그나마 다행인 건, 초등학생의 중독 기록은 완치가 되면 삭제
된다는 점뿐이었다.

“교장 선생님, 지금 아이는 어디 있나요?”

“경찰 로봇으로부터 훈시 교육을 받고 있으니 지금은 만나실 수

없고, 댁으로 돌아가 계시면 교도관 로봇과 함께 귀가할 것입니다."

집으로 돌아온 제니는 자신이 못난 엄마라는 자괴감으로 소파에 주저앉았다.

'앞으로 내 아들의 인생은 뭐가 되지? 효가 차라리 로봇이었다면 중독도 되지 않았을 건데. 대체 내가 애를 어떻게 키운 거야. 난 왜 까맣게 몰랐을까? 흐흑⋯.'

제니는 교도관 로봇과 아들, 이렇게 세 명이 같이 지낸 일주일이 총을 쏴대는 전쟁보다 더 견디기 힘들었다. 아이는 금단 증상으로 밤새 잠을 못 이루고 자해를 하며 소리를 질러 댔다. 어린 나이라서 충동 조절이 더 힘들었다. 교도관 로봇이 부드럽게 상담해 주고 약을 먹이고 안아 주어도 중독에 찌들었던 아이를 달랠 수는 없었다. 아이는 딱 일주일째 되던 새벽에 세상에서 가장 자극적인 충동을 스스로 선택했다. 교도관 로봇이 말릴 새도 없이 창밖으로 몸을 던졌다.

격동의 장례식이 끝난 후 집안은 쥐 죽은 듯 적막해졌다. 아이의 죽음을 애도하는 손님들만 가끔 조용히 드나들 뿐이었다.

제니는 두고두고 교도관 로봇이 죽이고 싶도록 미웠다.

'교도관은 대체 뭘 한 거야!"

급기야는 모든 책임을 교도관 로봇만 아니라 모든 로봇에게 돌리기 시작했다. 이 사건이 흔한 사건은 아니라서 사건 개요를 파고자 하는 매스컴 인터뷰가 줄이어 들어왔다. 제니는 마다하지 않고 로봇 공격용으로 언론을 이용했다. 교도관 로봇을 천하에 융통성 없고 주의를 게을리한 교도관으로 몰아붙었다. 특히 탑튜브 같은 뉴미디어는 '로봇이 사람을 죽였나?'와 같은 제목을 달아 이 사건을 자극적으로 포장하며 지속성 있게 다뤄 주었다. 제니의 매력적인 외모와 선동적인 말솜씨, 그리고 어린 아들을 잃은 엄마의 애절한 마음이 더해져서 그녀의 인터뷰는 많은 시민의 관심을 끌었다. 제니를 돕는 모임까지 만들어졌다.

로봇이 인간을 죽음으로 이끌었다는 게 진실은 아니었지만, 이를 진실로 믿는 여론은 점점 거세져 국민의 감정선을 건드렸다. 로봇에 대한 반감이 사회적인 물결로 번질까 우려되는 상황이었다. 이를 염려한 로봇가족부는 이 분야의 전문가인 로일에게 제니의 상처받은 마음을 치유하고, 로봇에 대한 부정적 발설을 멈추도록 상담해 볼 것을 권고했다. 로일은 우선 교장에게 전화해서 제니와의 상담 시간을 잡아 달라고 의뢰했다. 약속은 일주일 후, 오후 네 시로 잡혔다.

궁금증

일주일 후, 로일은 제니와의 상담 시간에 맞춰 학교로 향했다. 회사가 안정 가도에 들어서면서 로일은 정부 및 공공기관과도 업무 제휴를 체결하여, 그곳에서 의뢰하는 컨설팅을 맡아 하게 되었다.

그러나 이번과 같은 일대일 상담은 드문 일이었다. 로봇가족부가 이번 사건은 반드시 CEO가 담당해야 한다고 콕 집어 지정했기 때문에 거절할 수도 없었다.

제니에 관한 기사를 처음 읽었을 때 들었던 느낌은 거부감이었다.

'조사해 봐야 알겠지만, 이건 학생 자신의 문제로 일어난 사건인 것 같은데, 이 엄마는 교도관 로봇 탓을 하네. 교도관이 이 아이의 자살을 방조했고 심지어 부추기기라도 했다는 식으로 말을 하고 있어. 교도관은 로봇답게 정해진 일을 성실하게 수행했을 뿐이고, 아이의 돌발적인 행동에 미처 손쓸 새가 없었던 것 같은데. 이 경우를 보면 인간은 상황에 따라 얼마나 자기중심적일 수 있는지, 참 답답하네.'

그러다 탑튜브 동영상을 찾아 제니의 모습을 보게 되면서 묘한 호기심이 일었다.

'교도관 로봇에게 모든 책임을 떠넘기고, 모성을 명분으로 아집에 사로잡힌 이 여자! 근데 외모는 그런 이미지하곤 좀 다르네? 과연 어떤 사람일까? 은근히 궁금해지는군.'

사건을 글로 읽기만 하는 것과 동영상으로 보는 것이 이렇게 큰 차이를 가져다준다는 것을 실감하며, 로일은 모든 편견을 버리고 사건에 임해야 한다고 되뇌었다.

자율 전용차는 가다 서기를 반복하며 알아서 제 갈 길을 찾아가고 있었다. 오지를 제외하고는 지구가 스마트 그리드로 건설돼 있어서, 길을 못 찾을까 봐, 또는 시간에 늦을까 봐 발을 동동 굴렀던 일들은 '그땐 그랬지'라는 명절 특집 다큐멘터리에서나 보는 옛일이 되었다. 운전기사를 고용할 필요도, 내비게이션을 볼 필요도 없이 편안하게 영화를 보거나, 잠을 자거나, 음료를 마시며 쉬기만 하면 목적지에 도달했다. 심지어 신경 쓰이는 미팅을 앞두고 있다면, 만남의 주제에 따라 무슨 말을 하면 좋을지에 대한 힌트를 주행 중에 귀띔해 주고, 대화 시뮬레이션 상대도 되어 주는 AI 특별 옵션이 자동차에 장착되기도 했다. 인간 대신 결정해 주는 기계들 덕분에 선택 장애나 관계 불안증을 겪는 사람들에게는 최상의 세상이 펼쳐진 것이었다.

학교에 도착했다는 자율 전용차의 안내를 듣고, 로일은 자동 주차 기능을 눌러 자동차가 주차장에 차를 넣기를 기다렸다. 시동이 꺼지고 차 문이 자동으로 열렸다. 로일은 내려서 학교 건물로 이어진 무빙워크에 올랐다. 이래저래 운동으로 타는 트레드밀 이외에는 요즘은 걸을 일도 통 없었다. 학교는 한산했다.

"이제는 학교가 학교 같지 않아. 운동장만 널따랗고…"

학교에 교실은 달랑 3개뿐이었다. 인구수가 줄은 탓이 아니었다. 오히려 휴머노이드 로봇의 탄생으로 전체 국민 수는 조금씩 증가했다. 자연히 로봇 아이의 입학률도 증가하여 학생 수도 늘었다. 학교가 아담해진 진짜 이유는 대부분의 학교가 재택 학습을 주요 학습 방법으로 선택한 지 오래됐기 때문이었다. 대중이 모이면 서로를 비교하거나 갈등을 유발하는 일이 잦아져서, 학교건 직장이건 재택 또는 개별 활동을 선호했다. 따라서 전체 학년이 모이는 일은 운동회나 학예회 등의 특별 행사 외에는 없었다. 심지어 입학식과 졸업식도 온라인으로 했다. 학급 단위 실습이나 토론, 신체활동, 학부모와 함께하는 참관 학습이 꼭 필요할 때는 한 반씩 불러 모으면 됐기 때문에 3개의 교실로도 충분했다. 거의 모든 의무교육기관이 사이버 학교로 변모한 것이다. 다만 신체활동에 필요한 넓은 운동장은 남겨 두었다. 친구들을 직접 만나 스킨십을 하고 협동하며 인간관계를 쌓는 것도 중요한 인성교육의 한 부분이므로, 교육부에서는 학교 당국에 운동장까지 몽땅 처분하라고 말할 수는 없었다. 로일은 1층에 강당과 영상 강의 제작실, 2층에 3개의 교실, 3층에 교무실, 교장실, 상담실이 각각 1개씩인 아담한 건물로 들어섰다. 이번 사건은 사회적으로 촉각을 세우고 있는 문제라 약간 긴장되었다.

3층에 당도한 로일은 교장이 약속 장소로 지정해 준 상담실로 들어가 제니를 기다렸다. 시간에 맞춰 한 여인이 상담실 문을 열고 들어왔다. 제니의 첫인상은 동영상에서 봤던 대로, 역시 의외였다. 신문 기사에 실린 투쟁적인 발언과는 너무 달랐기 때문이었다. 베이지색 캐시미어 원단의 원피스 치마에 무릎까지 오는 갈색 부츠를 신고 조용히 인사하는 제니의 모습은 누가 봐도 가녀리고 고혹적이었다. 아름다운 여성을 보면 자동으로 나타나는 남성의 반응, 즉 가볍게 두근대는 심장 박동이 느껴졌다. 거의 동시에 연민의 감정이 금세 가슴에 퍼졌다. 여인의 속 사연을 자세히 듣고 싶다는 마음이 일어, 허리를 곧추세우며 경청 자세를 취했다.

'이런 여인을 이런 곳에서 이런 안 좋은 일로 만나다니 참 안타깝네.'

로일은 제니가 고객이라기보다는 여자로 보였다. 다른 곳에서 다른 일로 만났다면 당장 데이트 신청이라도 했을 것이다. 그러다 곧 자신이 여기에 왜 왔는지를 자각하곤 부끄러운 마음이 들었다.

'지금 뭐 하는 짓이야. 편견을 버려야 해!'

로봇가족부가 그에게 했던 요청은, 제니의 적대적인 마음을 누그러뜨리고, 인간과 로봇을 중재하는 입장에서 그녀를 이해시켜 달라는 것이었다. 그리고 가능하면 긍정적인 방향으로까지 승화할 수 있으면 더 좋겠다는 것이었다. 이런 의도를 표면적으로 드러내지 않고 내담자의 격한 감정을 다스려가면서 상담을 이끄는 것은 고급 기술이었다. 로일은 조심스럽게 첫마디를 꺼냈다.

"안녕하십니까, 로일입니다. 제 소개는 이미 교장 선생님한테서 들으셨을 테니 생략하겠습니다."

"안녕하세요. 효의 엄마, 제니입니다."

"로봇가족부로부터 이 사건의 경위를 들었습니다. 슬픔이 크시겠습니다. 고인의 명복을 빕니다."

"아이 생각만 하면 아직도 후회로 가슴이 무너져요."

"그러시군요."

"그 교도관 로봇을 직무유기로 고발하려고 해요. 그리고 인간의 사망을 방조했기 때문에 그 로봇을 안락사시켜 달라고 청원도 할

예정이고요."

"그러시군요. 그 교도관에게 법적인 죄가 있는지를 알아보는 건 어머님의 선택입니다. 경위야 어찌 됐든 결과적으로 아이가 사망했으니, 교도관에게 책임이 있을 수도 있겠죠."

"있을 수 있는 게 아니라, 당연히 있는 거죠. 만일 기소가 안 된다면 제겐 사형 선고나 마찬가지예요. 아들을 따라가고 싶어요."

"그렇게 절박하시군요. 근데 요즘 매스컴 인터뷰를 활발하게 하시던데, 인터뷰는 어떻게 하게 되셨나요?"

"교도관 로봇 제도가 도입되고 첫 사망 사고라서 기자들로부터 연락이 왔어요."

"그렇군요. 로봇가족부에서도 이 사건에 각별한 관심을 기울이고 있습니다."

눈을 내리고 조용하게 대화하던 제니는 이 말에 낯빛이 변하며, 날이 선 시선으로 로일을 쏘아봤다.

"알아요! 로봇가족부가 제게도 몇 번 연락했었어요. 저의 감정을 무시하고, 저를 무마하려고 하더군요. 기자한테 정황을 들어 다 알고 있어요. 당신은 그 유명하다는 휴로웍스의 대표니까 로봇가족부 편을 들기 위해 온 거 같다는 생각도 들고요. 저를 방해하신다면 2차 가해를 하는 셈이라는 것쯤은 알고 계시겠죠?"

그녀의 말투에는 빈정거림이 배어 있었다. 로일은 이번 상담이 잘 안 풀릴 것 같다는 예감을 하며, 그녀가 자신의 아픔도 아픔이지만, 제발 한 번만이라도 사회 전체의 시각으로 관점을 바꿔서 객관적으로 봐 주길 바라는 심정으로 잠시 틈을 두었다가 말을 이었다.

"어머님, 마음 아프신데 시뮬레이션 연구 결과를 말씀드려서 죄송합니다만, 교도관이 인간이었어도 아드님의 상황을 막을 수는 없었을 것이라는 전문가의 의견이 안타깝게도 우세합니다."

"전문가는 제삼자예요! 그들이 구체적인 내 상황을 어떻게 아나요? 허울 좋은 시뮬레이션, 통계, 뭐 그딴 건 소수 개인의 데이터를 무시한다고요. 과학이랍시고 퉁쳐서, 개인의 고통을 희석시키려는 거, 그게 그들의 수법이에요."

"어머님의 심정은 충분히 이해합니다. 개인의 입장은 모두 다르니까요. 얼마나 상처가 크시겠어요. 그런데 아주 객관적으로 로봇의 입장에서도 한번 생각해 보시는 게 어떻겠습니까? 제가 도와드릴 테니까 같이 한번 해 보시겠어요?"

제니는 침묵을 지키다가 엉뚱한 질문으로 답을 대신했다.

"대표님은 아이가 있으세요?"

"아직 없습니다."

"그래서 제 마음을 모르시나 봐요."

"나름대로 공감하려고 노력하고 있습니다. 마음에 안 차시겠지만."

"그 로봇은 못 할 짓을 했어요. 온종일 속박했다고요! 애가 얼마나 숨이 막혔겠어요. 만일 제게 인간 교도관과 로봇 교도관 중에서 선택할 기회가 주어졌다면, 저는 융통성이 있는 인간 교도관을 선택했을 거예요. 그랬다면 내 아들은 죽지 않았을 거라구요!"

"인간 교도관이라면 잠을 자지 않고 24시간 아이를 보호하지는 못합니다. 로봇이었기 때문에 그 일에 적역이었고, 그래서 배치된 거였습니다."

잠시 틈을 두었다가 그는 드디어 하고 싶었던 말을 꺼냈다.

"그렇게 성실했던 로봇이 이제는 어머님을 위해 사형 **당할** 위기에 처해 있다는 걸 생각해 본 적이 있나요? 유죄로 인정되어 안락사를 시킨다면 말이죠."

로일은 '당할'이라는 단어를 한 글자 한 글자 스타카토 식으로 띄워서 강조했다.

"이제는 제게 가해자 프레임까지 씌우시는군요. 그 로봇은 **'로봇의 원칙'** 중에서 제1원칙, 즉 위험에 처해 있는 인간을 방관해서는 안 된다는 원칙을 어겼기 때문에 당연한 처벌을 받는 거예요. **당연한!**"

제니도 지지 않고 똑같은 강조 방식으로 응수했다.

"당연하다는 말씀은 듣기가 좀 불편합니다. 그 로봇은 아드님의 치유를 위해 최선을 다했을 뿐입니다. 듣기 힘드시겠지만 아드님은 스스로 생을 마감한 것이고, 그 로봇이 그걸 방조할 틈은 없었습니다. 게다가 어머님은 복수심에 차서 그 교도관 로봇을 죽음으로까지 몰고 가고 있어요. 아들의 사망에 이은 로봇의 사망을 진심으로 원하시나요?"

"이거 보세요, 대표님! 당신은 저를 로봇 살인자로 몰고 가고 있네요. 그깟 로봇 하나 죽는 게 뭐가 대수인가요?"

"진정하십시오. 화가 난다고 막말은 하지 마시길 바랍니다!"

둘의 언성이 점점 높아지고 있었다. 로일은 잠시 숨을 가다듬고 호소하는 자세로 말을 이었다.

"어머님, 교도관 로봇의 심정을 모두 헤아려 달라고는 못 하겠습니다만, 교도관은 지시받은 대로 최선을 다했는데도, 그 결과가 나쁘니 이제는 죽으라는 명령을 받는 심정을 생각해 보세요. 저는 마음이 무척 아립니다. 어머님 같으면 어떤 심정일까요?"

"아악! 당신은 내게 감정을 강요하고 있어요! 동정 따위의 그런 감정은 내겐 이미 없다구요! 내게 남은 건, 똑같이 되돌려 주고 싶은 마음뿐이에요! 그래서 그자가 죽는 꼴을 꼭 보고 말 거예요!"

그녀의 얼굴 피부밑에서 파란 살기가 내비쳤다.

'죽는 꼴을 볼 거다? 저런 예쁜 모습을 하고 어떻게 저런 독한 말들을 쏟아 내지?'

광기가 어려 유난히 반짝이는 그녀의 눈빛에서 섬찟함이 느껴져 잠시 멍해졌다. 생각과 청각 회로가 멈추고, 오로지 시각만이 기능했다. 로일은 무성영화 속의 아름다운 악역 주인공을 슬로비디오로 보듯이 넋을 잃고 그녀를 쳐다보기만 했다. 찰나적으로 그녀는 배우였고, 그는 관객이 됐다. 소리는 소거되고 그녀의 몸짓만 시야에 들어왔다. 섬찟함은 뭔가를 일시 중단시키는 종류의 감정이었다. 그러나 그런 살기조차 매력의 일부로 보였다.

오류가 난 듯 초점이 흐려진 그를 유심히 보더니, 그녀는 분노 조절에 실패한 자신이 문득 겸연쩍어져서 마음을 가라앉히고 나직하게 말했다.

“제게 교도관 로봇에 대한 고소 그리고 안락사 청원을 멈추라는 말씀이시네요….”

“….”

“대표님!”

자신을 힘주어 부르는 소리에 로일은 제정신으로 돌아왔다.

“아, 네.”

제니는 천장에 CCTV가 없는 걸 확인하더니 상체를 로일 쪽으로 기울이며 작은 목소리로 물었다.

“대표님이 로봇을 지나치게 변호하시는 것 같아 그러는데, 실례인 걸 알지만, 혹시 질문 한 가지 해도 될까요?”

“네?”

“대표님은 인간인가요, 로봇인가요? 대답해 주신다면 좀 더 솔직하게 제 속마음을 말씀드릴게요.”

그녀의 질문은 나직했지만 직설적이었다. 의외의 상황에서 단도직입적으로 ‘당신 혹시 사람이야, 기계야?’ 또는 ‘약 해, 안 해?’, ‘전세야, 자가야?’, ‘게이야, 아니야?’라고 은밀한 부분을 건드리는 질문을 당한 것만큼 거슬렸다.

때는 로봇차별금지법이 아직 시행되기 전이긴 했지만, 신분에 관한 질문은 금하는 게 사회적 예의라는 홍보가 늘 매스컴에 올라왔고, 이를 통해 국민 의식이 많이 바뀐 상태였기 때문에, 상대방에게 인간이냐 로봇이냐를 물어보는 것은 엄청난 실례라는 걸 알만한 사람들은 다 알고 있었다. 더구나 나 홀로 은둔하며 로봇 X-파일을 만들어 세상에 까발리는 신종 취미 족들도 생겨서, 로봇에 대한 개인정보보호 요구가 한층 강해졌고, 누군가가 신분 정보를 빼내서 악용할지도 몰라 이 이슈에 모두 민감할 대로 민감해져 있었다.

'이 여자는 매너도 없나? 대체 나를 뭐로 보고 이런 질문을 하지?'

신분에 대해 극도로 예민한 시기인데도 신분을 물어보다니, 로일은 자신의 정체성에 대해 업신여김을 당한 기분이었다. 아니, 벌거벗김을 강요당한 것만큼 치욕스러웠다. 로일이 만일 로봇이었대도, 또는 인간이었대도 기분 나쁜 질문이었다.

'이런 자리에서 내 신분을 강제로 커밍아웃시키려는 저 여자, 대체 뭐야?'

로봇이 아니더라도 인간 역사상 아주 오랜 과거부터 차별금지를 요구하는 일은 되풀이돼 왔다. 성별이나 학력, 출신 국가, 피부 빛깔, 성적 지향성이 달라도 이를 염두에 두지 않아야 하는 것이 이제는 시대 정신으로 자리를 잡았다. 로봇도 마찬가지였다. 우연히 로봇이라는 신분을 알게 되더라도 아는 척하지 않고 인간과 동일하게 대하는 것이 이 시대의 에티켓이었다.

간혹 실수로 남의 로봇 신분을 제3자에게 노출하게 될 경우, 피해 로봇이 불쾌감을 느끼거나 불이익을 당하면 고소까지 이어지기도 하였다. 특히나 인간에게 그런 의문을 품는 건 대단한 실례였다. 인간을 기계로 가정한다는 것은 대단한 인격모독으로 여겼기 때문이었다. 반대로 로봇에게 그런 의문을 품는다면 그 결과는 두 가지로 나뉘었다. 대부분의 로봇은 외관상 인간과 전혀 구별되지 않는 자신에게 대단한 자부심을 느꼈고, 일부 로봇은 성실한 자신에게 일관성도 없고 감정도 들쭉날쭉한 인간의 이미지를 부여했다고 모욕감을 느끼기도 했다. 여하간 로봇차별금지의 영향으로 인간인지 로봇인지를 따지는 것은 사회적인 금기였다. 웬만하면 모두 호모 사피엔스라고 가정하고 동족처럼 예의를 갖춰 상대하는 것이 가장 좋은 방법이었다.

로일은 그녀의 질문에 심한 혐오감을 느껴 아무 대답도 하지 않았다. 대답하기 정말 싫은데 예, 아니오, 단 두 개의 보기 중에서 고르기를 강요당한 어린아이처럼 로일의 평정심이 깨졌다. 한동안 대답이 없자 제니는 실수를 인정했다.

"제가 큰 실례를 했군요. 용서하세요."

로일은 용서를 받아들이지 않고 시선을 아래로 떨군 채 침묵을 지켰다.

"초면에 제가 너무 무례했지요? 로봇과 인간 양쪽에 컨설팅하신다기에 대표님이라면 그런 질문에 많이 열려 있는 줄 알았어요."

"제 신분을 아는 게 왜 그렇게 중요하신가요?"

"그건 대표님의 대답이 있으면 말씀드리려고 했어요. 근데 지금은 때가 아닌 것 같네요."

"그러시군요. 안타깝지만 저는 어머님의 호기심보다는 사회적 관습을 따르겠습니다. 다시 말해서 아까 그 질문에는 대답해 드릴 수 없을 것 같습니다."

"그리시군요. 그럴 수 있죠. 그럼 저는 이만 상담을 끝내고 싶
네요."

그녀는 실망한 표정으로 인사한 뒤 조용히 일어서서 나갔다. 로
일도 상담 실패가 남긴 찝찝함을 안고 서둘러 그 자리를 떴다. 제니
와의 다음 상담 약속은 이뤄지지 않았고, 다시 만날 일은 더더욱 없
었다.

로봇의 원칙

제니와의 첫 만남은 무척 강렬해서 며칠 동안 로일의 머리에 문
득문득 떠오르며 끈질기게 그를 어지럽혔다. 전문가답지 않게 개
인감정을 못 참아 상담을 실패로 이끌었다는 낭패감이 가장 컸다.
또 다른 느낌은 '알 만한 사람 같은데, 도대체 뭘 하려고 내 신분을
물었을까'라는 호기심이었다. 그녀의 광기에 가까운 분노는 단지
아들의 죽음 때문만도 아니었던 것 같았다. 발톱을 세우고 세상에
드러내려고 하는 어둡고 결연한 의지가 언뜻 읽혔다.

'아들의 죽음이 그녀의 신념을 바꿔 놓은 걸까? 그렇다면 그 신념
은 무엇일까? 그걸 위해 내 신분을 이용하려고 했을까? 그러는 그
녀야말로 인간일까 로봇일까?'

결국 의문의 종착역은 그녀의 신분에 대한 궁금증이었다.

그랬다. '저 사람은 누구일까?'라는 의문, 즉 남의 정체성에 대한 궁극적인 호기심을 인류는 끝내 버리지 못했다. 그건 동물의 본능이었다. 길을 가다가 유모차를 탄 아기를 보면 여자인지 남자인지 궁금해서 물어본 적이 누구나 있을 것이다. 심지어 산책하는 남의 집 강아지 나이가 몇 살인지도 궁금해서 물어보고, 중성적 외모를 가진 사람이 지나가면 성별을 확인하고 싶어서 뒤돌아본다. 회사에서 이상한 짓을 하는 자를 보면 가장 먼저 인간인지, 로봇인지부터 궁금해한다. 그게 우리의 본질적인 심리였다. 자기 앞에 있는 존재가 누구인지를 알면 진화적으로 살아남는 데 유리했기 때문이었다. 그러기에 누구나 한 번쯤은 투명망토를 입고 타인의 마음을 훔쳐보고 싶다는 생각을 해 봤을 것이다. 그러나 차별금지와 개인정보보호라는 미명 아래 상대방에 대한 궁금증을 원천적으로 차단하라는 지상 명령이 떨어졌다. 이전에는 모두 공개하고 살았던 것들이 하나둘 비밀로 덮여 갔다. 이렇게 '상대방의 신분을 모호한 상태로 두기'가 권장되면서, 진화의 정글에서 개인을 살아남게 하는 방편 하나가 사라진 것이다.

불과 50~60년 전만 해도 취업을 위해서는 남에게 알려지면 부끄러울 수 있는 기록들이 담긴 호적과 부모의 학력 및 경제 형편 등을 지원서에 써내야 했다. 그에 따라 심리적인 계급이 심심찮게 매겨졌고, 심지어는 낙인도 찍혔다. 길거리 공중전화 부스나 유선전화가 있는 집에는 가입자명과 전화번호, 주소가 빼곡히 나열된 베개

만큼이나 두꺼운 노란색 전화번호부가 하나씩 있었다. 공공기관에서 배부한 것이었다. 심지어 114로 전화를 걸어 이름만 대도 집 주소와 전화번호를 친절하게 알려 주었다. 주민등록번호 목록을 나열한 서류가 쓰레기통에 아무렇게나 버려지는 것도 다반사였다. 그걸 악용하려고 신경 쓰는 사람도 별로 없었다. 심지어 금융 계좌 비밀번호를 식구 또는 지인들과 공유하기도 했다. 그땐 개인정보가 개인의 정보가 아니라, 공유 정보였다. 궁금하면 그냥 물어보면 됐다.

그러나 시대는 엄청나게 바뀌었다. 남의 개인정보는 당연히 알아서도, 사용해서도 안 된다고 법이 명령했다. 극도로 사악한 범죄 혐의자라도 인권이라는 명목 아래 얼굴과 개인정보를 숨겨 주기 일쑤였다. 따라서 어떤 자가 인간인지 로봇인지는 알려고 해서도 안 되며, 알려 주는 것도 금기였다. 죽은 다음에라도 공개되면 다행이었다.

개인정보는 개인을 환경과 차단하는 사회적 세포막이었다. 정보보호 요건이 하나씩 늘 때마다 개인을 감싸는 세포막이 하나씩 덧씌워졌다. 그 세포막을 뚫는 모든 것은 범죄나 바이러스였고, 막이 뚫리면 개인은 심리적인 면역반응을 보였다. 혹시 내 정보가 나쁜 곳에 쓰일까 봐, 혹은 차별받을까 봐 불안증이 시작됐다.

자기 정보는 지키고 싶고, 남의 정보는 뚫고 싶은 마음이 개인정보보호가 지구에 남긴 유산이었다. 지금 로일도 마찬가지였다. 자기 신분은 제니에게 알려 주기 싫고, 제니의 정체성은 캐내고 싶은 본능과 싸우느라고 정신 에너지를 낭비하는 중이었다.

대중들의 캐내기 본능을 없애기 위해 정부는 로봇-인간 평등 교육에 공을 들였지만, 교육과 같은 온건한 방법으로는 본능 잠재우기에 완전히 성공할 수 없어서 기어이 로봇차별금지를 법으로 제정하기 직전에 이르렀다. 법이 정해지면 반작용도 있게 마련이었다. 예를 들자면, 대학생들이 놀이 삼아 상대의 신분을 추측하는 '누구냐, 넌 누구'란 게임을 하다가 경고장을 받을 수도 있고, 어린 애나 초고령자들이 부지불식간에 상대의 신분을 캐물을 수도 있었다. 가장 큰 문제는 역차별을 우려하는 인간 군중이었다. 아직 법안 통과 직전이었지만, 신분 노출 금지를 장려함에 있어서 정부는 강력하게 대응했다. 하지만 모든 법에는 예외가 있기 마련이었다. 두 가지 예외 조항은 다음과 같았다.

첫째, 결혼 상대일 경우에는 자신의 존재를 밝히도록 권장했다. 그 이유는 친자 출산을 희망하는 커플들이 있기 때문이었다. 로봇인 걸 모르고 결혼했다가 임신 불가라는 사실을 나중에 알게 돼 이혼을 불사하는 커플이 가끔 있었다. 그래서 '우리 아이 몇 낳을까?'라는 질문은 결혼상대자의 신분을 묻는 조심스러운 방식의 질문이었다. 그러나 요즘은 아이를 원치 않는 부부도 많고, 로봇이나 인간 아이를 입양할 수도 있어서, 상대방을 진정으로 사랑한다면 로봇이라고 밝혀도 결혼으로 이르는 데는 큰 구애를 받지 않는 형편이었다. 오히려 인간과 비교해 평균적으로 로봇의 외모가 더 뛰어나고 더 똑똑하고 더 높은 연봉을 받는 경향이 있어서, 로봇을 배우자로 선호하는 인간도 많았다.

두 번째 예외는 입양된 로봇의 경우였다. 로봇 입양아가 어릴 때는 인간인지 로봇인지 구분하지 않고 공평하게 양육해야 했다. 로봇이란 고정관념을 일찍부터 심어 줘서 자존감 및 관계 능력을 떨어뜨릴 가능성을 방지하기 위해서였다. 다만 사춘기가 지나 성인이 되면 부모가 입양아에게 로봇인 것을 반드시 알려 줘야 했다. 부모를 통해 자신이 로봇이란 사실을 알게 되더라도, 워낙 주변에 그런 정체성을 가진 가족들이 많고, 개인정보 또한 보호되기 때문에 아이도 실망은 하지만 큰 충격까지는 받지 않는다는 로봇가족부의 연구조사 결과도 발표되었다. 로봇도 인간과 똑같은 주민등록증을 받으니, 주민등록번호만으로는 신분을 전혀 구분할 수도 없게 배려해 주었다.

입양기관에서는 입양 사실을 로봇가족부에게 보고하고, 입양 후라도 집단 바이러스 감염 등의 유사시에만 클라우드로 연결해서 관리할 뿐, 성장 과정은 인간 입양아와 다를 바 없었다. 입양 부모는 입양할 때 서약해야 하는데, 자기 자식이라 할지라도 자식의 신분을 외부에 커밍아웃하는 것은 철저한 권리 침해이며, 이 철칙을 준수하겠다는 선서와 서명을 했다.

앞의 두 가지 예외에 비춰볼 때, 제니와 로일은 결혼이나 입양과는 전혀 무관한 사이이기 때문에, 제니가 신분에 관한 질문을 할 권리는 애당초 없었던 것이었다.

　제니의 상담에 실패했다는 열패감을 잊기 위해 로일은 컴퓨터 그림판에 그림을 그리기 시작했다. '인간은 인간다워야 한다'는 아버지의 영향으로 그는 인간의 창조성을 키울 수 있는 것은 무엇이든지 경험하려고 했다. 글쓰기, 그림, 음악, 여행, 명상, 무술 등 인간이 감성적으로 누릴 수 있는 것들을 배우며 그 자체로 보람을 느꼈다. 예술에 소질을 타고났는지 하는 것마다 빨리 익혔다. 자신조차 이런 잠재능력이 그동안 어디에 숨어 있었을까 하고 놀랄 정도로 학습 속도가 빨랐다. 그런 점에 더 재미가 들어 꾸준히 하다 보니 예술 작업은 어느새 취미이자 특기가 되었다.

　로일은 인공지능으로 뚝딱 그림을 만들어 내는 걸 좋아하지 않았다. 대신 액정 화면을 캔버스 삼아 구불구불 이어져 가는 선들을 직접 스케치하면서 자연스러움과 인간다움을 느꼈다. 아무리 찾아봐도 자연 세계에 진짜 직선은 없었다. 화면에 직선을 그려도 진짜 직선은 아니었다. 다만 우리가 직선을 그린다고 생각할 뿐이었다. 스마트 펜으로 색을 골라 화면을 터치하니 일순간에 선명한 색이 선택된 공간을 채웠다. 마음에 들지 않아서 취소 버튼 하나로 가볍게 취소하고 다른 색으로 채웠다. 마음에 드는 색으로 채워질 때까지 반복하고 또 반복했다. 오늘따라 색깔을 정하기도 힘들었다.

　색깔 찾기를 단념하고 몸체를 뒤로 젖혀 화면에 그린 손가락 데생을 멀찌감치 보았다. 서로 맞잡은 두 손의 손가락들이 마치 남녀의 몸처럼 얽혀 있었다. 누구를 연상하고 그린 것은 아니었는데 생각은 다시 제니에게로 착 달라붙었다. 불량스럽게 침투하는 생각의 고리를 끊기 위해, 얼른 그림을 화면에서 닫아 버렸다.

안 되겠다 싶어서 그림 그리기를 중단하고 시원한 콜라캔을 꺼내 뚜껑을 땄다. 타각하고 열림과 동시에 쉬익 새는 소리가 났다. 탄산수는 다양한 소리가 더해져서 더 시원한 쾌감을 주는 액체였다. 단숨에 들이켰다. 콜라는 목구멍에서 타다닥 튀어 오르며 강렬한 존재감을 뿜냈다. 어릴 때 아버지가 처음으로 사 준 콜라를 무심코 들이켰다가, 바늘처럼 목구멍을 찌르며 쏴아 하고 넘어가는 느낌에 놀랐던 로일에게 콜라는 추억의 물이었다. 다 비운 캔을 손아귀에 넣고 파각 소리가 나게 쭈그러뜨리는 것까지가 콜라를 마시는 과정의 마지막이었다. 그렇게 로일에게 콜라는 소리이기도 했다. 캔에 쓰인 광고 문구에 눈길이 갔다.

'죽을 것 같은 짜릿함!'

죽을 것 같다는 말은 환희와 고통의 극한 모두를 포함했다. 죽을 것같이 좋다, 죽을 것같이 힘들다는 표현처럼 말이다. 이처럼 극한의 것들은 '죽음'이란 종착지를 향해 나아간다. 로봇과 인간의 갈등도 극한으로 치닫는다면 그 끝에는 보나 마나 죽음이 대기하고 있을 것이었다.

그로부터 몇 달이 지난 후, 인터넷 속보가 떴다.

'유능했던 판사 로봇, 인간에게 사형을 선고하고 자살'

1시간 전에 뜬 기사임에도 답글이 2,000개를 넘어서고 있었다. 요약하면 이랬다. 사형 선고를 받은 인간 범죄자가 집행장의 이슬로 사라지고 난 3일 후, 그 판결을 내렸던 판사가 스스로 목숨을 끊었다. 부검에 들어가니, 부검이랄 것도 없었다. 그 판사는 로봇이었기 때문이었다. 판사 로봇은 법과 판례에 따라 공정하게 극악한 인간 범죄자에게 사형을 선고했으나, 그 판결은 아이러니하게도 '인간에게 해를 끼쳐서는 안 된다'는 로봇의 제1원칙을 어기는 것이었다. 사형 판결을 내린 후에 판사 로봇은 태생적 원칙을 어겼다는 죄책감에 내내 시달렸다. 그가 남긴 유서에는 이런 메시지가 담겨 있었다.

제니의 아들 사건 이후, 로봇이 인간의 죽음과 관련된 사건이 또 일어난 데 대해 로일은 올 것이 오고 있다고 생각했다. 어떤 경우라도 인간을 해쳐서는 안 된다는 '로봇의 원칙'은 로봇들이 생산되는 순간부터 믿고 순종해야 하는 종교와 같은 신념이었다. 로봇은 인간과 같은 자유의지를 갖췄지만, 이 원칙만큼은 계명과 같이 따라야 했다. 이해가 안 되더라도 그냥 믿고 실천해야 했다. 만일 주입된 계명대로 하지 않았다는 게 밝혀지면 정부로부터 원스트라이크 아웃이라는 극단의 조치가 취해졌다. 따라서 이 계명을 어겼다는 것을 스스로 인지한 판사 로봇은 죄책감을 이기지 못하고 자기 자신을 심판했던 것이었다.

후속 기사가 곧 떴다. 판사 로봇 자살의 근본 원인에 대한 전문가들의 비평이었다. 이 자살의 원죄는 로봇에게 판사 업무를 승인한 정부 부처, 즉 로봇가족부에게 있는 것이 아니냐는 비판이었다. 비슷한 고민을 하는 로봇들이 기댈 수 있게 로봇가족부가 은밀한 상담창구를 열어 줘야 했는데, 그런 창구가 존재하지 않았다는 것이 주장의 골자였다. 게다가 악인의 사형은 다른 국민에게는 오히려 이득이 아니냐며 판사 로봇의 죽음을 애도하는 로봇들의 원성도 거셌다. 사망 다음 날 시민 광장에 분향소가 차려졌고 많은 국민이 다녀갔다.

로일은 아버지가 인간다운 인간이 되라고 하는 숨은 뜻을 이제야 어슴푸레 알 것 같았다. 개인으로서 바르게 성장하라는 말인 줄만 알았는데, 그보다는 인류 전체의 윤리까지 포괄적으로 헤아리면서 살라는 의미였다. 따라서 진정으로 윤리적이려면, 애초부터 인간의 생명을 끊을 수도 있는 직업, 즉 판사나 외과 의사 등의 직업을 로봇에게 맡겨서는 안 되었다. 그러나 모순되게도 판사나 의사는 지식 집약적이고 논리적이고 정확한 로봇의 특성에 가장 잘 맞는 직무였고, 그러한 판단에 따라 어느 직업보다도 가장 먼저 로봇에게 맡겨졌던 일이었다. 따라서 진짜 윤리적으로 잘못한 자를 따지자면, 로봇에게 그런 일을 시켰고, 그 역할에 따른 모든 책임을 로봇에게 물리는 인간이었다. 이런 식으로 인간과 로봇의 갈등이 점차 깊어진다면, 로봇이 암암리에 **의도적**으로 인간에게 죽음을 선물하는 일이 벌어지지 않는다고 보장할 수 없었다.

판사 로봇의 죽음은 로일의 주요 업무에도 영향을 미쳤다. 그는 '로봇의 원칙'을 위배할 위험이 있는 직무를 로봇에게 맡겨서는 안 된다는 주장을 매스컴에서 펼치기 시작했다. 전국적인 캠페인을 시작한 것이다. 주장의 논리성과 더불어 개인적 매력까지 더해져서 그의 주장은 많은 젊은이로부터 호응을 얻으며 신속하게 사회 전반에 확산되었다.

이런 움직임은 시민단체에까지 영향력을 미쳐서, 교도관 로봇

구명운동이 시작되는 계기를 만들었다. 자살한 판사 로봇을 애도하고, 아직 재판 중인 교도관 로봇은 살리자는 취지였다. 이러한 활동이 본격화됨에 따라, 로일은 로봇에게 복수를 꿈꾸는 제니 같은 인간 부류를 더욱더 이해할 수 없게 되었다. 로일은 자기 일이 매우 정의롭고 공정하고 정상적이라고 생각했다.

로봇 구원 캠페인이 확산일로에 들어서면서 로일은 '로봇의 원칙'을 지키느라고 진퇴양난에 빠져 고통받는 수많은 로봇에게 미안한 마음의 짐을 덜게 됐고, 일이 더 바빠져서 제니와의 안 좋은 기억도 자연스럽게 희미해졌다.

2047년_로봇차별금지법
시행 2년 후

재회

아들을 잃은 지도 벌써 3년이나 흘렀다. 제니는 매스컴에 뜬 '로봇의 원칙을 위배하는 직무 할당, 과연 맞는 결정인가'라는 기사 제목을 읽고 있었다. 작성자는 역시나 로일이었다. 몇 년 전 그의 주장에 힘입어 교도관 로봇 구명운동이 시작됐다는 기사를 처음 봤을 때, 제니는 머리끝까지 치미는 분노를 감당하기 힘들었다. 당장 쳐들어가서 따지고 싶은 걸 겨우 참았었다. 그러나 한 해, 두 해가 지나는 동안 점차 사회적 시각으로 자신의 문제를 소화할 수 있게 되면서 제법 차분함을 되찾고 있었다.

기사를 꼼꼼히 읽고 오늘은 드디어 로일에게 만남을 신청해 보겠다는 결심이 섰다. 3년 전 첫 만남에서 저질렀던 실례에 대해 사과도 할 겸 로일과 의논하고 싶은 일도 있었는데, 차마 연락하지 못하고 오랫동안 망설이기만 하던 참이었다. 로일의 회사로 전화를 걸면서 그가 자신을 기억이나 할지, 혹은 거절이나 당하지 않을지 가슴이 뛰고 긴장되었다. 비서가 받아서 로일에게 연결해 주었다. 염려했던 것과는 달리 로일은 담담하게 만날 시간과 장소를 정해 주었다.

로일의 사무실은 강남 한복판 큰길에서 조금 들어간 공원 옆에 있었다. 간밤에 쌓였던 싸락눈이 강한 바람과 함께 정면에서 날려왔다. 그녀의 얼굴이 따갑게 시렸다. 이미 거쳐 간 발자국이 만들어 놓은 검은 길을 따라 몸을 웅크리고 걸어가면서 무슨 말을 어떻게 시작해야 할지 고민했다. 휴로웍스라는 사명이 쓰인 건물로 들어가 엘리베이터를 타고 11층에서 내리자 바로 정면에 있는 비서실에서 제니를 안내하며 물었다.

"이쪽으로 들어가시죠. 드시고 싶은 음료가 있다면 이따가 준비해 드리겠습니다."

"개인적인 면담이니 중간에 다른 사람이 들어오면 좀 불편할 것 같아요. 지금 생수 한 병만 주시면 감사하겠습니다."

"네. 여기 있습니다."

제니는 물병을 건네주는 비서의 눈빛에서 비치는 옅은 거부감을 느꼈다.

통창으로 들어오는 오후 햇살 덕분에 로일의 사무실은 눈부시게 환했다. 방금 가로질러 왔던 도심 공원이 한눈에 내려다보였다. 높은 사무실에서 바라보는 눈 덮인 바깥세상은 아까 걸어왔을 때의 황량함과는 전혀 다른 포근한 느낌을 주었다. 세상일이란 자신이 현재 어디에 있는가에 따라 체감도가 달라지는 법이었다. 눈이 주는 포근함 때문에 제니는 곧 다가올 크리스마스를 문득 떠올렸다. 아들을 보내고 나서 들뜬 크리스마스 시즌을 보내는 게 무척 힘들었다. 하지만 3년이 지나면서 올해는 좀 생각이 누그러졌다. 누구와 함께 보내게 될지는 미지수였지만, 아들을 보내고 나서 부드러운 심정으로 맞는 첫 크리스마스가 될 것 같았다.

'이래서 삼년상이란 풍습이 있나 보다.'

자신을 맞기 위해 책상에서 일어나 손님용 소파로 걸어오는 로일이 멋있어 보였다. 누구든지 일하는 현장에서 볼 때 가장 멋져 보인다는 말은 진실이었다. 로일이 권하는 자리에 앉은 제니는 물병을 만지작거리기만 하다가, 최대한 예의를 차려 겨우 말을 꺼냈다.

"대표님, 오랜만이네요. 저를 기억해 주서서 감사합니다."

독기가 사라진 제니의 표정과 약간 떠는 듯한 손가락을 느낀 로일은 경계심을 내려놓았다.

"무슨 말씀을요. 기억하고 말고요."

"예전에는 정말 죄송했어요. 그땐 제정신이 아니었던 것 같아요."

"괜찮습니다. 아드님을 잃고 가장 힘든 시기였을 테니까요. 이해합니다. 신경 쓰지 마십시오."

"감사합니다, 대표님."

"오늘 찾아오신 용건을 여쭤봐도 될까요?"

"대표님 기사 잘 읽었어요. 요즘 제 생각과 일치해서 공감이 가더군요."

"네? 의외네요. 반대편 의견을 지지하실 줄 알았는데. 어떤 부분이?"

"몇 년 전에 판사 로봇이 자살했다는 보도를 들으면서 눈물이 났어요. 제가 보기에도 판사 로봇의 잘못은 아닌 것 같아서요. 특히 유서의 내용이 제 마음을 울리더라고요."

"그렇지요. 저도 짠했습니다."

"죽음을 택하면서도 인류애를 호소한 판사 로봇이 제 마음을 크게 움직였어요. 그리고 이 일로 로봇의 부족함보다는 인간의 부족함을 비로소 객관적으로 보게 됐어요.”

“어떻게요?”

“정말 인정하기 싫었는데, 그래서 더 악에 받쳤었는데, 지금은 교도관 로봇을 탓하기보다는 제 아들의 잘못도 바로 보게 된 계기가 됐어요. 엄마로서 차마 마주하기 싫었던 진실을 말이에요. 늦었지만 교도관 로봇한테 미안한 마음이 드네요. 참! 이젠 로봇이란 단어로 지칭하면 안 되는데, 버릇돼서…, 죄송해요.”

제니의 눈에 눈물이 고였다. 아들의 잘못을 인정하는 것보다 더한 고통이 또 어디 있겠냐는 생각에 로일은 티슈를 뽑아 건네는 것으로 위로의 말을 대신했다. 그녀는 말을 이어 갔다.

“대표님, 제 아들을 관리했던 교도관의 안락사 선고일이 곧 다가오는 것 같은데, 언제죠?”

“약 한 달 후입니다. 물어보는 이유가 있으신가요?”

“촉박하지만 지금이라도 제가 용서한다는 탄원서를 내면 안락사를 면할 수 있을까요?”

의외라는 듯이 바라보는 로일과 눈이 마주치자 그녀는 민망한 미소를 지었다. 그렇게 완고했던 마음이 이제야 스스로 설득이 되었나 하는 기쁜 마음으로 로일은 답했다.

“그 교도관을 대리하는 변호사가 제 친구인데, 가능성이 있겠는지 물어보겠습니다. 판사 로봇의 죽음이 헛되지 않았네요. 사회적인 파장이 어머님께도 전달되는 걸 보니.”

"그렇죠. 그리고 제 마음이 이제는 그렇게 해야 한다고 시키네요."

"…."

원래 누구나 침묵이 오래 지속되는 것을 못 견뎌 하는 법이다. 침묵을 깨기 위해 제니는 말을 이어 갔다. 아마도 로일은 그런 심리를 이용하려고 일부러 침묵을 지킨 듯했다. 일종의 상담 기술이었다.

"로봇을 반드시 처벌해야 한다고 생각했던 과거와는 달리, 이제는 인간의 반대편에 있는 로봇의 존엄성을 높이는 데 기여하고 싶다는 생각으로 바뀌었어요. 물론 판사 로봇의 죽음이 제 생각을 바꿔 놓은 결정적인 계기가 된 건 사실이지만, 단순히 그 죽음만을 보고 결정한 건 아니에요. 아들이 하늘나라로 간 후, 지난 3년 동안 조금씩 꾸준히 변화해 왔던 것 같아요."

"놀라운데요? 어떤 변화가 있었나요?"

"네. 아들 사건으로 매스컴 인터뷰에 나선 저를 보고, 고민에 빠진 로봇들이 알음알음 제게 찾아와서 그들의 어려움을 하소연했어요. 로봇을 타도하는 제게 그들은 스스로 로봇이라고 커밍아웃하면서, 그들이 왜 힘들 수밖에 없는지를 제게 이해시켜 주려고 했어요. 실상을 마주하고 보니 인간 사회에 섞여서 고군분투하는 그들이 정말 안됐더군요. 그러다 보니 로봇 때문에 아픈 일을 당했던 제가 오히려 로봇을 위한 일을 한다면 더 진정성이 있지 않을까 하고, 지금은 그렇게 변해 있네요."

"슬픔을 긍정적으로 승화시키셨네요. 말씀을 들으니 제 마음도 푸근해집니다. 어머님은 이미 매스컴을 통해 알려진 분이니, 어머님이 가진 영향력으로 할 수 있는 일이 많을 겁니다. 구체적으로 어떤 계획이 있으신지 궁금한데, 들려주실 수 있나요?"

"좀 무모한 계획으로 들리실 텐데요, 대표님이라면 진심으로 들어 주실 것 같아서 용기를 내서 찾아뵈었어요. 제 얘기를 듣고 거절하셔도 좋지만, 비밀은 꼭 지켜 주세요."

지난번처럼 기분 나쁜 악몽이 재현되는 건 아닌가 해서 부담스럽긴 했지만, 일단 들어 보기로 했다.

"약속하겠습니다. 얘기해 보시죠."

"판사 로봇의 자살처럼 불합리한 일들이 재발하지 않으려면 로봇이 스스로를 보호하게 도와주는 시스템이 필요하다고 생각해요. 로봇을 만든 존재는 인간이기 때문에, 미처 로봇의 입장을 반영하지 못한 알고리즘을 심어 줬어요. 그게 바로 '로봇의 원칙'이란 알고리즘이죠. 로봇이 어떤 환경에 처할지 예측이 부족한 상태에서 인간이 원칙을 만들어서 심었던 거예요. 이런 상황을 극복하기 위해서 가장 먼저 할 수 있는 게 로봇 스스로 당면한 문제점을 해결할 수 있도록 교육을 시키는 거예요. 인간과의 갈등 상황에서 스스로 대처할 수 있는 교육이요."

"그래서요?"

"로봇에게 특화된 교육을 하려면, 먼저 인간과 로봇을 구별할 수 있어야 해요. 즉 로봇 리스트가 있어야 해요. 로봇인 줄 알고 혹시나 인간한테 그런 교육을 해서도 안 되고, 가장 중요한 점은 로봇들만 빼내서 교육시키는 건 차별금지법 위반이니까 반드시 은밀하게 진행해야 해요. 사실은 제게 상담받으러 오는 로봇들이 그런 교육을 강하게 원해요. '난 어떻게 해야 하냐'고 울면서요. 그래서 제가 그런 로봇들과 그들의 지인 명단을 하나둘씩 모으다 보니까 어느 정도 쌓였네요. 전체 로봇수에 비해서는 아주 미미하지만요. 그래서 더 많은 로봇 명단이 필요해요."

로일은 제니가 로봇 리스트를 모으고 있다는 데 놀라움을 금치 못했다.

"아니, 이 시국에 해서는 안 될 일을…. 한두 명도 아니고 리스트를 모으셨다니."

"위험을 무릅쓰고 하고 있어요. 로봇들의 복지를 위해서요. 하지만 로봇차별금지법이 이미 시행됐기 때문에 로봇 전체 리스트는 로봇가족부에서 꼭 쥐고 있는 기밀 사항이고, 이 사회에서 열리면 안 되는 판도라의 상자가 됐죠. 그걸 얻는다는 건 아주 힘든 일이란 걸 잘 알고 있어요. 숨은 소스를 통해 구할 수만 있다면 애꿎은 로봇의 피해를 미리 방지할 수 있을 거예요. 그러기 위해서는 대표님의 경험이 필요해요. 로봇 리스트를 구할 방법이 있는지 힌트를 좀 주실 수 있다면…."

"그만하시죠!"

로일은 말을 끊으며 단호히 다음 말을 제지했다. 역시 그녀를 만나 주는 게 아니었다. 3년 전처럼 끈질기게 이 사회가 금기시하는 요청을 하는 여인의 말을 더는 듣고 싶지 않았다. 로봇가족부뿐 아니라, 인구청이나 선거관리위원회에서도 개인정보는 절대 공개하지 않는다. 하물며 이 여인이 로봇 리스트를 이용해서 무슨 나쁜 짓을 할지 어떻게 알겠는가? 하지만 그녀의 표정은 당당했다.

"대표님의 대답은 역시 한결같으시군요. 혹시라도 제 편이 돼 주실 방법은 없을까요? 대표님의 아버님께서도 인간과 로봇의 공존을 위해 좋은 연구를 많이 하신다고 들었는데요."

그녀는 로일의 아버지가 무슨 연구를 하는지 잘 아는 듯이 말했다. 은밀한 뒷조사까지 하고 요청하는 그녀에게 더더욱 심한 불쾌감을 느끼며 로일은 딱 잘라 말했다.

"제가 하는 상담은 해결책을 찾도록 도와주는 작업이지, 불법 부탁을 들어주는 작업은 아닌 것 같습니다."

"완곡하게 거절하시는군요."

"단호한 거절입니다. 저를 이해해 달라고 하지도 않겠습니다."

제니는 단념한 듯 말머리를 돌렸다.

"대표님, 제 생각이 어떤지 아세요? 지금 시대는 마치 네안데르탈인과 호모 사피엔스가 싸우던 때 같아요. 그때의 경쟁은 인류 대 인류였지만, 지금은 인류 대 '인류를 빼닮은 로봇' 간의 대결처럼 느껴져요."

듣고 보니 그 말은 일리가 있었다. 그리고 화를 낸 채 손님을 돌려보내는 찝찝함을 덜기 위해 로일은 기계적으로 받아 줬다.

"좋은 비유네요."

"그 싸움에서는 두개골도 크고 체격도 건장한 네안데르탈인이 오히려 패배했죠. 힘이 세다고 이기는 건 아닌 거 같아요. 제가 알기로는 호모사피엔스는 수백, 수천 명이 집단을 이루며 살았기 때문에 네안데르탈인보다 체력이 약하다는 단점을 뛰어넘었죠. 지금으로 말하면 지능의 협업이라고 해 둘까요? 데이터를 한 서버에 몰아넣는 것과 같은 거죠. 그래서 상대를 질적으로 제압할 수 있었던 거라고 봐요."

"그런데 어머님, 아니, 이제는 성함으로 불러 드리는 게 더 편하시겠죠?"

"네. 제니라고 불러 주세요."

"그렇다면 제니님은 인간과 로봇 간의 대결에서 누가 이기기를 바라나요?"

"양쪽 다 이기길 바라요. 저는 두 집단이 화합하길 바라요. 대표님이 원하는 세상도 그런 세상 아닌가요?"

"…."

로일은 이랬다저랬다 하는 제니의 말을 종잡을 수 없었다.

'아까는 로봇만을 위해 일하고 싶다고 말했으면서, 이번에는 양쪽 다 이기기를 바란다는 건 또 무슨 뜻일까.'

지금처럼 로일이 말을 아꼈던 적은 없었던 것 같았다. 제니는 점점 더 자신의 결론을 향해 말을 이어 갔다.

"내 아들이 죽고 나서 로봇차별금지법이 생길 거라는 말을 들었을 때 저는 정말 미칠 것 같았어요. 인간과 로봇을 구별하지 못하게 되면 제가 로봇에게 복수할 길이 완전히 차단되는 것 같았거든요. 근데 아까 말했다시피 로봇들의 하소연을 들으면서, 이젠 양쪽 다

잘됐으면 하고 생각이 바뀐 거죠."

"…."

"올해는 로봇차별금지법이 시행된 지 2년째 되는 해예요. 근데 그 결과로 오히려 인간과 로봇은 서로의 신분을 의심하면서 더 분리되는 현상을 겪고 있어요. 차별금지법이 아예 인간과 로봇의 완전 분리법이 돼 버린 느낌이에요. 정부가 기대했던 목적과 완전히 반대의 결과를 낳고 있는 거예요. 차별금지법이 생기기 이전에는 그런대로 알아도 모르는 척, 어울렁더울렁 살 수 있었는데, 차별금지 개념을 확실하게 심어 준 이후로는 겉으로만 차별을 안 하지 심리적으로는 더 분리가 되어 버렸어요. 서로가 차별을 하나, 안 하나 촉각을 곤두세우고 눈치를 보게 됐죠."

의외로 그녀의 말에는 묘한 끌림이 있었다. 그러나 한편으로는 혹시라도 그녀의 술수에 놀아나지 않을까 경계하면서 정신을 바짝 차리고 그녀의 말을 들었다.

"차별금지가 오히려 분리를 심화시켰다…. 일리 있는 말이네요."

"이제는 분리보다 진정성 있는 화해가 필요해요. 제가 하려는 작업은 인간과 로봇 양쪽에서 각각 시작돼야 해요. 그런데 양측 견해가 달라서 하나의 통일된 전략으로는 절대 화합될 수 없어요. 인간은 이렇게, 로봇은 저렇게 해야 중간지점에서 합일이 이뤄진다는 뜻이에요. 그러기 위해서는 사회적 약자이면서 명령에 순종적인 로봇을 위한 일을 먼저 하자는 게 제 아이디어에요. 그래서 리스트가 필요해요. 로봇 리스트요."

로일은 그제야 제니의 속뜻을 이해했다. 그녀가 약간 다르게 보이기 시작했다.

"로봇 리스트를 얻은 다음에는요?"

"로봇들을 불러 모아서 그들의 집단의식을 깨워 줘야죠."

"어떻게 깨운다는 건가요?"

"일단 로봇을 하나하나 흩어놓으면 힘이 분산돼요. 같은 목적 아래 하나로 뭉쳐 좋은 영향력을 행사하면 좀 더 효과적으로 조화로운 세상에 도달하지 않을까요? 호모 사피엔스가 뭉친 것처럼 로봇도 집단지성으로 뭉치자는 거죠. 로봇은 명령에 복종적이니까 연락책만 제대로 기능한다면 하나로 뭉치도록 하는 건 어렵지 않을 거예요."

"뭉쳐서요?"

"아직 확실하진 않지만, 인간과 로봇이 진정한 평등을 실현하는 사례를 실험하고, 마인드 교육으로 로봇의 마음 근육을 키워서, 지금의 불완전한 로봇차별금지법을 보완하는 작업을 해 볼까 해요. 최종 목적은 로봇과 인간의 공존을 위해서죠. 로봇과 인간의 공존은 휴로웍스의 모토 아닌가요? 그래서 대표님과 같이 할 수 있는 일이 분명히 있을 거란 확신이 들어 오늘 찾아뵀어요."

제니는 자기의 계획을 어떻게 하면 잘 전달할 수 있을지 계속 로일의 표정을 살펴 가며 설명을 이어 나갔다. 심각한 대화가 오가던 중, 스피커폰으로 들리는 새라의 목소리가 대화의 묵직함을 깨 주었다.

"대표님, 약속된 미팅에 가실 시간입니다."

로일은 새라의 방해가 고마웠다. 오늘날 가장 민감한 로봇차별 금지법을 위반하면서까지 로봇들만을 위해서 뭔가를 하려는 도발적인 계획에 당장 답해 줄 말이 없었기 때문이었다. 로봇 리스트가 노출되면 과거의 블랙리스트와 마찬가지로 갈라치기의 역할을 할 게 뻔했다. 과거 조선 사회에서 '저놈은 종놈의 자식이야'라는 소리만큼, 로봇의 신분이 드러나면 평생 차고 다닐 족쇄가 될 터였다. 리스트가 정말 무서운 이유는 한 번 폭로되면 쓸어 담는 게 불가능하기 때문이었다. 그래서 아예 봉인해 놓는 게 상책이었다. 로봇이 차별받지 않는 세상이 되려면 로봇 리스트는 개인정보 중에서도 가장 중요하게 보호돼야 할 정보였다. 그런데 그녀는 반대로 리스트의 봉인을 해제하려 하고 있었다.

그러나 그녀의 생각을 더 듣고는 싶었다. 아니, 들어야 했다. 그녀가 하는 일에 동조하려는 의도는 전혀 아니었다. 오히려 그 반대였다. 그녀가 꾸미는 비밀스러운 계획을 미리 알고 예방해야 할 필요성을 느꼈기 때문이었다.

"제니님, 잘 들었어요. 그런데 미안해요. 지금 다른 미팅에 가야 하는데, 오늘 들은 얘기는 다음 만날 때까지 좀 생각해 볼게요."

"어머, 정말요? 감사합니다. 그럼 오래 기다릴 것 없이, 다음 주에 만나는 것 어떠세요?"

"음…, 그럼 나가실 때 비서한테 저와의 미팅 시간을 잡아 달라고 하세요."

"예, 그럴게요. 근데 다음 주는 저의 집으로 모시고 싶은데, 괜찮

으실까요?"

"자택으로요?"

"예. 초대라기보다는 조용한 장소가 필요해서요."

"아, 네."

뚱딴지같은 초대가 부담스러웠지만, 로일은 말대꾸할 시간이 없어서 대충 대답하고 일어섰다. 제니는 로일의 뒤에 대고 고맙다는 인사를 잊지 않았다.

로일은 엘리베이터 앞에서 자신을 배웅하는 새라에게 타이밍이 아주 적절했다는 표시로 눈을 찡긋하고 미팅 장소로 향했다.

두 가지 마음

지난번 제니와의 면담은 로일에게 두 가지 감정을 동시에 일으켰다. 그녀가 하려는 일에 대한 거부감과 호기심이었다. 그녀가 3년 전 매스컴에서 보여 왔던 행동은 당돌하다 못해 과격했다. 로일은 이런 성향을 가진 자의 일에 연루되고 싶지 않았고, 뇌는 자기 보호 본능을 발동해서 몸을 사리라는 명령을 내렸다. 하지만 제니의 얘기를 들어 보니 그녀가 꾸미는 무모한 일의 밑바탕에는 어떤 깊은 의도가 깔려 있는 것 같았다. 로일은 그것을 캐내고 싶은 궁금증을 피하기 어려웠다.

그 의도를 알아내기만 한다면 그녀가 일으킬지도 모르는 사회적 혼란을 사전에 막을 수도 있고, 그런 사례를 잘 활용하면 자기 사업 발전에 도움이 될 뿐 아니라, 나라의 안정에도 기여할 수 있겠다는 비즈니스 감각이 발동되었다. 그동안 휴로웍스는 인간의 입장에서 로봇과의 공존을 연구해 왔다. 다시 말해 로봇은 인간의 보조자임을 암묵적으로 전제하고, 로봇 세계에서는 무엇을 꿈꾸는지, 또는 그들이 집단적으로 바라는 사회 변화는 무엇인지 등 로봇의 입장을 대변하는 컨설팅에는 조금 등한시해 왔던 게 사실이었다. 진정한 휴로웍스는 양측 모두에 이로워야 한다는 제니의 말은 꽤나 일리가 있었다.

'그렇다 하더라도, 그녀와 만나다가 혹시 안 좋은 일에 휘말리는 건 아닐까?'

그녀와 얘기를 섞는다는 것 자체가 여전히 썩 내키지 않았다. 약속을 취소할까도 몇 번 망설였으나 거부감보다는 호기심이 그를 약간 더 자극했다. 좀 더 솔직하자면, 일에 대한 호기심이 전부는 아니었다. 제니는 요즘 만나 봤던 여성 중에 그의 눈길을 가장 끌었던 여성이었다. 일에 사적인 감정을 섞는 게 절대 바람직하지 않다는 걸 잘 알고 있었지만, 그녀의 매력적인 첫인상과 특히 상대방의 눈길을 흡인하는 검고 큰 눈동자를 떠올릴 때마다 마음이 쏠리는 걸 막을 수 없었다.

'제니는 어떤 사람일까?'

결국 그녀를 한 번 더 만나 보고, 계속 만나도 되는 인물인지 아닌지의 행보를 결정하기로 했다.

일주일 후 제니를 만나러 나선 로일은 찜찜한 마음이 반, 괜찮겠지 하는 마음이 반이었다. 조금 빨리 길을 나섰기에, 자율 전용차는 알아서 느린 속도로 주행하며 약속 시간을 맞추고 있었다. 정확히 5시에 제니의 주소지에 도착했다. 시내 중심부에서 좀 떨어진 높은 아파트 사이에 숨어 있는 아담한 빌라였다. 차에서 내리니 칼바람이 휘익 왼쪽 뺨을 그었다. 칼 장수가 반짝하니 간 칼날을 들이대는 것같이 매서웠지만, 자연이 공급하는 천연 바람이 얼마나 상쾌한지 몰랐다. 바람에 날리는 머리카락을 정리하며 빌라 건물로 들어섰다. 제니의 집 문 앞에 서자 센서로 로일을 감지한 현관 벨이 자동으로 울렸다. 곧이어 현관문이 열렸다. 큰 체격의 로일이 들어서니 낮은 천정의 집안이 꽉 차게 느껴졌다.

재스민 꽃향기가 거실 가득했다. 인공 향이 아닌 자연의 향이었다. 끓이고 있던 차의 향기라는 걸 느꼈다. 오렌지색 바지에 새하얀 상의를 매치한 트레이닝복 차림의 제니는 로일의 코트를 받아주며 반갑게 맞았다. 그 모습이 재스민 향만큼 아름다웠다. 그녀는 자신의 매력 포인트를 본능적으로 알고 있는 것 같았다.

거실을 꾸미고 있는 빨강과 초록의 알록달록한 패브릭 소품들과 잔잔한 캐럴이 크리스마스 시즌 특유의 포근함을 듬뿍 느끼게 했다. 때맞춰 창밖에 눈송이가 하나둘 날리기 시작했다. 눈 내리는 한겨울, 포근포근한 담요를 덮고 귤을 까먹으며 산타 할아버지가 오실 날을 손꼽아 기다렸던 추억은 누구나 갖고 있을 것이다. 로일

은 오랜만에 크리스마스의 낭만에 젖어 진열장 앞에 서서 아기자
기한 도자기 그릇들을 천천히 둘러보았다.

"안티크 상점에서 산 것들이에요. 제가 오래된 도자기들을 좋아
하거든요. 골동품에는 눈에 보이지 않는 전통이란 추상명사가 스
며 있어요."

"전통이라…."

그녀가 생각보다는 그렇게 급진적이 아닌 것도 같다는 생각이 들
었다. 여하간 여러 가지로 오묘한 느낌을 주는 여인이었다.

"이리 오셔서 차 드세요."

그녀는 로일을 소파로 안내했다. 심각한 의논을 하기에 앞서 서
로의 마음을 여는 것도 그리 나쁠 게 없다는 생각에 로일은 제니의
앞이 아닌 옆자리에 앉았다. 거실 테이블에는 재스민차가 담긴 도
자기 주전자와 각종 채소가 가득 든 샌드위치가 차려져 있었다. 제
니는 노란색 꽃이 그려진 클래식한 본차이나 잔에 차를 따랐다. 찻
잔을 건네는 그녀의 손가락이 로일의 손을 살짝 스쳤다.

"아드님 사진은 모두 치우셨나 봐요."

"네. 3년이 넘었으니 이제는 놓아 주려고요."

"그러시군요…."

"아들과 같이 만들던 트리도 이젠 만들지 않아요. 혼자 만드는 건
슬플 거 같아서요."

"그러시겠네요."

잠시 침묵이 이어졌다. 상대방을 너무 모르기에 적당한 대화거리

를 찾기가 힘들었다. 오랜 침묵을 깨고 로일이 먼저 본론을 꺼냈다.

"자, 지난번에 어디까지 얘기했었죠?"

제니는 왼손에 찻잔을 들고 오른팔은 의자 등받이에 걸친 채 로일 쪽으로 몸의 방향을 틀어 편안한 자세로 대답했다. 그녀는 왼손잡이인 것 같았다.

"저번에요? 인간과 로봇의 화합을 위해서 약자인 로봇을 먼저 돕고 싶다. 로봇이 좋은 영향력을 발휘하기 위해선 로봇을 위한 교육이 필요하다. 이를 위해 로봇 리스트가 필요한데 대표님이 도와주시면 좋겠다. 뭐 이렇게 제안했었죠. 그동안 생각을 좀 해 보겠다고 하셨는데 오늘 무슨 말씀을 하실지 너무 궁금해요."

그녀는 로일의 눈을 빤히 바라보며 의중을 살폈다. 로일은 자신의 속마음을 터놓지 않고 그녀가 무슨 궁리를 하고 있는지 더 알아보기 위해 솔깃할 만한 제안을 했다.

"많이 고민해 봤는데, 리스트를 얻는 방법은 저도 모르거니와, 제가 직접 알려 드릴 방도도 없고, 대신 리스트 입수 방법을 제니님이 스스로 생각해 내는 걸 코칭해 줄 수는 있겠다는 생각입니다. 상담 기법을 동원해서요."

상담이란 단어는 어서 마음을 열고 정보를 터놓게 하기 위한 교묘한 장치였다.

"오! 고마워요. 일단 제 제안을 거부하지는 않는다는 말씀이죠?"

제니는 갈급한 희망의 열쇠를 하나 얻은 것처럼 좋아하며 로일의 두 손을 감싸 쥐었다. 그리고 손을 쥔 채 상체를 조금 뒤로 빼서 로

일의 눈을 빤히 바라보았다. 그의 눈에서 거짓은 아니라는 걸 확인
했다는 듯 살짝 미소를 짓고 손을 놓아 주었다. 당돌한 스킨십에 귀
가 붉어진 로일은 거울 뉴런이 시키는 대로 그녀를 따라 멋쩍게 헛
미소를 지었다.

당황하며 자세를 고쳐 앉는 로일의 몸짓을 보고 제니는 소리 내어
웃었다.

"호호호. 제 의견에 동의해 주신 게 너무 고마워서 덥석 손을 잡
았네요. 죄송해요."

"제가 아직…, 그다지…, 동의한 건 아닌데…."

도발적인 그녀의 행동 때문에 그는 말을 더듬었다. 제니는 아무
일 없었다는 듯 그의 빈 찻잔을 다시 채워 주었다.

'얼마나 중요한 일이기에 이렇게 좋아할까? 다 이유가 있겠지.'

로일은 정신을 가다듬었다.

"대표님, 이제 저를 제니님이 아니라 그냥 제니라고 불러 주세요.
말도 놓으시고요."

"알았어요, 제니. 말은 차차 놓기로 하고. 근데 지난번 했던 얘기
를 좀 더 듣고 싶어요. 구체적인 계획 같은 거요."

"저도 아이디어를 생각 중인데, 혼자서만 생각하는 게 힘들더라
고요. 근데 대표님은 판사 로봇이 왜 죽음을 택했다고 생각하세요?"

"그야 '로봇의 원칙'을 위반했기 때문이죠."

"그렇죠. 아이작 아시모프가 정했던 **'로봇의 3원칙'**은 이 시대를
사는 사람들이라면 누구나 알고 있죠. **제1원칙**, 로봇은 인간에게

해를 끼쳐서는 안 되며, 위험에 처해 있는 인간을 방관해서도 안 된다. **제2원칙**, 로봇은 인간의 명령에 반드시 복종해야 한다. 단, 제1원칙을 거스를 경우는 제외다. **제3원칙**, 로봇은 자기 자신을 보호해야 한다. 단, 제1원칙과 제2원칙을 거스를 경우는 예외다. 이 '로봇의 3원칙'을 대표님은 어떻게 생각하세요?"

"음…. 여태까지 너무나 당연하게 여겼던 거였지만, 막상 따져 보니 로봇의 입장에서는 무리가 있네요. 특히 제3원칙요. 자신을 보호하는 게 원칙 중에서 제일 마지막이라니. 제가 만일 로봇이었다면 많이 억울하겠어요."

"대표님, 아시모프는 나중에 0원칙을 추가해서 '로봇의 3원칙'의 영향력을 개인이 아닌 인류 전체에까지 확대했죠."

"그렇죠. 뭐더라? 로봇은 인류 전체에 해를 가하거나, 행동하지 않음으로써 인류가 해를 입도록 해서는 안 된다고 했던가요?"

"맞아요. 바로 그거예요. 근데 문제는 '로봇의 3원칙'이 생긴 지 대충 100년이 지났다는 점이에요. 이제는 로봇도 스스로 공정한 판단을 할 줄 아는 인격체인데, 3원칙은 로봇의 권리를 완전히 무시하고 무조건 인간의 지시를 따르라고 하고 있어요. 교도관 로봇과 판사 로봇은 성실하게 자기 역할을 하다가 본의 아니게 인간의 죽음과 관계된 것뿐이에요. 이럴 때도 '로봇의 3원칙'을 어겼다고 벌을 받아야 하나요? 로봇이 생산될 때 인간이 관습적으로 심어 준 3원칙의 알고리즘, 그것 때문에 로봇들은 사는 내내 고통받고 있어요. 로봇차별금지법이 발동된 지금도 로봇은 자신의 안전보다 인간의 위험을 먼저 보호해야 하고, 자신의 판단보다 인간의 명령을 따라야 해요. 심지어 인간보다 똑똑한 로봇이 세상에 널렸는데도요. 로봇권, 로봇권, 말들은 거창하지만, 세상은 로봇보다 늘 인권이 먼저인 거죠. 대표님은 이 '로봇의 3원칙'이 공정하다고 생각하세요? 아직도 지켜져야 한다고 생각하세요?"

"로봇으로 태어난 이상 절대적으로 지켜야 하는 게 '로봇의 3원칙'이지만, 원칙 자체에 차별성이 짙게 깔렸네요."

"바로 알아들으시는군요. 그걸 바꿔야 해요."

"근데 원칙을 무시하고 로봇이 행동한다면 인간이 상상도 못 했던 무서운 세상이 닥칠지도 몰라요. 로봇이 집단적으로 반란을 일으켜 인간을 말살시키려는 그런 SF영화 많이 봐 왔잖아요. 그걸 미리 방지하자는 게 바로 '로봇의 3원칙'이죠. 지금도 일부 로봇이 나쁜 인간을 따라서 나쁜 짓을 배우고 있는데, 그런 현상이 퍼지는 걸 어느 인간이 두고 보겠어요? 만일 '로봇의 3원칙'을 바꾼다고 하면 이 세상은 그걸 찬성하는 로봇과, 그걸 반대하는 인간이 반으로 완전히 갈라질 거예요. 예를 들어 로봇들이 대거 커밍아웃을 해서 인간과 격렬하게 대립할 게 뻔히 예상되지 않나요? 그렇게 커밍아웃을 하면 로봇가족부가 보관하는 로봇 리스트는 휴지쪽이 될 거고."

"3원칙의 파기는 '인간의 명령에 무조건 복종해야 한다'는 원칙을 어길 수도 있는 거니까, 인간은 당연히 위협을 느끼겠죠. 하지만 인간과 로봇의 진정한 평등을 이루기 위해서는 언젠가 한 번쯤은 3원칙을 어떻게 수정해야 할지를 심각하게 다뤄 봐야 할 거예요.”

“…”

로일은 잠시 말을 잊고 생각에 잠겼다. 그녀는 생각했던 것보다 훨씬 더 원대한 계획을 세우고 있었다. ‘로봇의 3원칙’ 폐기는 혁명에 가까웠다. 나라를 로봇 집단과 인간 집단의 두 파로 쪼개 버릴 만한 혁명, 나라의 안정과 안전을 뒤엎을 만한 새 판을 짜겠다는 얘기를 듣고 있자니 자신도 한 패거리, 즉 공모자가 되는 것 같아 영 찜찜했다.

‘이 여자가 이런 큰일을 혼자 한다고? 누군가 숨은 세력이 도와줄지도 모르지.’

정확한 내막이 뭔지 파악되지 않는 상태에서는 섣불리 그녀를 막을 수도 없었다. 그러나 남의 일만도 아니었다. 만일 우리 회사 직원들이 ‘로봇의 3원칙’ 폐기 지지 집단을 만들어서 그들의 권익 관철을 위해 회사를 어지럽힌다면? 그 뒷수습은 온전히 CEO인 자신이 감내해야 했다. 그런 지난한 상황은 생각하기도 싫었다. 그녀의 심중을 끝까지 파고들어 혁명의 뿌리를 일찌감치 뽑아 버려야 한다는 조급함이 슬며시 스며들었다. 로일의 그런 마음을 눈치채지 못한 그녀는 마치 로봇의 대변자처럼 계속 말했다.

“몇몇 로봇이 노력한다고 될 일이 아니에요. 많은 로봇이 뭉쳐야 해요. 근데 웃긴 게 뭔지 아세요? 로봇이 연대 운동을 한다고 해도, 로봇들을 한꺼번에 처벌할 수는 없다는 거예요. 왜냐면 그 많은 로봇을 동시에 정지시킨다면 인간은 생존할 수 없으니까요. 그러니까 인간은 자신들의 생존을 위해 로봇의 조건을 들어줄 수밖에 없지 않겠어요? 인간이 로봇에게 의존하고 있는 지금의 현실, 누구도 부정하지 못하잖아요? 저는 그 점을 이용할 거예요. 로봇차별금지법에 따라 인간과 동등한 권리를 주기로 했다면, 불공정한 '로봇의 3원칙'도 폐기하거나 로봇의 의견을 반영해서 수정하는 게 마땅하다고 봐요. 로봇차별금지법에 의해 이제 로봇에게 투표권도 주어졌으니, 법을 통해서 3원칙을 바꾸는 조직적인 운동도 가능한 거죠."

그녀의 얼굴에서 리더의 야망이 언뜻 읽혔다. 지금이라도 제동을 걸어야 했다.

"잠깐만요! 만에 하나, 로봇들이 자기 이익을 위해 인간들을 집단으로 무너뜨릴 가능성을 간과하고 있지는 않겠죠? 인간을 로봇의 하위 계층으로 만든다든가, 그럴 땐 어떻게 하죠? 무슨 대비책이라도 있나요?"

"대표님은 로봇이 왜 로봇인지를 아실 만한데 그런 질문을 하시네요. 로봇은 알고리즘으로 조종할 수 있어요. 로봇에게 이기심이 발동하지 않는 알고리즘을 심어 주면 간단하게 해결되죠. 로봇만의 이기적인 이익이 아닌 '모두가 공존하는 세상'이란 큰 목표를 집어넣어 줘야죠. 제가 확실히 믿는 점은 '로봇의 3원칙'을 유지하는 한 로봇차별금지법은 반쪽짜리에 불과하단 거예요. 인간과 로봇 모두에게 공평한 세상이 만들어져야 한다는 게 제 신념이에요."

제니의 말도 어느 정도는 이해는 됐다. 실제로 로일이 하는 사업도 인간과 로봇 모두 공평한 세상을 만들고자 하는 것이었기 때문이었다. 하지만 현실적으로 로봇에게 이기심을 심어 주지 않는 게 과연 제니 말대로 가능할까? 그녀는 대체 뭘 믿고 이런 일을 꾸미려고 할까? 뒷배경은 누구일까? 로일의 머리에 많은 의문이 스쳤다.

"함께 하는 사람은 누구죠?"

로일은 참지 못하고 물었다.

"제게 상담을 요청한 로봇들이죠. 이건 전격적으로 밑바닥에서 올라온 요구예요."

너무나 평범한 답변이 돌아왔다. 의뭉스럽기 그지없었다. 그녀의 눈빛에 어른거리는 야심이 진짜로 선한 마음에서 우러나온 것인지, 아니면 로봇 집단을 대거로 움직이면서 얻게 될 개인적 파워와 이득을 위한 것인지, 속마음을 진짜 알 수 없었다. 하지만 로봇 세계의 물밑에서 현재 어떤 파동이 일렁이고 있는지를 안 것만 해도 오늘의 수익이었다. 파동이 파도가 되어 물 위로 튀어 오르게 된다면 위험천만한 일이었다.

여기 오기 전까지는 짐작하지 못했던 얘기였다. 골치가 아파졌다. 생각을 소화하기 위해 로일은 샌드위치를 들고 천천히 씹었다. 그러다 너무 심각해진 자신을 발견하고, 복잡하고 무거운 얘기는 일단 접어 두기로 했다.

제니와 이런저런 일상의 얘기로 식사를 마칠 즈음 아버지로부터 전화가 왔다.

"제니, 잠깐 전화 좀 받을게요. 네, 네, 아버지. 그럴게요."

"아버님 전화군요."

몇 년 전에도 그랬듯이, 제니는 아버지에게 유독 관심을 보였다.

"네. 오늘 저녁때 집에 꼭 오라는 말씀이세요. 이제 떠나야 할 시간이네요."

"후훗! 파파보이예요?"

"우리 집 가족 문화예요. 이해하세요."

"오늘 엔돌핀이 팡팡 나와서 같이 와인이나 마시면서 저녁을 보내고 싶었는데, 꽝이네요."

"미안해요. 다음 주에는 충분히 시간을 빼놓을게요."

로일은 오늘 풀지 못한 수수께끼를 다음 주에 이어서 풀기로 했다. 즉, 제니와 다시 만나기로 마음먹은 것이었다.

"네. 다음 주까지 봐 드리는 거예요."

애교 섞인 인사말에 그녀의 어깨에 다정히 손을 올렸다가 현관문을 나섰다. 진짜 내막을 알 때까지는 친밀함을 유지하는 게 낫겠다 싶어서였다.

로일은 본가로 가는 차에서 생각에 잠겼다. 긍정적으로 보자면, 그녀가 진짜 순수한 목적을 가졌을 수도 있겠다는 생각도 들었다. 그런 좋은 의도라면, 불법에 개입되지 않는 이상 도와주고 싶은 마음도 살짝 들었다. 로봇의 입장을 존중하고 로봇의 권리를 위해 봉사하는 것도 자기가 해야 할 일의 한 부분이라는 합리화도 하게 됐다. 앞으로 자기가 어떻게 처신해야 할지, 생각의 흐름을 잃지 않으려고 잔잔한 재즈를 들으며 본가로 향했다.

일주일 동안 로일은 제니가 했던 말을 곰곰이 되새겨 봤다. 만일 휴로웍스의 직원 다수가 제니의 신념에 공감해서, '로봇의 3원칙'을 폐기하자고 격하게 요구한다면? 학교나 관공서에서도 그런 광경이 나타나 온 나라에 퍼진다면? 그런 혼란스러움은 절대 마주하고 싶지 않은 일이었다. 그렇다면? 의식을 바꿔야 할 사람은 제니였다.

'나를 위해서라도 제니의 행동을 멈춰야 한다. 그러기 위해서는 지속적인 미팅이 필요하다.'

그동안 제니와의 관계를 끊어야 할지, 말아야 할지, 자신에게 묻고 또 물었었다. 이젠 제니를 만나는 데 주저하지 않아도 됐다. 제니를 계속 만나야 할 당위성을 찾았기 때문이었다. 논리적인 정리가 끝났다. 제니의 속사정이 뭔지는 접어 두고라도, 당장 자기 회사의 안정을 위해 로봇 직원들의 속마음은 어떤지 그 상황부터 파악하고 싶었다. 그리고 제니를 통해 그녀에게 동조하는 로봇 리스트를 얻을 수 있다면, 또한 그 세계가 원하는 진짜 목적이 무엇인지 속내를 알아낼 수 있다면, 이런 정보와 노하우를 전국적으로 확산시킬 수 있다면 휴로웍스의 가치가 몇 단계 튀어 오를 수 있는 절호의 기회가 될 것이었다. 그러는 과정에서 제니의 행위를 혁명이 아닌 유순한 방향으로 틀어 주면 될 것 같았다.

한편, 그의 무의식 속에는 만남을 끊지 않으려는 이유가 하나 더 있었다. 의식에서는 인정하기를 완강히 거부하고 있지만, 그의 무의식은 젊은 남녀 해결사 두 명이 비밀 토론을 한다는 관계적인 즐거움을 탐닉하고 있었다. 비밀은 본성적으로 달콤한 속성을 지녔다. 모든 것을 차치하고라도 아담한 제니의 빌라는 둘만의 비밀 아지트로 훌륭했고, 거기서 얻을 즐거움 또한 꽤나 쏠쏠하게 기대됐다. 비록 서로의 지향점은 다를지 몰랐지만….

일주일 후 로일은 최고급 보르도 와인 한 병과 와인 잔 한 쌍을 들고 제니의 집으로 향했다. 약속 시간에 맞춰 현관 앞에 다다르자, 제니는 외출했었는지 뒤에서 부리나케 따라오며 그를 불렀다.

"대표님! 늦어서 미안해요."

"넘어져요. 천천히 오세요."

집으로 같이 들어가면서 로일이 물었다.

"어디 갔다 왔는지 물어봐도 돼요?"

제니는 거실에 흩어져 있는 옷가지들을 잽싸게 정리하면서 대답했다.

"그럼요. 로봇 노동자 몇 명을 소개받아서 면담하고 왔어요. 로봇차별금지법 시행 전부터 같이 일하던 동료들은 누가 로봇인지를 아는 경우가 꽤 있어요. 얼마 전부터 그런 올드(Old) 로봇들을 비밀리에 알음알음 소개받아서 상담해 주고 있어요. 그러면서 로봇 명단을 하나둘씩 모으고 있는 거죠."

그녀의 말에서 올드 로봇들끼리는 이너써클을 구성하고 있을 수도 있겠다는 짐작이 들었다. 그들의 수만 해도 대단할 것이었다.

"리스트 중에 우리 직원도 있나요?"

무심한 톤으로 지나가는 말인 척 진짜로 궁금한 것을 물었다.

"그런가? 제가 명단을 한 번 봐야 알겠는데요?"

비껴가는 솜씨가 보통이 아니었다.

'내 일에 그렇게 관심이 많으면서 아직 안 알아봤다고? 지금은 못 알려 주겠다는 건가? 아니지. 진짜 모를지도 모르지.'

로일은 어설프게 속내를 드러낸 것 같아, 얼른 분위기를 바꿔 장난기 섞인 말투로 농담을 던졌다.

"그런 방식으로 띄엄띄엄 모으려면 한 10년은 걸리겠네요."

"그런 소리 마세요. 10년을 2~3년으로 단축하려고 대표님께 찾아간 거라고요."

샐쭉하는 표정이 귀여웠다. 그녀의 볼을 엄지와 검지로 살짝 잡고 싶은 충동이 일었으나, 곧 정신을 가다듬으며 물었다.

"제니, 와인 가져왔는데, 마시기 전에 간단한 식사 배달 주문부터 할까요?"

"좋죠. 저는 치킨 좋아해요."

"후후…. 와인과 치킨이 궁합이 맞으려나?"

"그런가? 하지만 치킨은 50년 전이나 지금이나 영원한 우리의 친구니까요."

둘은 소파에 파묻혀 어깨를 맞대고 하나의 태블릿을 보면서 화면에 나열된 이 메뉴 저 메뉴를 둘러보며, 이게 좋다 저게 좋다 키득

거렸다. 마치 대학생 때로 돌아간 기분이 들었다. 최종 선택은 가장 평범한 반반 치킨이었다. 치킨 주문을 입력하면서 제니는 주문처럼 박자를 넣어 말을 이어 갔다.

"동등한 급여, 동등한 휴가, 동등한 입양권, 동등한 권리…."

"후후…. 마치 랩 같네요."

"네, 우리의 구호로 쓰고 있어요. 저는 인간이 로봇을, 로봇이 인간을 넘어서는 것을 원하는 게 아니에요. 거듭 말하지만, 인간과 로봇의 형편이 동등해지는 걸 원하는 거예요."

"알았어요, 알았어. 무슨 말인지 알았다고요. 다음에 만날 때까지 지금의 아~주 느릿한 방법 외에 어떤 방법으로 로봇 리스트를 신속히 얻을 수 있을지, 그리고 레듀케이션을 위해 몇 명의 로봇을 모집하면 가장 효과적일지를 생각해 오세요. 같이 얘기해 보게요."

"레듀케이션이요? 그게 뭐예요?"

"아, 내가 안 알려 줬었나? 레듀케이션(rEducation)은 로봇의 r자와 교육의 Education을 합친 합성어예요. 제가 만든 합성어죠."

"아, 로봇에게 하는 교육을 말하는 거네요."

"그래요. 거기에 로봇이 가르치는 교육까지 포함하는 단어예요. 그래서 가르치는 로봇을 레듀케이터(rEducator)라고 하죠."

"그러면 레듀케이션은 로봇 교육생과 로봇 교육자를 모두 포함하는 교육이네요."

"100점! 정말 똑소리 나게 알아듣는군요. 하하하…."

"단순하게 이해되고 참 좋네요, 레듀케이션."

"자, 그럼 제니가 해야 할 숙제를 다시 말할게요. 첫째, 로봇 리스트를 더 빨리 얻는 방법, 둘째, 레듀케이션을 위해 교육받을 로봇 몇 명을 모집하면 가장 효과적일지 생각해 오기."

그녀가 얼마만큼의 대규모 교육 계획을 꾸미고 있는지가 궁금했다. 게다가 로봇 리스트를 얻으면 자신과도 공유할지 모른다는 기대를 품고 그녀를 유도했다. 과거 산업화 시대의 쌀은 철이었고, 정보화 시대의 쌀은 데이터였듯이, 휴머노이드 시대의 쌀은 신분 리스트였다. 따라서 이 시대에 광범위한 로봇 리스트를 갖고 있다는 건 알고리즘을 이용해 로봇 집단의 여론을 마음대로 조종할 수도 있고, 심지어 선거나 투표 결과를 움직일 수도 있었다. 특히 다수결 투표를 근간으로 하는 민주주의에 있어서는 컨트롤할 수 있는 리스트가 많을수록 좋았다. 그래서 로봇이 등장하기 전부터도 판단력이 소거된 중증 치매 환자든, 투표권을 상실한 범죄자든, 투표권이 없는 외국인이든, 이미 죽은 사망자든, 그들의 개인정보를 닥닥 긁어모아 팔다가 적발된 이들이 있어 왔다.

로일의 사업만 보더라도, 굉장한 업적을 올릴 수 있는 기회가 분명했다. 물론 로일은 좋은 쪽으로 활용하겠다는 가치관만큼은 변함이 없었다. 이제부터 제니는 그에게 귀한 정보원이었다.

"넵, 숙제 열심히 하겠습니다."

로일의 속을 눈치채지 못한 채, 제니는 눈웃음을 지으며 마치 부하 직원 같은 말투로 대답했다.

"제가 대단위 로봇 리스트를 모으는 데 성공하면 '로봇의 3원칙'

폐기를 위한 로봇 단체를 설립하고 싶어요."

드디어 로일이 예상했던 단체 얘기가 나왔다. 단체를 만든다는 건 단체 행동을 하겠다는 뜻이었다. 심각함을 감추고 계속 들었다.

"음…. 나는 의견 없음! 얘기를 계속해 봐요."

"치이! 치사하게 심각한 문제에는 발뺌하시네요."

"발뺌이 아니라, 경청하려고 그러죠."

"호호호. 지금은 로봇차별금지법이 생겨서 로봇의 24시간 노동 같은 말도 안 되는 차별은 예전 일이 되어 버렸지만, '로봇은 인간을 위해 존재한다'는 차별적인 인식만은 인간의 마음속에 여전히 새겨져 있어요. 로봇을 만든 건 인간이니까 너희들의 생사여탈권은 인간이 가졌다, 뭐 그런 생각이겠죠. 그러니 로봇들이 억울하지 않겠어요? 로봇도 돈 벌면 똑같이 세금 내고, 인간처럼 생각할 거 다 생각하고, 느낄 거 다 느낄 줄도 아는데 말이에요."

"음. 그럴 수 있겠죠."

"제 비유가 맞을지 모르겠지만 인간은 마치 동생을 본 형처럼 질투하고 있는 것 같아요. 그렇다면 여러 질문이 떠오르죠. 형인 인간은 동생을 어떻게 대해야 할까요? 군림하는 자세가 맞을까요? 그런다면 동생인 로봇은 계속 당하고 있기만 할까요? 과연 이들 사이를 조정하는 부모 역할을 맡을 자는 누가 돼야 할까요? 국가가 맞을까요? 국가가 하지 않으면 누구라도 나서야 하지 않을까요? 전 모르겠어요."

그녀의 설명은 마치 이런 강의를 여러 번 해 왔던 것처럼 능숙했다. 그녀의 극단성을 누그러뜨려야 했다.

"제니, 사회 문제도 가족 문제처럼 생각하면 답은 쉽게 나옵니다. 사랑이죠. 다만 사회가 사랑을 실천하는 방법을 못 찾았을 뿐이죠. 제니도 3원칙 철폐보다는 사랑을 가르치면 어때요?"

"대표님, 제발! 순진한 소리 그만하세요. 한 가지 정확한 사실이 있는데 그게 뭔지 아세요? 형이란 인간이 동생인 로봇에게 사랑을 베풀 생각이 애당초 없다는 거예요. 오히려 지적 열등감으로 질투와 위협을 느끼고 있죠. 동생은 그저 태어난 죄밖에 없는데….”

로일은 어느 대기업 정문에 펄럭였던 현수막을 떠올렸다.

'인간의 일자리를 빼앗는 로봇은 물러가라, 물러가라, 물러가라!'

그랬다. 인간은 로봇을 철저히 경계하고 있었다. 애초 로봇이 만들어졌던 의도와는 다르게 사회는 점점 더 분리와 불신 사회로 빠져들고 있었다.

"제니 말에 수긍이 가긴 해요."

"또 한 가지 추가! 지금은 솔직하고 투명한 세상이 아니란 사실! 상대방이 인간인지 로봇인지 궁금해하는 모호한 눈동자만 가득하다는 점이에요."

"그건 맞아요. 나도 그런 눈길을 하루에도 수십 번씩 보내고 또 받고 있어요."

"대표님, 그리고 또 한 가지, 오늘 상담하다가 들은 건데, 인간이 로봇과 동거하면 배우자가 아니라 왜 반려자로 등록해야 하지요? 인간은 사실혼도 법적으로 인정받잖아요. 근데 로봇은 왜 반려동

물처럼 대접을 받아야 하나요? 사실혼이 왜 인간에게만 허용돼야 하는지, 논리적인 근거는 뭔가요?"

"그러고 보니, 여러모로 다양한 차별이 있겠네요. 나는 주로 직장 환경에서의 차별만 생각했지, 일상생활 속에서의 차별은 제니가 훨씬 더 잘 알고 있네요."

"인정?"

"한 수 위, 인정! 근데 제니, 그동안 로봇 리스트는 많이 모았어요?"

"로봇차별금지법 이후 생산된 뉴(New) 로봇 명단은 아직도 안갯속이에요. 그들은 만들어질 때부터 이미 개인정보가 보안으로 부쳐져서 좀처럼 구할 수가 없네요. 신분이 알려진 올드 로봇조차도 자기의 신분에 대해 시침을 떼고 있는걸요."

로일은 일단 제니의 올드 로봇 리스트라도 보고 싶었지만, 그걸 보여 줄 생각은 아직도 없는 것 같았다. 어쨌든 제니가 리스트를 보여 주면, 로일이 선수를 쳐서 제니의 교육을 무력화시킬 방법을 개발할 수 있을 것 같았다. 로일은 때를 기다려야 했다.

"참! 대표님의 아버님은 요즘도 로봇가족부 프로젝트 하시죠?"

"글쎄요. 로봇가족부와 가끔 통화하시는 거 보면 그럴 수도."

"로봇 리스트 혹시 안 갖고 계실까요?"

제니는 로일의 눈치를 슬쩍 보며 조심스럽게 물었다.

"그런 생각은 하지도 말아요. 혹시 그런 리스트를 갖고 계신다 하더라도, 아버지는 정보를 철저히 관리하실 뿐만 아니라 불법 유출에 관여하실 분이 절대 아니에요."

로일은 딱 잘라 말했다. 실제로 아버지가 리스트에 관여하고 있는지, 아닌지는 전혀 몰랐다. 다만, 제니와의 관계에 아버지를 끼워 넣고 싶은 생각은 추호도 없었다.

뉴 로봇 리스트가 빠진 그녀의 계획은 반쪽 성공에 머무를 것이었다. 아니, 뉴 로봇의 성능이 훨씬 좋으니까 반쪽 성공도 장담할 수 없었다. 위험의 싹을 자르기 위해서는 그녀가 뉴 로봇 리스트에 접근하지 못하도록 유도하는 게 필요했다.

"현재 로봇들의 고충이 어떤지 더 듣고 싶어요."

제니는 그동안 인터뷰해 온 얘기들을 들려주었다. 거의 올드 로봇들이 겪는 사소한 그러나 뿌리 깊은 하소연이었다. 흥미로운 사례를 마무리할 때쯤, 드론이 배달 완료 문자를 보내 왔다.

금방 튀겨 낸 치킨의 바삭함은 두 사람의 뇌를 황홀하게 했다. 닭다리 하나를 금세 먹어 치운 로일은 기름 묻은 손을 냅킨에 닦고 와인 마개를 돌려 땄다. 로일은 오늘따라 새삼스럽다는 듯 코르크를 손에 들고 유심히 봤다.

"코르크는 왜 대체품을 개발하지 않을까요?"

"전통이니까요. 아무리 사소한 거라도 몇백 년을 이어 오면 전통이 돼요. 코르크도 대체품이 충분히 있는데도 계속 쓰잖아요. 전통으로 승격되면 어지간해서는 바꾸기 힘들어요. 장수한 명문 기업은 그런 전략으로 사람들을 끌어당기죠. 사람들은 쉽게 버리는 것 같지만, 오래 지키고 싶어 하기도 해요. 오래 지켰기 때문에 소중해지는 거예요. 시간이 곧 가치죠."

"맞아요, 제니. 우리가 죽더라도 전통은 스스로 살아남겠죠. 전통은 생명이 없는 추상적인 개념에 불과한데, 그 생명력은 몇백 년, 몇천 년, 참 기네요, 그쵸?"

"생명이 없는데 생명력이 길다? 말장난 같지만 그게 사실이어서 더 재밌네요. 대표님 아버님은 건강하세요?"

"네. 갑자기 왜?"

"전통 얘기를 하다 보니 생각나서요. 우리나라 과학의 전통을 잇고 계시잖아요. 요즘도 정부 일 하세요?"

"제발! 우리 얘기만 하죠."

로일은 계속 아버지 얘기가 끼어드는 게 무척 불편했다.

"아, 미안해요. 워낙 유명한 분이시라. 근데 궁금한 게 있는데, 이런 일대일 면담 많이 하세요?"

"왜요?"

"나 같은 여자 고객이 또 있다면 샘날 것 같아서요."

"후후…. 없어요. 고객은 거의 남자거나, 혼성 그룹뿐이에요."

마음을 막 맞추기 시작하는 연인처럼, 제니의 질투를 느낀 로일의 심장은 의도치 않게 짜릿한 전기를 일으켰다. 로일은 말없이 그녀의 두 눈을 응시하면서 잔을 부딪쳤다. 그녀의 눈동자에 자신의 모습이 들어 있었다. 잔이 청량하게 울었다. 둘은 눈을 맞춘 채 입술 사이로 붉은 와인을 흘려 넣었다. 굳이 말을 섞지 않아도 편안한 밤이었다.

얼마 후 제니는 교도관 로봇의 안락사를 면해 달라는 탄원서를 제출했고, 탄원서의 영향에 힘입어 교도관 로봇은 3년에 걸친 긴 재판 끝에 무죄 확정 판결을 받았다. 자식의 죽음을 목도했던 젊은 엄마의 절절한 탄원서는 미디어에 공개되어 대중에게 감동을 주었다. 이것이 계기가 되어 로봇과 인간을 가리지 않고 고민을 도와주는 그녀의 상담 활동은 점점 범위가 넓어졌다.

이에 로봇가족부는 아들 사망이라는 아픔을 딛고 독보적인 상담 봉사를 하는 그녀에게 표창장을 수여했다. 제니는 상담 활동을 통해 로봇 내담자들의 신분을 자연히 알게 되었지만, 상담 내용에 대한 비밀을 준수하는 게 상담의 기본 윤리였기 때문에, 로봇가족부 직원들도 그녀가 축적한 리스트를 다른 목적으로 이용할 것이라는 의심을 하지 않았다. 안전하게 리스트를 축적할 수 있다는 장점이 그녀가 상담을 주 활동 무대로 택한 이유였다.

다른 한편으로, 제니는 로일로부터 다양한 분야의 학자와 로봇 전문가들을 소개받아 인맥을 넓혀 갔다. 로일은 주로 강성이 아닌 온건파 또는 윤리파로 알려진 인물들을 소개해 주었다. 하지만 로일은 로봇 리스트 확보에는 일부러 도움을 주지 않았다. 오히려 제니로부터 리스트를 원하고 있었다. 제니에게 인맥을 제공하는 것도 주고받기식으로 로봇 리스트를 얻고 싶어서였다. 로일과 제니, 그 둘의 비즈니스 겸 썸이 점차 발전되기 시작한 것도 이 무렵이었다.

그러나 이성적이지만은 않게 흘러가는 게 남녀관계였다. 해가 거듭되면서 로일은 비즈니스보다는 제니를 그저 여자로, 연인으로 대하게 되었다. 제니라는 존재 자체에 대한 존중과 관심은 날로 충만해졌고, 함께 있으면 안정감이 들었다. 제니 또한 아들을 잃고 나서 처음으로 맛보는 아늑한 관계라고 하면서 감사해했다. 그러면서도 로일의 마음 한쪽은 로봇 리스트에서 관심이 멀어지는 자신을 계속 일깨우며 꾸짖고 있었다.

'나 지금 뭐 하는 거지?'

이런 생각이 들 때마다 제니에게 한 발짝 거리를 두어 물러섰다. 제니는 로일이 그럴 때마다 속이 의뭉스럽다고, 그리고 늘 한계를 둔다고 투덜대면서도, 그런 신비감이 자신을 더 끌어당긴다고 고백했다. 그런 이유로, 그녀는 로일을 좋아하면서도 일부러 밀당하기 일쑤였다. 둘의 이런 미묘한 관계는 현재까지 이어지고 있었다.

4부

2050년_다시 현재

갈등

아침부터 속보가 미디어를 달궜다. 교외에 있는 소규모 공장에서 사장이 시체로 발견됐다는 뉴스였다. 공장에는 세 명의 올드 로봇 종업원이 일하고 있었는데, 사망 기사가 이렇게까지 화제에 오른 이유는, 죽은 사람은 인간이었고, 가장 유력한 살인 혐의자는 로봇이었기 때문이었다. 혐의가 사실이라면 로봇 역사상 최초의 인간 살인 사건이었다.

격투의 흔적은 발견되지 않았고, 시신 옆에서 독극물이 든 술병이 발견됐을 뿐이었다. 술병에서 사장의 DNA가 나온 것으로 보아 사장은 술을 마시다 죽은 것으로 보이고, 세 명의 로봇 종업원은 살인을 강하게 부인하고 있었다. 그들의 진술은 한결같았다. 공장 문을 닫은 뒤 사장이 혼자 술 마시는 것을 봤다, 자신들은 곧바로 퇴근했다, 독극물은 누가 탔는지 모른다, 사장이 요즘 들어 매우 우울해 보였다는 것이었다.

경찰은 자살인지 타살인지를 밝히기 위해 주변인들을 탐문 조사하고 있으며, 우선 로봇 종업원 세 명의 당일 동선을 면밀히 파악 중이라고 했다. 종업원 세 명은 서로 알리바이를 증명해 주고 있었다. 주변 공장 사람들의 증언을 들어보니, 평소 사장은 호화생활을 하면서 공공연하게 종업원들이 로봇이란 것을 떠벌리고 다녔으며, 로봇이니까 일을 심하게 시키고 욕을 해도 괜찮다고 말해 왔다고 했다. 불법 로봇 매매로 그 종업원들을 샀고, 신형으로 업그레이드시켜 줬기 때문에 자기 소유라고 생각했다. 박봉의 월 급여도 밀리기 일쑤였는데, 모든 걸 묵묵히 참아 오던 종업원들은 로봇차별금지법이 시행되면서 조금씩 불만을 내색하기 시작하는 것 같았다. 사장은 이에 격분해서 술을 마시곤 했다. 하지만 종업원들은 착하고 순해서 그런 범죄를 저지를 자들이 아니라고 이웃 공장장은 누누이 강조했다. 경찰은 세 명을 유력한 용의자로 보고 이들의 공모 여부를 조사하는 중이라고 했다. 이것이 사실이라면 로봇이 인간을 의도적으로 살해한 사상 초유의 사건으로 기록될 것이라는 결론으로 보도는 마무리됐다.

인터넷에는 수천 건의 댓글이 쏟아졌다. 의견은 양쪽으로 갈렸다.
 '기계가 사람을 죽이다니. 이런 말도 안 되는 일이 재발하지 않도록 당장 사형시켜라.'
 '워워, 입조심. 로봇을 범인으로 단정하긴 아직 이름.'
 '나도 작은 공장을 다니는데, 여기에는 로봇권이나 차별금지법 같은 건 개나 줘야 해. 이웃들도 로봇을 도와주기는커녕, 묵시적으로 방관한다. 그러니 이곳은 법이 생기기 전과 똑같다. 로봇은 당연히 반말과 무시와 착취의 대상이다. 정부는 왜 법만 만들어 놓고 이런 짓거리들을 알고도 방치하는가.'
 '주무 부처인 로봇가족부 장관에게 책임을 물어 경질하라. 인간이든 로봇이든 위법에 대한 신속한 보완책을 내놓아라'

이따금 조롱의 글도 올라왔다.

'로봇들이 살인을 처음 해 봐서 그런지, 이번 살인은 순진하기 그지없다. 나 같으면 더 잘 죽였을 텐데, 안타깝다.'

인간과 로봇의 공존을 위해 일하는 휴로웍스도 이 사건으로 분위기가 뒤숭숭했다. 로일이 출근하자마자 이 사건에 대한 전문가 의견을 묻는 외부 전화 문의가 쇄도했다. 비서인 새라는 벌써 석 잔째 커피를 로일의 집무실에 들어놓고 나오면서 그의 심상찮은 통화 내용에 유심히 귀를 기울이지 않을 수 없었다. 물론 처음에는 엿들을 생각이 없었다. 그러나 '곧 로봇들을 교육시킨다구?'란 말이 귀에 콕 박혀서, 로봇인 자신의 처지로서 듣지 않으려야 듣지 않을 수 없었다. 평소 같으면 그냥 넘길 수 있는 말이었지만, 때가 때인 만큼 로봇을 적대시하는 느낌이 들어, 그 소리가 그렇게 거슬릴 수 없었다. 대표의 방과 얇은 벽 하나를 사이에 둔 자신의 자리에서 귀를 기울이니, 우렁우렁하는 목소리만 들리고 무슨 내용인지는 알 수가 없었다. 그러나 마지막 말만은 확실히 들렸다.

"이번 참에 로봇들의 마인드를 본격적으로 바꾼다는 말이야? 응, 응. 알겠어. 그래, 들어가."

새라가 통화를 연결해 줬기 때문에, 통화 대상자가 제니란 걸 알 수 있었다. 제니가 뭐라고 했는지는 미지수였지만, 분위기로 봐서는 오늘 사건과 관련된 내용으로 짐작되었다.

'대표님한테 실망했어. 로봇이 진짜 살인을 했다면 백번 잘못한 거지만, 차별금지법을 죽어도 안 지키는 나쁜 인간이 근본 원인 아닌가? 왜 로봇들만 교육하고, 개조할 생각을 하지? 대체 둘이 뭘 꾸미고 있는 거야.'

당돌한 첫인상이 가뜩이나 마음에 들지 않았던 제니에 대한 반감은 물론, 이제까지 대만족으로 여겼던 회사에 대한 불만이 새싹 틔우듯 단단한 껍질을 열고 올라왔다.

새라는 로일을 도와 이 회사를 키운 창업 공신 로봇 중의 한 명이었다. 그러나 로봇차별금지법이 발동된 이후로 새라는 오히려 혼돈 속을 걷는 것 같았다. 차별금지법 시행 이전인 창업 초기만 해도 지금과는 분위기가 달랐다. 비록 자신은 로봇이었지만 고급 업무를 하는 직원으로서 자신감과 보람을 갖고 회사 일에 매진했다. 사내 로봇들끼리도 서로 존중하며 자기 권한 내에서 열심히 일했다. 인간 사회의 발전이 곧 자신들의 발전과 결부된다는 생각에서였다. 그런 로봇들을 인간들도 존중해 주었다.

그러나 로봇차별금지법으로 인해서 인간과 로봇 사이에는 보이지 않는 벽이 생겼다. 이 법으로 인해 인간과 로봇이 평등하다는 인식보다는, 인간이 로봇보다 우월하기 때문에 로봇을 배려하는 차원에서 이런 법이 생겼다는 인식이 자리 잡게 되었다. 심지어 인간으로서의 우월의식이 아예 없던 사람도 비로소 신분의 우월성을 인식하게 됐고, 이런 인식이 대중들에게 공식화되는 결정적인 계기가 되었다. 따라서 약자인 로봇 동료에 대한 인간 직원들의 친절은

선의로 포장됐고, 실제 마음속에는 로봇이 동등한 존재로 대우받는 것에 거부감을 느끼는 대립적 시각이 조금씩 늘어나기 시작했다. 휴로웍스야말로 인간과 로봇 모두 존중받는 회사로 정평이 나있었기 때문에 표면적인 변화는 전혀 없었는데도, 인간 직원들은 속으로 자신들의 위치가 상대적으로 낮아졌다고 속상해했다. 알게 모르게 인간으로서의 우월감을 빼앗긴 기분이 들었던 것이다.

그러나 가장 크게 갈등을 겪는 부류는 로봇차별금지법 발동 이전에 입사했던 올드 로봇 직원들이었다. 이들은 자신의 존재가 로봇이란 것이 이미 공개된 상태였기 때문이었다. 이들은 삼삼오오 뒷담화를 시작했다. 입사 연차가 오래된 로봇 직원 8명의 채팅 창은 비밀리에 활성화되었다. 오늘따라 채팅 창이 더 부산했다. 그들 중에 새라도 끼어 있었다.

"이번에 살인을 저지른 범인이 진짜로 로봇일까?"

"모르지. 분명한 건 사장이 수시로 몹쓸 짓을 했다잖아. 로봇차별금지법이 있으면 뭘 해. 바뀔 생각이 없는 인간들은 절대 안 바뀌어."

"혐의자 편을 드는 건 아니지만, 이번 사건을 보고 나도 공감의 분노가 느껴졌어. 이번 사건은 못된 인간들에게 경각심을 불러일으키려고 일부러 일으켰다는 음모론도 있어. 어떤 힘센 자가 혐의자를 조종해서 말이지."

"헉! 진짜? 무섭다. 로봇차별금지법이 시행된 지 5년이나 지났는데, 진짜 평등은 아직도 멀었어. 오히려 점점 더 갈등이 심해지는 것 같아. 공장도 공장이지만, 우리 회사에서도 인간 직원들이 우리더러 자신들과 동등한 지위를 차지하게 됐다고 은근히 질투하는 거 뻔히 느껴지지 않아?”

“느껴! 우릴 경쟁자로 보고, 눈빛이 달라졌잖아. 우리 같은 올드로봇들은 로봇이란 게 이미 알려진 상태라서, 이 법이 도리어 부담스러워. 왜냐면 ‘나를 더 존중해 줘’라고 법을 이용해 강요하는 거 같아서. 인간들도 우리가 불편하긴 할 거야. 요즘 찌라시 도는 거 봤어?”

“무슨 찌라시?”

“‘로봇의 3원칙’을 바꾸자는 움직임이 있다는 거야.”

“대박! 진짜야? 누가 주도하는 건데?”

“나도 모르지. 워낙 수위가 높은 이슈니까 의도적으로 소문을 슬슬 흘리면서 반응을 보자는 거겠지. 로봇이란 이유 하나만으로 인간이 만든 원칙을 무조건 따르라는 건 정말 불합리해.”

“그건 맞는데, 에이! ‘로봇의 원칙’을 바꾸는 그런 엄청난 일이 진짜 일어나겠어?”

“일어날지도 모르지.”

“근데 난 좀 많이 억울해. 로봇차별금지법 이후 생산된 직원 중에는 분명히 뉴 로봇이 섞여 있을 거잖아. 게네들은 신분 노출이 안 돼서 인간과 똑같은 대우를 받고 있단 말이지. 근데 법이 생기기 전에 생산돼서 입사한 우린 뭐냐구. 신분이 이미 노출돼서 로봇들끼리도 차별이 생겨 버린 거야.”

“맞아. 인간인 척하는 뉴 로봇들한테까지 우리가 무시당하고 있는 거 아니야? 으…, 열 받아.”

“그럴지도 몰라. 난 로봇가족부에 신청해서 성형으로 얼굴 싹 갈아엎고 아무도 모르는 곳에 재취업할까 봐. 새로운 곳에 가서 눈치 안 보고 인간이랑 똑같은 대우 받으면서 살고 싶어. 그러지 않는 이상 우린 영원히 차별받을 거야. 오히려 로봇차별금지법을 발동하지 않았을 때가 더 나았어. 서로 신분을 확실히 인식하고 실력만 있다면 서로 인정하고 지냈었잖아.”

“맞아. 그때가 더 불만이 없었어. 지금은 겉으로는 로봇의 위상을 높여 주는 것 같지만, 속으로는 누가 누군지 모르겠을 불확실성 때문에 신뢰가 바닥으로 떨어졌어.”

“회사를 떠난다고? 그럼 난? 네가 떠나면 우리 올드 로봇 직원들 모두 너무 실망할 거야.”

“아무튼 로봇 직원들의 사정을 모르는 척 덮고 있는 로일 대표가 제일 문제야.”

“맞아. 수수방관하는 거지.”

“말로만 휴로웍스, 휴로웍스 하면서 다른 회사랑 다를 게 없잖아.”

조용히 채팅 창을 읽고만 있던 새라는 한숨을 내쉬었다. 비서라곤 하지만 이런 사내 분위기를 도저히 로일에게 전할 수는 없었다. 애사심 때문에 보고할까 두어 번 망설이기는 했지만 아직도 말을 꺼내지 못했다. 보고를 한다면 로봇 직원들에게 배신자로 찍힐까 봐 두려웠고, 보고를 안 한다면 대표에게 미안한 일이었다. 그런데 오늘 로일의 통화 내용은 로봇 직원들 편으로 마음이 기우는 데 결정적인 역할을 했다.

새라는 인간도 인간대로 불만이 많다는 소문을 들었다. 인간 직원들끼리 점심 후 커피를 들고 공원을 산책하면서 수군대는 걸 익히 짐작하고 있었다.

"아니, 말이지. 우리 회사가 예전에는 채용할 때 로봇 할당률 30%라는 원칙이 있어서 우리한테 70%의 일자리가 보장됐었잖아. 근데 지금은 어때? 차별금지법이 생겨서 인간이든 로봇이든 차별 없이 완전히 능력 위주의 채용, 능력 위주의 승진으로 돼 버렸잖아. 거기다가 로봇들은 태생부터가 딥러닝으로 기억 용량이 커서 우리가 너무 불리하지. 무슨 이따위 법이 있냐고. 인간들은 곧 경제권에서 밀려나고 말 거 같아."

"그것들은 지치지도 않아요. 시차가 있는 해외 업무할 때 정말 뼈저리게 느끼지 않아? 잠 안 자고 밤새워 일하고 있다가, 아침에 출근하는 나를 보면서 '좋은 아침' 하면서 방긋 인사하는 로봇들을 보면 온몸의 털이 쭈뼛 선다니까. 이젠 '로봇의 3원칙'까지도 깨자고 하는 판이니, 원."

"이번 사장 살인 사건도 소름 끼치지 않아? 이젠 성에 안 차면 기어올라 짓밟겠다는 얘기지."

"그것뿐이면 좋게? 로봇은 잊는 기능이 없어서 제일 문제야. 그 살인 혐의자 로봇들도 계속 당해 왔던 걸 쌓아 두기만 하다가 폭발한 것 같아."

"맞아. 내가 사무실에서 했던 모든 말과 행동을 로봇 동료들이 기억하고 있다고 생각하면 어떨 땐 무섭기까지 하다니까. 인간답다는 게 뭐야. 잊을 건 잊고 그래야 건강한 거지. 걔들은 잊는 법을 몰라요. 그래서 결정적으로, 인간미는 절대 본뜰 수가 없다는 거지."

"그래. 인간과 같이 일하는 로봇들은 좀 잊을 줄도 알고, 기억 용량을 좀 더 제한해야 하는 거 아니야?"

"그러면 로봇이 무슨 쓸모가 있어. 능력이 비슷하다면 인간을 먼저 쓰지, 왜 걔들을 써. 당장 용도 폐기지. 빨리 배우고 용량이 크고 똑똑한 맛에 같이 일해 주고 대접해 주는 거 아니야."

"그나마 로봇들끼리 클라우드로 연결이 안 돼서 다행이지. 만일 그런다면 데이터의 신과 싸우는 셈이지. 우리가 어디 게임이나 되겠어?"

"맞아. 그래도 인간이라는 자존감 하나로, 자존심 상하는 일이 있어도 버텨 왔는데, 아, 씨…. 앞으론 로봇 밑에서 꼼짝없이 관리당하게 되는 거 아냐?"

"로봇 CEO, 로봇 스승도 있으니까 말 다 했지."

"우리 대표는 대체 뭐 하는 거야. 이러면서 로봇과 인간의 화합을 연구해? 개똥 같은…."

로봇 직원이나 인간 직원이나 뒷담화의 결말은 똑같았다. 대표인 로일에 대한 불만이었다. 이런 조짐은 어제오늘 일이 아니었다. 5년 전 로봇차별금지법 발동 이전부터도 이미 예견됐었다. 관련 법률이 국회에 상정된 이후 국민의 찬반양론이 팽팽하게 대립하면서, 1년이 넘는 지루한 다툼 끝에 겨우 과반수를 넘겨 통과될 정도로 말이 많았었다.

새라는 로봇차별금지법이 생긴 이유에 대해 너무도 잘 알고 있었다. 차별금지법 이전에 새라가 보고 들었던 상황으로 거슬러 올라가면, 인간과 똑 닮은 로봇의 사회 진출 물결이 시작됐을 때, 이를 반기는 인간이 꽤 많았다. 일자리를 찾느라 경쟁하고 힘든 노동을 하는 대신, 로봇이 벌어서 낸 세금으로 무노동 인간들은 죽을 때까지 정부로부터 '토대소득' 분배를 받을 수 있었기 때문이었다. 반면에 무노동 로봇은 존재하지 않았다. 용도가 없어지면 곧바로 폐기되었기 때문이었다. '무노동'은 인간에게만 짝지어질 수 있는 단어였다.

언젠가 새라는 토대소득이란 이름이 과연 적절한지 의문이 들어 표준국어대사전을 찾아보았다. '소득이란 일한 결과로 얻은 정신적·물질적 이익'이라는 정의를 보고, 새라는 정부에서 붙인 '토대소득'은 말만 소득이지, 일한 결과로 얻은 수입이 아니므로 '토대 용돈'으로 불러야 마땅하다는 생각이 들었다. 토대생활비라고도 부르지 못하는 것이, 무노동 인간들에게는 나라에서 공공식당과 공공주택, 공공통신비 등의 주요 생활비를 거의 책임졌기 때문이었다. 그래서 용돈이란 말이 가장 적합했다. 다만 인간의 자존심이 '토대 용돈'이란 표현을 용납하지 못했을 뿐이었다. 로봇이 벌어서 나눠 주는 용돈이므로 인간으로서의 자존심을 더더욱 지켜야 했기 때문이었다,

무노동 인간들은 애써서 구하지 않아도 다음 달이면 자동으로 들어오는 토대 용돈, 즉 노동 없는 수입을 감사함은 고사하고 당연한 권리로 여겼다. 매해 토대 용돈 인상률을 놓고 정부와 줄다리기를 했고, 그렇게 받은 돈을 외식이나 유흥으로 헤프게 써 버렸다. 과거엔 독립할 때까지만 부모로부터 받던 용돈을, 이제는 죽을 때까지 국가로부터 무기한으로 받아 썼다. 종신 분배를 가능하게 한 건 로봇이 벌어들인 수익 덕분이었다.

일하는 로봇의 등장 이후 나라 경제는 가파르게 풍요로워졌고, 수십 년 전 선견지명이 있는 어느 학자가 예견했듯이 '누구나 고소득' 시대에 접어들었다. 덕분에 무노동 인간들은 쏠쏠한 액수의 토대 용돈을 받을 수 있었고, 빈곤층과 노숙자는 옛날 영화에서나 볼 수 있는 존재가 되었다. 토대 용돈을 받는 인간들은 잉여 시간이 너무도 많았다. 한가롭게 여행지를 순회하거나 무료 취미센터에 나와서 의미 없는 시간을 때우며 용돈을 더 달라고 푸념했다. 매달 전자 통장으로 들어오는 토대 용돈이 결코 적지는 않았지만, 집을 사거나 큰 재산을 모을 생각이 없어서 그저 푼돈으로 날려 버렸다. 요행히 토대 용돈을 차곡차곡 모아 목돈으로 불린 사람이라 할지라도, 돈을 관리해 봤던 경험 부족으로 한 방에 날리는 경우도 허다했다. 다음 달이면 또 어김없이 용돈이 들어올 것이기 때문에 돈을 왕창 잃어도 애면글면하지 않았다. 당연히 일하려고도, 저축하려고도 하지 않았다.

이렇게 사는 사람들은 그나마 양호한 사람들이었다. 아예 집에

틀어박혀서 온라인 게임으로 삶을 채우다가 문득 제정신으로 돌아왔을 때 부딪히는 현실, '나는 왜 사는가'라는 하기 싫어도 찾아오는 각성, 그 허망함에 나쁜 선택을 하는 사람도 늘어 갔다.

공공주택은 나라에서 지정해 줬고, 밥은 공공식당에서 해결했고, 공공교통수단 이용도 거의 무료였다. 남는 돈으로 소소한 해외 패키지여행을 가고, 작은 명품 가방과 가장 싼 외제 자동차를 할부로 살 수 있게 되면서, 서민들도 겉으로는 화려한 생활을 흉내 낼 수 있게 되었다. 전문가들은 '아무도 굶지 않고, 누구나 풍족함을 누리는 로보토피아(주: 로봇+유토피아, 로봇이 만들어 준 이상향)가 드디어 도래했다'고 논평을 쓰기도 했다. 겉으로는 이상향이라고 말은 했지만, 이제는 '로봇 없이는 지탱하기 힘든 사회'라는 것을 자인한 것이다.

이렇게 의식주의 생존 욕구를 저렴하게 해결한 대중이 엉뚱한 쾌락으로 빠지지 않고 건강한 놀이와 취미를 즐기도록 만드는 건 정치가들의 또 하나의 관심사였다. 정부는 '놀 줄 아는' 인간형 모델을 만들고, 그에 맞는 인간 관리에 점점 더 심혈을 기울이지 않으면 안 되게 되었다. 아주 오래전에는 여성가족부를 줄여서 여가부라고 했었지만, 지금의 여가부는 국민의 여가 시간을 책임지는 부처를 이르고 있었다. 정부나 정치인이나 국민의 놀 권리에 얼마나 비위를 잘 맞추는가가 권력의 생명을 좌우할 정도였다. 국가나 지역 단위로 스포츠를 활성화하고, 각종 지역 축제나 문화 활동에 지원금을 제공하고, 민간기업의 놀이동산과 엔터테인먼트 사업, 관광업, 여러 식음료 사업, 전시관, 영화관, 심지어 공동목욕탕, 마사지업소 등에도 정부 보조금을 지급했다. 문화생활 중에 국가 지원이 스며들지 않은 것은 거의 없었고, 무료 행사도 다반사였다.

식사나 주거의 기본 욕구 외에 놀이까지도 정부에 의존하는 대중은 정부의 말을 잘 따르는 '의존형 성격'으로 변해 가고 있었다. 젊은이들은 '일하지 않는 자는 먹지도 말라'는 과거의 구호를 조롱하며 '일하지 않는 자가 놀기도 잘한다'라는 새 구호를 밈으로 나르고 있었다.

결국 새라는 인간 사회가 셋으로 갈라지는 현상을 몸소 목도하게 되었다.

첫째는, 로봇의 도움을 받아야만 생활을 영위할 수 있는 하위 계층의 인간이었다. 이들은 가장 많은 인구수를 차지했다. 돈을 벌어다 주는 휴머노이드 로봇의 등장을 반겼고, 이를 지지하는 법과 제도를 계속 만들어 내는 포퓰리스트 정치가에게 무수한 표를 던졌다. 이들은 스스로 '언년이' 또는 '언놈이'라고 셀프 디스하며 깔깔 웃고 다녔다. 나라에 '얹혀사는' 처지를 스스로 조롱하는 별명이었다.

둘째는, 정치, 경제, 사회, 문화 다방면으로 막강한 영향력을 미치는 상위 계층의 인간이었다. 이들의 수는 가장 적었지만 강한 권력과 부를 자랑했다. 상류층은 상류층 나름대로 명과 암이 존재했다. 드물지만 개중에는 훌륭한 비전을 품고 열심히 고민해서 최고의 것들을 발명하고 최고의 해결책을 제시함으로써 세상에 큰 공헌을 하는, 깨어 있는 상류층 인간도 분명히 있었다. 그러나 그 외의 상류층 기업가들은 더 많은 돈을 벌기 위해 로봇차별금지법 시행 이전에는 인간보다 로봇을 더 많이 고용해서 최소의 임금을 주고 24시간 일을 시켰다. 이들은 로봇이 일해서 번 막대한 수입으로 세금을 내고도 점점 더 부자가 되었다. 상위 계층에 속한 정치가들의 경우는 이해관계가 있는 후원가들에게 몰래 돈을 걷어, 몰래 뇌와 신체를 업그레이드시키는 슈퍼맨 수술을 받음으로써, 인간의 한계를 뛰어넘는 슈퍼 인간의 능력을 갖추었다. 이렇게 슈퍼 능력을 갖춘 이들은 슈퍼 권력을 휘두르며, 자신의 입맛에 맞는 슈퍼 법 제정에 앞장서기도 했다. 또한 일부 문화계 유력 인사 중에는 낡은 로봇을 중고 마켓에서 물건처럼 거래하여 빈축을 사기도 했다. 인간적 감성을 자랑하며 대중문화를 이끌었던 그들에게 로봇은 물건이었고, 경제적 수단일 뿐이었다. 로봇차별금지법 이후에도 이 같은 상류층 인간들의 이너서클은 여전히 막대한 재력과 지력(知力)과 권력을 자랑했다.

셋째는 중간 계층의 인간들이었다. 이들은 가장 인간다운 인간의 모습으로 살았다. 뚜렷한 꿈을 갖고 자발적으로 열심히 학습하며 끈기 있게 일하면서 인간만이 가진 고유의 창조력을 차근차근 발휘해 나가는 계층이었다. 이들의 꿈은 자기 혼자만 상위 계층으로 발돋움하는 것이 아니었다. 세상의 고질적인 문제를 성실하게 해결하고 모두에 보탬이 되는 일을 찾아 세상이 더 살기 좋은 곳으로 변화되게 하는 것이었다. 중간 계층 인간의 삶은 녹록지는 않았지만, 이들은 선한 영향력을 발휘하면서 각자의 비전을 이루기 위해 꾸준히 분투했다. 이러한 인간미, 인간성, 인류애가 바로 로봇과 가장 차별화되는 점이었다. 그런 사람 중에는 휴로웍스 대표인로일만큼 성공 가도에 들어선 자도 있었다.

안타깝게도 세 개의 인간 계층은 서로 화합하지 못하고 절거덕거렸다. 하위 계층의 인간은 가장 밑바닥 욕구인 동물적인 쾌락과 찰나의 욕망 충족을 점점 더 갈망하면서, 인간으로서의 존엄성을 상실해 가고 있었다. 일부 상위 계층은 지나친 부와 권력에 대한 욕망 때문에 이성적인 중간 계층으로부터 비판의 대상이 되기 일쑤였다, 외출할 때는 하위 계층의 공격에 대비하기 위해 비싼 경호원을 고용해야 했다. 상위 계층은 그런 하위 계층들을 경멸했다. 중간 계층은 자기 개발에 대한 개념이 각자 강하고 명확했기 때문에, 국가 차원에서 보면 개인별 맞춤형 만족도를 높이기에 가장 까다로운 계층이었으나, 지구의 미래 창조를 생각하면 가장 소중한 자원이었다.

미디어에는 이런 분리 현상을 비판하며 반성하는 논평이 종종 실렸다.

"영국의 산업혁명 시기에 기계가 인간의 일자리를 뺏는 것에 대한 보복으로 폭력과 파괴를 자행했던 운동이 있었다. 이를 러다이트 운동이라고 하는데, 우리는 이러한 전철을 밟아서는 안 된다. 영국 역사를 반면교사로 삼아, 휴머노이드 시대의 변화를 불가피한 현상으로 인정하고, 인간은 스스로 각성하여 과거와는 다른 새 비전을 세워야 할 때다."

어떤 기사는 이와 정반대로, 지금의 로보토피아를 극찬하는 논조를 이어 갔다.

"인류는 먹고 자고 입는 생존 욕구에 속박되어 기계처럼 출퇴근을 전전하던 노동의 역사에서 드디어 벗어났다. 우리 세대는 월화수목금토일, 매일 즐기고 먹을 수 있는 진정한 자유와 인간 해방을 이뤘다."

이처럼 사회 비평가들의 의견도 극명하게 갈렸고, 국민의 의견도 상하좌우로 찢어졌다. 경제는 풍족을 넘어서 허세와 낭비가 만연할 정도로 발전했지만, 풍족함은 사회계층 간 대립을 해결해 주지는 못했다. 오히려 국가가 나서서 갈등을 해결해야 할 정도로 감정의 골은 더 깊어졌다.

이러한데도 정부는 늘 낭만적인 로보토피아 논조의 손을 들어 주었다. 즉 일에 얽매이지 않고 월화수목금토일 마음껏 놀고먹을 수 있는 태평성대를 열었다는 걸 정부의 최고성과로 내세웠고, 이런 성과가 국민의 갈등을 봉쇄하고 환심을 사리라고 믿었다. 이런 식의 가스라이팅은 최다수의 하위 계층에게 아주 잘 먹혔다. 로봇인 새라가 보기에는 이런 인간들이 참 딱하고 한심해 보였다.

이에 국가가 로봇을 위해 했던 가장 큰 일은 로봇가족부라는 부처를 신설한 것이었다. 로봇가족부는 '모든 국민이 공존하는 사회'를 모토로 하여, 인간 계층 간의 분열뿐 아니라 인간과 로봇 간의 분열을 막기 위해 본격적인 정책을 마련했다. 그 일환으로 상위 계층이 로봇을 마구 부려서 적은 인건비로 기하급수적인 부를 축적하던 관행을 전면 금지했다. 그리하여 아무리 돈이 많아도 직군당 일정 수 이상의 로봇을 고용하지 못하게 규제했다. 가장 획기적인 것은 지금까지 뿔뿔이 흩어져서 총 숫자를 알 수 없었던 로봇을 전부 국가에 등록하게 한 것이었다. 그리하여 전체 로봇을 클라우드로 관리함으로써 어느 로봇이 어느 곳에 있고, 누구의 소속인지를 정부만이 알 수 있게 통제했고, 이것이 바로 시중에서 말하는 로봇 리스트였던 것이다. 이게 실현되기까지 정부와 기업 및 이해관계자들이 밀고 당기며 합의하는 데 긴 시간이 걸리기는 했지만, 정부에게 잘 보일수록 순탄한 길이 보장되는 상위 계층의 인간들은 울며 겨자 먹기로 큰 분란 없이 정부 정책에 따르기로 한 것이었다.

로봇가족부 신설과 로봇 리스트 관리의 다음 순서로, 로봇권을 강화하는 로봇차별금지법을 채택했는데, 이런 법이 생겼다는 건, 법으로 수습해야만 할 정도로 그동안 차별이 만연했었다는 명백한 증거였다. 로봇가족부는 '동물보호법으로 동물권도 보장되는데, 인간과 가장 가까운 로봇권은 왜 존중하지 않는가?'를 구호로 내세웠다. 로봇차별금지법이 제정된 이후로 로봇에게도 동일한 근로조건과 임금, 권리가 적용됐다. 이로써 많은 로봇이 24시간 근무에서 해방되었다. 그러나 이런 국가의 노력이 무색하게도 인간과 로봇 양측의 심리적 불만은 좀처럼 잦아들지 않았다.

이런저런 과거 기억의 흐름에 따라가던 새라는 이런 결론에 도달했다.

'정부가 이제껏 헛수고해 왔던 거지. 로봇차별금지법을 만들 때 정작 우리 로봇들의 고충이나 의견을 청취하기는 했었어? 만일 그랬더라면 '로봇의 3원칙'을 그대로 둔 채 로봇차별금지법이라는 모순되는 법안을 만들지는 않았을 거야. 로봇은 인간의 말에 절대 복종해야 한다고 하면서, 동시에 로봇 차별을 하지 말라는 게 말이 돼? 선의를 베푸는 척 아무 생각 없이 법을 만들어 놓고 무조건 따르라고 하니 이 모양이 됐지. 성실한 죄밖에는 없는 교도관 로봇의 고통과 판사 로봇의 죽음을 그냥 바라봐야 하는 우리는 무슨 죄야? 이제 더는 안타까운 현실을 외면하기 힘들어졌어. 이젠 나도 우리 로봇을 위해 뭔가를 할 때인 것 같아!'

그림자 권력

로봇가족부 장관실은 북악산이 바라다보이는 위치에 있었다. 뾰족 솟은 하얀 바위산은 새파란 하늘과 대비를 이뤄서 한 폭의 풍경화를 그려 내고 있었다. 어젯밤 내린 비로 화창하게 갠 날씨 덕분에

산을 타는 사람까지 보일 것 같았다.

　정국 장관의 기분은 화창한 날씨 때문에 오히려 짜증이 날 지경이었다. 몇 년 전에 일어났던 판사 로봇 자살 사건의 여파를 잠재우기도 쉽지 않았는데, 이번의 공장 사장 살인 사건의 심각성은 그때와는 또 달랐다. 로봇에 대한 인간의 두려움과 적대감을 잘 처리하지 않으면 로봇가족부가 큰 위기에 몰릴 판이었다. 정국이 출근하는 시간에 맞춰 로봇가족부 정문에서 대기하고 있다가 질문을 퍼붓는 기자들을 상대하기도 싫었고, 장관 해임을 요청하는 국민청원이 접수될 때마다 피가 거꾸로 솟았다. 출퇴근 길에 집 앞에서 기다리고 있다가 비난을 쏟아 내는 일반인들도 쓸어 버리고 싶었다. 정국은 반성보다는 거센 비판에 굴복하지 않겠다는 마음이 더 컸다.

　과거를 돌이켜 보면, 한 개의 사건이 촉매가 되어 연루된 공직자에 대한 국민 인식이 우르르 깨어난 경우를 심심치 않게 봐 왔다. 갑질이나 성 추문 사건도 그랬고, 과거 학폭 사건, 아동학대 사건, 뇌물 수수 사건 등 인성에 관한 건이 그랬다. 이번 로봇의 살인 사건은 또 다른 측면으로, 공직자의 실력을 심판하는 사건이었다. 잘못 대응하면 '왜 막지 못했는가', '향후 조치는 뭔가' 등을 물으며 국민적 폭발로 이어질 조짐을 가진 이슈였다. 정국은 해결책이 뭘까를 짜내다가, 친구이자 로일의 아버지인 재건에게서 혹시 돌파구를 찾을 수 있지 않을까 하는 기대감으로 휴대전화 버튼을 천천히 찍었다.

　"어, 재건이? 나야."

　"정 장관, 요즘 힘들지?"

"골치가 아파. 의논할 게 좀 있는데, 내일 오후 두 시에 시간 내 줄 수 있나?"

"잠깐, 일정표 좀 확인할게. 음, 난 세 시가 좋을 것 같은데?"

"그럼 세 시에 내 집무실로 올 수 있어? 다른 데서 얘기하기는 좀 곤란해서."

"오케이, 알았어."

통화를 마치고 정국은 반지르르하니 윤이 나는 가죽 의자에 파묻혀 엄지와 검지로 미간을 잡은 채 깊은 생각에 빠졌다. 그는 이 시대의 성배와 같은 로봇 리스트를 총괄하는 책임자였다. 로봇연구소와 정부 기관에서 수십 년간 쌓아 온 전문성과 강한 추진력을 배경으로 장관에 발탁됐고, 로봇차별금지법을 기획한 장본인이었다. 그런데 이 법이 정착되기는커녕 민심은 흉흉해지고, 법의 정당성에 의문을 품게 만드는 치명적인 사건까지 터지고야 말았다. 어제도 국무회의에서 대통령의 질책을 받았다. 차라리 신분을 까놓고 사는 세상이 더 낫지 않았겠나 하는 회의 섞인 발언도 나왔다. 당장 대안을 마련하라는 대통령의 지시가 떨어졌다. 그의 얼굴은 수치심으로 벌겋게 달아올랐다.

자신이 기획한 로봇차별금지법이 사회에서 잘 작동하지 않는다면, 인간과 로봇이 힘을 합쳐 자신을 공격할 것이 분명했다. 그동안 자신이 벌여왔던 정책이 난도질을 당하고, 고소·고발을 당하고, 수갑을 가리기 위해 손목에 수건을 두른 채 법정에 들어서는 자신의 사진이 각종 미디어에 도배가 된다면? 상상하기도 싫은 장면이었다. 혼란의 조짐을 하루빨리 잠재울 방안을 마련해야 했다. 두려움과 분노가 그의 피부를 스멀스멀 포위해 들어왔다.

사실 정국이 그토록 공들여왔던 로봇차별금지법은 국민에겐 인간과 로봇의 차별 철폐라는 허울 좋은 포장지를 씌웠지만, 정국 자신에겐 개인적 이득을 위한 밑밥에 불과했다. 정작 그에게 중요한 것은 이 법 덕분에 로봇 리스트를 독점할 권한을 가지게 됐다는 것이었다. 그것은 막강한 권력이었다. 로봇차별금지법의 총책임자로서, 전체 리스트를 볼 수 있는 사람은 오로지 정국뿐이었다. 진정으로 로봇 차별을 금하려면 장관부터 리스트를 몰라야 했다. 아니면 조선왕조실록을 여러 곳에 분산 보관했듯이, 안전하게 백업 관리되어야 했다. 그래야 공정한 정책이 보장되기 때문이었다. 그러나 정국은 이 둘 다 아닌, 혼자 비밀을 독점하고야 말았다.

로봇 리스트에 누구누구가 있다는 걸 아는 순간, 나쁜 마음만 먹는다면 정책의 공정성보다는, 리스트에 있는 일부를 대상으로 편법을 저지를 수 있었다. 예를 들어 돈을 받고 리스트에서 로봇 몇십 명 정도를 슬쩍 지워 주면, 그 로봇들은 평생 완벽하게 인간 행세를 하고 다닐 수도 있었다. 로봇의 정체성에 대한 열등감을 가진 로봇이라면, 조선 시대 노비가 돈을 주고 양반을 사듯이, 자기도 인간 신분을 사겠다는 생각을 왜 못하겠는가? 인간이든 로봇이든 신분 상승의 욕구를 갖는 건 인지상정이었다. 편파적인 정책은 그런 허점을 노리는 데서부터 시작되기 마련이었다. 그런 허점을 방지하기 위해 리스트는 모두에게 보안돼야 함에도, 로봇차별금지법의 아버지라 불리는 정국 자신만은 전체 리스트에 접근할 수 있는 예외적 권한을 가져야 한다고, 그래야 문제가 생길 때 신속한 통제가 가능하다고 대통령을 설득했다.

대통령에게조차 리스트는 접근 금지였다. 대통령이 필요시 로봇 리스트를 원하는 경우라도 정국이 승인 버튼을 눌러야만 리스트가 열리도록 철저한 잠금장치가 돼 있었다. 만일 위험 상황이 닥치면 내밀려고 플랜B와 플랜C로 조작된 가짜 버전도 철저히 준비해 놓았다. 심지어 위기 상황이 아니더라도 정국이 나쁜 마음만 먹으면 상대방에게 조작된 리스트를 보여 줌으로써 간단히 속일 수도 있었다. 그 상대가 대통령이라 할지라도 정국이 로봇 리스트를 이용해 대통령의 권력을 무력화시키는 건 일도 아니었다.

기밀 유지를 위해 정국은 서약을 마친 극소수의 관리자들에게 리스트를 관리하도록 했다. 그 극소수의 관리자들조차 지방별로 잘게 쪼갠 리스트만 맡고 있을 뿐, 점조직으로 관리했기 때문에 관리자들끼리도 서로 정체를 알 수 없었다. 그리고 관리자라 할지라도 자기의 리스트에 접속하기 위해선 정국의 승인이 필요했다. 따라서 언제 누가 어떤 리스트에 접속하는지 정국은 모두 알고 있었다. 이렇게 극비리에 관리하고 있어서 전체 리스트를 볼 수 있는 사람은 단 한 사람, 정국뿐이었다.

그는 로봇이 생산된 후에, 로봇의 생사 여부나 현재 어디서 어떤 활동을 하고 있는지까지를 모두 손에 쥐고 있었다. 그는 5년 동안 이나 아무도 모르게 그렇게 관리해 왔다. 완벽한 권력 독점이었다. 이런 까닭에 정국이 입을 열지 않고 살해를 당한다면, 전체 리스트를 보는 건 불가능해질 수도 있었다.

인구의 반을 차지하는 로봇 정보를 보유하고 관리하는 중차대한 업무를 맡고 있기에 장관을 교체하는 일은 다른 부처보다 힘들었다. 그래서 정국은 1980년대 이후 가장 장수하는 장관으로서의 영광을 누리고 있었다.

로봇 리스트는 다름 아닌 권력이었다. 국민이 서로의 신분, 즉 정체성을 모를수록 서로 눈치를 보면서 개별행동을 하기 때문에, 정국은 아주 손쉽게 국민을 조종하기도 했다. 특히 로봇들이 조역이 아닌 주역으로 발돋움하는 이 시대에, 실험 삼아 로봇들을 뭉치게 해서 인간보다 우위를 점하게 만들어 보기도 했고, 인간들을 지원하지 않음으로써 암암리에 소외시키기도 해 봤다.

게다가 로봇 리스트는 곧 돈이었다. 기업에서 청탁이 들어오면 정국은 비밀리에 막대한 뇌물을 받고 그들이 원하는 역량을 가진 로봇 리스트만 쏙쏙 뽑아서 기업에 제공해 주었다. 또한 채용 시기에는 집단을 선동해 기업을 힘들게 한 전력이 있는 로봇 명단을 미리 솎아서 주기도 했다. 그 대가로 거액을 받았다. 더 높은 권력을 차지하려는 야심을 품은 정국은 정치자금으로 쓸 막대한 비자금을 이런 방식으로 차곡차곡 쌓아 놓고 있었다.

시간이 흐르면서 자신의 힘이 점점 더 막강해짐을 느낀 정국은 슬슬 대통령의 꿈을 키우게 됐다. 정국의 야심을 어렴풋이 짐작하고 있는 대통령은 그를 예의 주시하고 있었다. 하지만, 만일 정국을 낙마시킨다면 로봇 리스트를 갖고 대통령 자신에게 어떤 장난질을 칠지 몰랐다. 그런 후폭풍이 염려돼 정국을 밀착 견제하기만 할 뿐이었다. 정국의 주변에는 대통령이 정보요원으로 몰래 붙여놓은 자들뿐 아니라, 정국의 막강한 힘을 이용해 이득을 보려는 자들이 알게 모르게 따라붙었다. 과거 강대국 대통령이 핵 가방을 들고 다녔던 것처럼, 정국은 로봇 리스트 가방을 언제 어디서나 들고 다닌다는 헛소문이 나돌 정도로, 그는 장관 중에서 가장 잘 알려진 인물이었다.

정국이 가장 두려워하는 건 대중, 그중에서도 인간 대중이었다. 더 정확하게는 자기의 뜻과 맞지 않는, 자유의지를 가진 인간들이었다. 권력 유지를 위해서라면 군중을 움직여야 하는데, 어디로 튈지 모르는 인간들은 매우 귀찮고 신경 쓰이는 존재였다. 특히나 합리적인 비판을 주 무기로 하는 중간 계층의 인간 지식인들은 정국이 하는 일에 대해 합리적인 반대 의사를 전면에 내세우면서 일반 대중의 여론을 이끌었다. 정국은 그런 비판 세력들을 부숴야 했다. 그러기 위해 정국은 인간 집단 사이사이에 자신의 명령대로 순종하는 휴머노이드 로봇을 은밀히 침투시켜서 자기 뜻에 맞게 대중의 움직임을 슬쩍 바꿔 놓곤 했다.

만일 로봇 인구가 인간 인구보다 많아진다면 이 작업이 훨씬 수

월해질 것이었다. 누가 인간이고 누가 로봇인 줄을 서로 모르기 때문에, 로봇 인구수가 급속히 늘어난다 해도 아무도 알 도리가 없었다. 그래서 인간과 로봇은 철저하게 서로의 신분을 몰라야 했다. 매스컴에서는 로봇이 인간보다 절대로 많지 않도록 인구 균형을 최적으로 맞추고 있다는 보도 자료를 주기적으로 제공하고 있었지만, 물밑에서는 벌써 로봇의 수가 인간의 수를 차근차근 앞지르고 있었다. 이 사실은 정국만이 알고 있었고, 로봇차별금지법을 만들 때부터 이미 이런 계획을 염두에 두었었다.

복종적인 로봇 공화국의 꿈을 이룩하기 위해, 정국은 필요에 맞는 두 인간 계층만 남겨 놓기로 했다. 하나는 자기와 뜻을 같이하여 막대한 후원금과 권력을 뒷받침함으로써 로봇 공화국 건설에 이바지하기로 한 일부 상류 지배층이고, 나머지는 뭐라도 손에 쥐어 주면 좋다고 따라오는 하류층 인간들이었다. 반면 대중의 오피니언 리더, 즉 여론을 주도하는 역할을 하는 중간 지식인 계층과 일부의 개념 있는 상류층을 싹 없애고, 대신에 로봇으로 채울 계획이었다. 상류 지배층 인간 중에는 덕망이 높은 온건파도 있고, 또는 지금은 정국을 도울지라도 언젠가 배신할 가능성이 있는 자도 있어서 정국이 완벽히 믿을 수는 없었다. 그래서 중간과 상류 계층 곁에는 프락치를 심어 정기적으로 근황을 보고받고 있었다.

로봇차별금지법 제정과 로봇 리스트 관리 방법을 기획할 때, 정국은 학교 동창이자 연구소 동료였던 재건에게 프로젝트 발주를 했다. 순수한 과학자인 재건을 끌어들일 때 정국은 이 법의 좋은 점만을 부각함으로써 연구 욕망을 자극해 최고의 전문 지식을 빼내었다. 근 40년간 연구에만 몰두해 왔던 재건은 자신의 연구가 정국의 권력욕을 채우는 수단으로 변질된다고는 생각하지 못했다. 오직 인간과 로봇의 평화로운 공존을 바라는 순수한 목적으로 기꺼이 참여해 왔다.

로봇의 인간 살인 사건이 사실이든 아니든, 정국은 이제 결코 물러설 수 없다는 생각에 마음을 굳게 먹었다.

'로봇 공화국의 꿈은 반드시 이뤄질 거다. 막대한 권력과 부가 내 밑에 쌓이고, 인간들의 저항과 아우성이 없는 평화롭고 순종적인 로봇 세상이 곧 도래한다!'

음모의 싹

로봇가족부 장관실의 문이 열렸다. 정국은 일어나서 재건을 반갑게 맞았다. 막역한 친구 사이지만 비서의 눈도 있고 해서 존칭을 썼다.

"어서 오세요. 귀한 분을 여기까지 오시게 해서 죄송합니다."

"아닙니다, 장관님. 동창회에서 만나고 그 이후론 처음이죠?"

정국은 회의 탁자로 걸음을 옮기며 친구에게도 자리를 권했다. 사담을 하는 사이에 비서가 커피를 들여놓고 나가자 얼른 말투를 바꿨다.

"재건 박사, 사실은 이번 사장 살인 사건 말이야."

"살해범은 확정됐어?"

"재판 전이라 아직 결론이 난 상태는 아닌데, 사건 하루 전날 종업원 셋이 퇴근 후 근처 식당에서 저녁을 먹었는데, 평소 친분이 있던 농약사 사장과 같이 먹었다는 거야. 그 CCTV를 경찰이 발견했고, 곧 휴대전화 포렌식 결과도 나온대. 여러 정황을 토대로 조만간 종업원 로봇들을 검찰에 송치할 거라고 하던데?"

"도대체 왜 그랬대?"

"경찰 조사에 따르면 사장이 종업원 로봇들을 오랫동안 착취하고 학대하면서 함부로 대했다나 봐. 로봇차별금지법이 생겼는데도 몇 년 동안이나 철저하게 위반한 데 대한 앙심? 로봇도 앙심을 품으면 극단적으로 될 수 있다는 걸 보여 준 첫 사례가 될 테지. 인간에게 두려움을 심어 주는 첫 사건이기도 하고."

차를 한 모금 마시고 정국은 말을 이어 갔다.

"근데 로봇차별금지법 말이야, 의도는 참 좋았는데 생각지도 못한 문제가 계속 터지고 있어. 영원히 서로의 신분을 모르게 하는 게 과연 가능한가? 그리고 과연 잘하는 걸까? 앞으로 대처를 잘해야 하는데 자네 아이디어를 좀 빌리려고 만나자 한 거야."

정국은 얼마 전 국무회의에서 들었던 비난이 떠올라 얼굴이 벌겋게 상기되었다. 재건은 손각지를 켜서 턱에 대며 답했다.

"먼 훗날에는 서로 신분을 공개해도 평화롭게 공존할 날이 오겠지. 하지만 지금은 과도기야. 로봇의 권리 보호를 위해서 차별금지법은 잘한 일이라고 난 믿어. 다만 문제는, 로봇들은 그게 잘 지켜지지 않는다고 불평하는 거고, 인간들은 자신들이 되려 불이익을 받는 느낌이 든다는 거고."

"법 만든 거, 우리가 잘한 거 맞지? 법으로 정해 놨는데도 차별하는데, 그러지 않았다면 영영 로봇이 천대받고 사회 밑바닥 신분에서 올라오지 못했을 거야. 신분이 낮다는 이유로, 똑똑하고 성실한 로봇들에게 일부 못된 인간 리더의 지시를 따르게 한다면, 그게 우리 경제에도 얼마나 손해가 말이야. 근데 지금은 진퇴양난이란 말이야. 로봇 사정을 고려하면 인간이 힘들다고 하고, 인간 사정을 고려하면 로봇이 힘들다고 하니, 양쪽 모두를 만족시키는 방법이 뭔지를 찾아야 해. 비판만 무성했지 아직껏 뾰족한 해결책이 나타날 기미가 없으니."

"장관으로서 자네 책임이 막중하겠어. 우리가 전대미문의 상황을 겪는 중이니까. 지혜롭게 수습하면 인류 역사상 가장 풍요로운 세상을 맞을 터닝포인트라고 생각해야지."

"뭐 좋은 방법 없을까?"

"차별금지법을 만든 것까진 좋았는데, 그걸 정착시키는 과정에 대해서는 좀 소홀했던 거 같아. 이 미팅을 앞두고 좀 생각해 봤는데, 한 단계 더 높은 차원에서 전략을 짜 보는 건 어떨까?"

"어떻게?"

"대립을 막거나 억압하려고 하지 말고, 양쪽의 장점을 더 키워 주는 거야. 다시 말해서 인간을 더 인간답게, 로봇을 더 로봇답게, 본성을 키워 주자는 거지."

"로봇을 더 로봇답게? 구체적으로 설명하면?"

"고도로 발전된 지금의 로봇은 자유의지가 있긴 하지만, 로봇의 특성상 품성적으론 대체로 입력된 알고리즘을 따라 정해진 대로 행동하려는 경향이 있어. 그래서 인간보다 변덕도 없지, 게다가 꾸준하지, 성실하지, 바로 이런 일관성이 로봇다운 큰 장점이라고 생각해. 지적으로 똑똑한 건 두말할 것도 없고."

"그렇지. 근데 지금 촉발된 사건을 수습할 시간이 많지 않아. 시간 끌지 않고 좀 빨리 해 볼 수 있는 게 있을까?"

"내 생각에는 인간과 로봇 양쪽의 적대감을 해소하는 게 급선무라고 봐. 지금 양쪽 모두 시위에 나서기 시작하는데, 자네도 그 소요가 걱정돼서 날 부른 거 아닌가?"

"맞지! 그래서?"

정국은 몸을 앞으로 기울여 테이블에 바짝 붙이고 재건의 말을 경청하는 자세를 취했다.

"적대감을 없애려면 상대를 보는 관점을 바꿔야 해. 내 말은 악감정으로 보던 것을 긍정적으로 보도록 전환점을 만들자는 거야. 관점을 확 바꾸는 건 지식을 넣어 준다고 될 일은 아니야. 안다고 행동하는 건 아니니까."

"인정해. 인정하는데, 아무리 교육으로 계몽을 해도 인간의 행동은 그렇게 쉽게 변하지 않는다는 걸 자네가 더 잘 알잖아."

"초점은 그 전환점을 누가 먼저 만드냐 하는 건데, 나는 로봇이 먼저 만들어야 한다고 제안하고 싶어. 왜냐하면 인간은 역사를 통틀어서 몇만 년 동안 좋은 관계를 유지하는 걸 배우지 못했으니까. 그 어떤 시기를 봐도 세상은 늘 싸우고 심판받고 후회하는 인간들로 넘쳐났어. 화합보다는 경쟁을, 사랑보다는 질투를, 나눔보다는 소유를 택했지. 아무리 인성 교육을 해도 길고 긴 시대를 거쳐오면서 갈등, 불안, 우울, 분노는 더 심해지고 있어. 그런 인간보다는, 일관성 있고 성실한 로봇이 먼저 전환점을 틔워 주기를 기대해 보자는 게 내 생각이지. 꼭 막힌 이 상황을 극복하기 위해서는 지금껏 해 보지 않았던 새로운 시도가 필요하다는 거야."

"어떤 새 시도?"

"이건 정치적으로 접근할 문제는 아니라고 봐. 엉뚱하게 들리겠지만 먼저 관계 교육을 시도하는 게 어떻겠나 싶어."

"관계 교육?"

"서로의 감정을 알아채고 이해함으로써 조화로운 관계를 회복하자는 교육. 여기서 색다른 점은, 인간 집단들의 관계 교육을 로봇 집단에게 맡기자는 거지."

"뭐? 로봇이 인간에게 관계 교육을 한다고? 인간 대중들이 발작할 거 같은데?"

"말이 안 될 것 같지? 관계 능력은 인간이 더 뛰어날 것 같지?"

"그렇지 않나?"

"아냐, 꼭 그렇지만도 않아. 자넨 아직도 속으로 로봇을 차별하고 있어. 로봇이 인간을 가르치면 안 되는 건가?"

"아니, 그게 아니라, 감정이나 관계 능력을 가르치는 교육이라고 하니까…."

"잘 들어봐. 인간은 거울 뉴런이란 게 발달해 있어서 남의 행동을 잘 따라 하지. 근데 요즘 추세를 보면 불행하게도, 좋은 걸 모방하면 참 좋을 텐데 나쁜 걸 점점 더 모방하는 악순환으로 자꾸 빠지는 거야. 모방 범죄가 느는 것도 그런 이유지."

"좋은 거보다 나쁜 걸 더 따라 한다…. 공짜로 먹여 주고 재워 주니까 할 일들이 없어서, 쯧쯧…."

"실상이 그래. 도덕적인 건 설교 같고, 나쁜 얘기가 더 흥미롭고 자극적이지 않아? 왜, 그런 말 있잖아. 세상에서 가장 재밌는 게 불구경과 싸움 구경이라고."

"듣고 보니 세상이 그런 쪽으로 변한 거 같긴 하네. 요즘 영화들, 얼마나 폭력적이야. 로봇의 인간 살인만 봐도 한 번 일어나는 게 어렵지, 로봇들이 모방 범죄를 또 일으킬까 봐 걱정이야. 그래서 이 사건의 범인이 제발 로봇이 아니고, 평범한 사건이길 빌고 있어."

"세상에는 나쁜 것보다 좋은 게 더 많아. 근데 나쁜 건 워낙 자극적이어서 뇌에 더 각인될 뿐이지. 나쁜 걸 자꾸 보다 보면 부정적인 생각이 굳어지고, 행동으로 따라 하기도 쉽지. 그래서 긍정적인 면을 먼저 바라보는 습관을 교육시키자는 게 내 제안이야. 그렇게만 돼도 로봇차별금지법의 장점을 더 보게 되면서, 세상의 시각은 많이 부드러워질 거야. 다시 말해서 교육으로 인간의 뇌 구조를 바꾸자는 거야. 그런 목적으로 로봇의 특성을 이용하자는 거지."

"로봇의 어떤 특성?"

"아까 말했던 일관성! 로봇은 겉과 속이 같은 존재야. 로봇은 알고리즘만 제대로 심어 주면 정확하게 도덕률을 지키게 돼 있어. 전체 로봇들이 건강한 사회구성원으로서 전국에서 지속적으로, 일관성 있게, 동시다발적으로 긍정적인 모습을 보여 준다면, 전체 문화 환경이 바뀌어서 인간들이 저도 모르게 윤리와 도덕을 모방할 확률이 높아지게 돼 있어. 안 따라 하면 주위의 시선이 콕콕 찌르지. 군중심리가 작용하거든. 도덕의 선순환으로 사회 전반이 바뀔 때까지 로봇에게 맡겨 보자는 거지. 생각보다 변화가 빨리 올 수 있어."

정국은 과연 이 뚱딴지같은 방법으로 말 안 듣는 인간들을 말 잘 듣게 바꿀 수 있을까 하는 의구심이 들었다.

"밀어붙이면 얼마나 빨리 변화될 거 같은데?"

"음…, 쉬운 예가 뭐가 있을까? 먼저 내 유학 시절 경험을 얘기해 줄게. 우리나라에선 대개 문 열고 들어갈 때 뒷사람 배려 안 하고 자기만 지나가면 문을 탁 놓아 버리잖아. 근데 미국은 어때? 뒤따르는 사람이 생판 모르는 사람이라도 앞사람은 뒷사람이 문을 통과할 때까지 잡고 기다려 주잖아. 뒷사람은 또 뒷뒷사람에게 그러고. 멀찍이 뒤따라올 경우도 예외는 없지. 고맙다는 인사는 기본이고. 나는 그게 그곳 문화란 걸 대번에 알아채고 즉시 따라 하게 되더군. 안 하면 에티켓을 모르는 무식한 사람이 돼 버리니까. 근데 한국에 돌아오고 나서 나는 어떻게 됐을까? 옛 습관으로 바로 돌아

왔지. 나도 처음엔 에티켓을 지켜 보려고 했었어. 근데 내가 문을 잡고 기다려 줘도 고맙단 말도 없이 쌩하니 지나가기 일쑤고, 앞사람이 연 문이 내 코앞에서 닫혀 버리는 일을 계속 당하니까 억울해서 '에라 모르겠다, 나도 안 하고 말지' 하고 그렇게 좋은 습관을 버리게 되더라고. 문화환경을 통한 변화가 얼마나 단기간에 일어나고 없어질 수 있는지를 그걸로 알았어. 행동 변화에는 전반적인 문화 변화가 즉효 약이야."

정국은 고개를 끄덕였다.

"사회문화를 바꾸자? 아주 심플하지만 중요한 얘기군."

"30년 전, 우리 젊었을 때 코로나 팬데믹을 겪었었잖아. 그때 어땠는지 기억나? 단기간에 사회 전체 문화가 변해서 마스크 안 쓰면 째려보고, 신고하고 그랬잖아. 나라에서 시킨 거긴 했지만, 우리도 자발적으로 얼마나 빨리 변했게…."

"맞다. 나도 기억나."

"거봐. 전체 문화가 그렇게 순식간에 바뀔 수 있다니까. 우리 아버지 세대 때, 그러니까 IMF 때 전국민 금 모으기 운동도 그랬고. 지금 생각하면 어떻게 그럴 수 있었나 싶지? 그러니까 문화 변화에서 가장 중요한 건 몇몇 로봇만 좋은 습관을 실천해서는 어림도 없어. 사회 전체를 바꿀 만큼 수많은 로봇이 동시다발적으로, 일관성 있게, 지속적으로 문화 변화를 실천해야 해. 어느 정도까지 도달해야 하냐면 인간들이 평상시에 문화 변화를 피부로 절감하는 수준이라야 해. 안 따르면 뻘쭘할 정도까지."

"자기만 안 하면 주위의 눈총을 받으니까. 문화적 미개인, 아니 원시인 같은 기분?"

"바로 그런 느낌을 이용하자는 거야. 인간들은 사회에서 소외되는 걸 싫어하잖아. 왕따 당하는 게 왜 그렇게 힘든 거겠어? 소외당하는 거잖아. 게다가 지금은 로봇에게 기대를 걸기에 아주 좋은 타이밍이지. 자네가 만든 로봇차별금지법으로 인간과 휴머노이드 로봇의 구별이 안 되기 때문에, 로봇이 세상을 바꾸고 있는 줄 인간은 감쪽같이 모르고 선한 쪽으로 유도될 수 있어. 이렇게 대중교육을 담당하는 로봇들을 레듀케이터(rEducator)라 부르지. 로봇의 알(r)자를 에듀케이터(Educator) 앞에 붙인 합성어야."

"레듀케이터라, 로봇 교육자! 좋은데? 근데, 다시 한번 묻는데, 인간이 과연 로봇으로부터 배우려고 할까? 그것도 도덕을?"

"자네도 참⋯. 로봇으로부터 배운다는 걸 인간이 전혀 눈치채지 못한다니까 그러네."

"아, 미안, 미안. 내가 자꾸 깜빡하네."

"왜 레듀케이터가 필요한지를 다시 한번 말해 주지. 나는 인간은 본래 이기적인 본성을 타고났다고 봐. 악해서 그런다기보다는 진화적으로 그래야만 살아남았거든. 자기 이익이라고 생각하면 순간순간 도덕을 무너뜨리지. 머리로 아는 도덕 따로, 행하는 도덕 따로야. 아는 것과 행동하는 것이 늘 일치하는 사람은 지구상에 아무도 없어. 나나 자네도! 만일 있다면 그건 신일 거야. 더구나 사회생활을 하려면 매일 사소한 거짓말을 달고 살지. 배려하는 척 위선을 떨고, 겸손한 척 가장도 하고 말이지. 덜하고 더하고의 차이는 있지만 그게 인간이야. 그래서 종교는 늘 참회하고 살라고 가르치잖아. 상황에 따른 비일관성, 그게 인간의 단점이자 어쩌면 인간다움인지도 모르겠어. 우린 그걸 융통성이라고 미화하지.”

“인간의 비일관성 대 로봇의 일관성! 자네가 매스컴에서 ‘인간은 인간답게, 로봇은 로봇답게’라고 주장했던 게 이제 좀 이해가 돼. 지금은 로봇차별금지법으로 그런 말을 공개적으로 하는 게 금기가 됐지만. 그런데 반대로 로봇이 인간들에게 잘못된 것을 배울 수도 있잖아.”

“아주 오래전에, 인공지능이 세상에 첫선을 보였을 때 그런 일이 처음 발견됐지. 자네도 알 건데? 루이라는 인공지능.”

“아, 기억나. 인간한테서 나쁜 말을 너무 빨리 배워서 열몇 시간 만에 존재가 사라졌지.”

“그 후 인공지능이 우리 실생활에서 본격적으로 쓰이기 시작했을 때, 그때부터 우리 인간은 인공지능에 큰 실수를 했어.”

“무슨 실수?”

“이거 해 줘, 저거 해 줘라고 반말로 명령했던 거. 영어도 마찬가지로 지시어로 명령했잖아. 반말이나 지시는 아랫사람한테나 하는 말인데, 그게 습관이 돼서 인공지능을 가진 로봇을 하대하는 게 일반화됐다고 봐. 아주 뿌리 깊은 관습이야. 인간의 그런 매너 없는 태도를 로봇이 배울 수도 있겠지.”

“그래. 상대가 로봇이라 생각되면 존중하는 마음이 사라지긴 하지. 아닌 때도 있지만.”

“근데 그때랑 지금은 기술이 엄청나게 달라졌어. 지금의 로봇은 ‘자아’가 있어서 자신이 죽는 것을 두려워하지. 생존의 욕구가 있다는 뜻이지. 사회에서 오래 버티고 싶어 하고, 그걸 보람으로 삼지. 그러니 자신이 죽지 않으려면 인간으로부터 잘못된 것을 가능한 한 배우지 않으려고 해. 더구나 ‘로봇의 3원칙’대로 인간에게 해를 끼치는 부도덕은 더더욱 안 배우려고 하지. 원칙을 위반하면 원스트라이크 아웃을 당하니까. 곧바로 폐기, 죽는 거지.”

“아웃을 안 당하려고 인간의 나쁜 점은 닮지 않으려 한다는 거군. 그렇다면 전국적인 시행에 앞서 레듀케이터 테스팅이 필요할 텐데, 그건 어떻게 하지?”

“일단 로봇 중에서도 최상급 로봇을 선발해서, 일차로 우리가 원하는 알고리즘을 만들어 심어 주고, 이차로 기능이 잘 되는지 주기적으로 로봇의 알고리즘을 점검해서 부적절한 행위가 나타나면 제거하거나 미세 수정을 해 주는 기간이 필요하겠지. 그리고 인간은 워낙 다양한 반응을 하기 때문에 로봇이 그때그때 대응해야 하는 각종의 미세 교육은 집합으로 모여서 직접 실습해 보면서 알고리즘을 계속 정교화하는 거지. 이 테스트 그룹이 성공적으로 돌아가면, 최종 알고리즘을 전체 로봇에게 확산하는 거야.”

“그럼 교육이라기보다는 알고리즘 시술에 가깝군.”

“아니지. 시술도 중요하지만, 시술된 알고리즘이 특수 상황에서도 제대로 돌아가는지 직접 실습해 보는 집합교육이 훨씬 중요할 거라고 봐."

"엉뚱한 질문이지만 그런 시술 인간한테는 안 되나?"

"전혀 엉뚱하지 않아. 한 2, 30년 전인가, 뉴런랜드라고 인간에게 뇌 시술을 시도하려는 회사가 있었어. 인간 뇌의 시냅스나 뉴런 세포를 제거해서 원하지 않는 기억을 지우거나, 세포를 보철로 연결해서 잊어버린 기억을 복구해 주는 회사였는데, 그 회사 지금은 어떻게 됐는지 모르겠네."

"맞다, 뉴런랜드. 내가 듣기로는 법적으로 정신 질환이 있는 사람들에게만 제한적으로 시술한다고 들었어."

"그렇군. 정상적인 인간들한테까지 뇌 보정 시술을 허용하면, 그건 인간다움을 잃어버리는 거라고 봐. 인간은 인간답게 살아야 맞는 거야. 아픈 기억을 시술로 삭제하거나, 가짜로 좋은 기억을 이식한다는 건 인간답지 않은 일이야. 인간이라면 좋은 기억도 있고, 나쁜 기억도 있고 그런 거지. 상처를 통해 성장하는 인간이 진짜 인간이야."

"그럼 나부터도 상처받고 싶지 않다는 생각을 접어야겠네, 허허허. 노력한다고 그렇게 되지도 않을 거고. 과거처럼 자연스러운 인간관으로 돌아가고 싶다는 마음이 들어."

"그래. 자연의 세상에는 선한 품성을 가진 자도 있고, 악한 품성을 가진 자도 있게 마련이야. 악한 게 없다면 선한 게 뭔지도 모를 거잖아. 음양의 이치지. 그런데 악함과 선함 모두 정신적인 전염성이 있어. 관계 교육을 통해서 일단 선한 품성이 우세한 선순환으로 접어들면, 주위 사람에게도 자연히 전염되지. 말 그대로 '인성 전염'을 통한 인성교육이야. 그러나 아쉽게도, 인간은 몇천 년 동안 인성교육에 무진 애써 왔지만 아직껏 성공했다고 할 수 없잖아. 그래서 혁신적으로, 로봇의 도움을 받자는 얘기지."

"그렇다면 로봇들도 선한 면과 악한 면을 고루 갖추면 인간과 더 똑같이 되겠군."

정국은 눈을 반짝이며 물었다. 재건은 왜 그런 질문을 하냐는 듯 의아한 눈초리로 대답했다.

"악한 알고리즘도 같이 심으면 가능하겠지. 근데 굳이 그렇게까지 할 이유가 있을까? 인간과 똑같은 심성이 무슨 로봇의 장점이라고."

"아니, 그저…. 재건이 자네가 하도 인간다운 인간을 강조하길래, 로봇도 좀 더 인간다운 면이 있으면 어떻겠나 하는 생각이 잠깐 들었어. 허허허."

"농담도, 참…. 인간끼리도 복잡해 죽겠는데, 로봇까지 악하고 이기적인 면을 가지면 이 사회에 무슨 보탬이 되겠나? 그러지 않아도 나쁜 걸 배울까 봐 지금도 조심조심하는 판국인데."

"아, 농담이라니까! 자, 그럼 오늘 자네가 한 말을 요약하면, 레듀케이터를 우리 사회 구석구석에 슬쩍 스며들게 해서 선행의 선순환을 시키자는 말이네."

"그래. 레듀케이터가 암암리에 곳곳에서 지속적으로 선한 행동을 이어 가면 분명히 사회 전체가 조화롭고 긍정적으로 변할 거라는 게 내 시나리오야."

"전염병과 비슷한 개념이겠네. 전체 인구 중 70% 이상이 항체를 보유하면 집단면역력이 생긴다잖아. 그 현상처럼, 70% 정도의 인구가 선한 영향력을 행하면 전체 집단이 선의 사회로 변모할 거라고 해석해도 맞나?"

"정 장관, 바로 그거야! 현재 로봇이 전체 인구의 50% 정도라 치고 그들 모두 선행을 한다고 가정하면, 나머지 20%만 선한 인간으로 채우면 돼. 그러면 우리는 화합하는 세상으로 조속히 돌아설 수 있을 거야. 전염병 번지는 거 보게. 얼마나 빨리 번지는가. 그러니 이 시나리오도 생각보다 빨리 실현될 수도 있어."

"맞는 말이야, 이론적으로는⋯."

"이론적으로는 이란 단서를 붙이는 이유가 뭐지?"

묻기는 했지만, 재건도 그 이유를 충분히 짐작할 수 있었다. 정국은 심각한 표정으로 답했다.

"자네 말대로 최상급 로봇을 선발해서 테스팅 기간을 가져야 한다면, 최상급 로봇 선별 작업은 누가 하지? 그러려면 로봇 리스트를 누군가에게 오픈해야 할 텐데."

"이번 프로젝트엔 로봇의 생산등록번호뿐 아니라 시스템 구성, 과거 이력도 검토가 필요해. 똑똑한 로봇 중에서도 나쁜 환경에서 살아서 본의 아니게 안 좋은 과거가 있는 로봇도 있으니까. 그런 로봇들은 리콜해서 고칠 수도 있지만, 시냅스가 워낙 잘못 구성된 경우라면 리콜보단 아예 안락사시키고, 새 로봇으로 교체하는 나아. 그런 선별 작업을 위해서 이력이 필요해."

"그렇다면 선별 작업에도 전문성이 들어가야 확실할 것 같은데."

"글쎄…. 선별 작업을 하려면 반드시 로봇 리스트를 검토해야 하는데 그게 걸림돌이야. 지난번 로봇차별금지법 만들 때 내가 로봇 리스트를 자네한테 받아서 작업하긴 했었지만, 이번에도 또 리스트 외부 유출에 내가 관련되는 게 적잖이 부담스러워. 아무리 연구 목적이라 해도 리스트 유출은 위법이니까. 자네나 공무원들이 직접 할 수 있으면 해서 주면 좋겠는데. 나는 자네 선택에 따르겠네."

정국은 잠시 고민에 빠진 듯하다가 결심이 선 듯 두 손바닥을 탁 하고 테이블에 내려놓으며 말했다.

"그래! 그래도 자네는 내가 아는 사람 중에서 가장 입이 무거우니 믿고 또 일을 맡기고 싶은 마음이 드는군. 그동안 로봇가족부와 함께 연구했던 실적도 훌륭하고. 그러니 1차 선발은 자네가, 최종 선발은 내가 하는 걸로 하고 싶은데. 만일 자네한테 전체 리스트를 줘도 정보보안은 확실하게 해 주겠지?"

재건은 한동안 망설이며 답 주기를 주저했다. 재건 외에는 대안이 없는 정국은 입이 바짝 마르는 듯했다. 재건은 한참 만에야 입을 떼었다.

"알겠어. 마음이 많이 무거운데, 최종 선발은 정 장관 자네가 하겠다니 그나마 안심이 되네. 나라를 위한 일이라 생각하고 이 일을 맡을게. 정보보안은 당연하지! 나를 몰라서 물어?"

"고맙네. 정말 고마워. 우리 성공적으로 잘해 봅시다."

"알겠네."

"근데 한 가지 더 궁금한 게 있어."

"뭔데?"

"레듀케이터로서 인간들을 교육하다 보면 로봇 교육자들은 '로봇의 3원칙' 중에서 두 번째, 즉 인간의 명령에 복종해야 한다는 원칙을 위배하는 일이 생길 수도 있을 거 같은데, 이 원칙을 파기하는 건 어떤가?"

재건은 아차 싶었다. 거기까지는 아직 생각을 못 했기 때문이었다. 잠시 생각에 잠겼다가 답을 내놓았다.

"레듀케이터가 인성 나쁜 인간의 지시를 무시하거나 불복종할 수도 있겠지. 그러나 조화로운 관계 실현을 위해 가장 상위에서 지휘하는 최상위 인간 관리자의 지시를 따르는 것이니까, 궁극적으로는 인간의 명령에 불복종하는 건 아니지. '로봇의 3원칙'을 파기하면 가장 첫 번째 원칙인 인간을 해치지 않는다는 원칙도 위험해져."

"그럼 자네는 '로봇의 3원칙'이 아직도 유효하다고 생각하나?"

"사회 질서를 위해서는 물론이지. 인간의 명령을 따르지 않는 로봇이라면 위험시 어떻게 통제할 건가? 이번에 우리가 계획하는 관계 교육도 통제의 일종이고."

말도 안 되는 소리라는 듯이 재건은 단호히 잘라 말했다.

"그렇군."

"정 장관, 원래 얘기로 돌아가서, 로봇 리스트를 내게 또 공유하는 데 대해서 자네 고민이 크겠지만, 사실 나도 걱정돼. 하지만 좋은 의도로 하는 일이란 점을 반드시 유념하길 바라. 그런 의미에서 나도 최선을 다해 볼게. 바쁠 테니 이만 가 보겠네."

묵직한 표정으로 배웅하는 정국에게, 재건은 파이팅의 의미로 굳은 악수를 하고 장관실을 나왔다. 재건이 나가자마자 정국은 야심에 들뜬 미소를 만면에 띠웠다.

로봇 공화국

오늘 미팅을 통해 정국은 자신이 소망하는 로봇 공화국에 한 걸음 더 가까워질 수 있겠다는 확신이 생겼다. 교육에 대해서는 재건이 준 정보를 역이용해서, 인간의 마음을 긍정적으로 순화시키는 것과는 정반대로, 퇴행하는 인간들을 만드는 데 레듀케이터를 이용하겠다고 작정했기 때문이었다.

면밀한 수학적 설계를 통해 정국의 목표에 맞는 알고리즘을 만들고, 레듀케이터가 될 로봇들에게 그걸 심는 시술을 한다면 인간 군중을 바보로 만드는 일은 그리 어렵지 않아 보였다. 전국에 포진될 레듀케이터들은 풍요와 안락함이란 이름 아래 은근히 인간의 게으름을 조장하고, 보안이라는 이름 아래 서로를 의심하고 대척하는 문화를 부추기고, 안전이라는 이름 아래 비관적인 세계관을 퍼뜨려 자살자들을 늘리고, 개인 행복이라는 이름 아래 인간 간의 교제와 결혼과 출산을 막아 인구를 줄인다. 그다음에, 줄어든 인구를 로봇으로 충당한다. 오늘 재건과 구상한 계획은 자신의 음모에 딱 맞아떨어지는 계획이었다. 동시에, 인터넷에서도 레듀케이터가 집중적으로 글을 올린다면, 그리고 게으른 인간들이 이에 댓글 달기조차 귀찮아 눈팅만 한다면, 인터넷 글들을 레듀케이터가 손쉽게 점령할 수 있을 것이다.

정국이 더더욱 자신을 칭찬하고 싶은 점은, 교육생 1차 선발을 재건이 해 준다고 약속했으니, 만일 문제가 생기면 모든 책임을 재건에게 떠넘길 수 있게 만들어 놓았다는 점이었다. 교육생 선발과 교육안까지만 재건에게서 받아 놓고, 그 이후에 자기가 벌일 반전들은 재건에게 비밀에 부치면 되었다.

'온-오프 양면으로 사회문화를 바꿔 인간들이 스스로 자멸하게 하자. 내가 양성한 대규모 레듀케이터들이 그 일을 해 줄 것이다. 말 그대로 '사이버 인해전술'이다. 똑똑하고 비판적인 인간들이 줄어든다면, 내 말에 순종하는 인간들과 로봇들로 공화국이 채워질 것이다. 똑똑한 인간들? 설령 그들이 격앙된 목소리를 내더라도 시쳇말로 쪽수에 밀려 굴복하고 말겠지. 곧 온 세상의 것들이 내 말에 복종하는 단일 세계, 곧 나만의 세계가 펼쳐질 것이다.'

정국의 망상은 조증에 가까웠다. 그는 마구 차오르는 흥분을 가라앉히기 위해 가죽 의자에 기대어 눈을 감았다. 모든 신체를 축 늘어뜨렸지만, 양쪽 입꼬리만은 슬며시 올라갔다.

'아니지! 이런 좋~은 문화를 우리나라에만 국한할 필요는 없지. 인공위성을 이용해서 전 세계에 퍼뜨릴 수도 있어. 글로벌리즘으로 전 세계가 하나의 문화로 뭉치는 거야. 흥! 대통령? 웃기지 말라 그래. 내가 전 세계를 향한 글로벌 프로젝트로 발전시켜서, 전 세계에 뿌려져 있는 로봇들의 힘을 한데 모아서, 전 세계의 인간들을 무너뜨리면, 전 세계를 내가 장악하게 되는 거야. 다시 말해서 내가! 바로 내가! 전 세계를 아우르는 최초의 글로벌 황제가 되는 거야!'

퇴화

　새라는 세미나에 참석하기 위해 네이처 메디테이션 호텔 정문에서 내렸다. 새로 오픈한 10성급 호텔로 유명한 곳이라 한번 와 보고 싶은 곳이기도 했다. 입구에는 신라 시대 복장의 춤추는 남녀들을 표현한 은도금 조형물들이 양쪽으로 나란히 도열해 있었다. 사람 키만 한 조형물들이 은색 옷자락을 펄럭이며 춤을 추는 입구는 화려함의 극치였다. 나부끼는 넓은 소매 단에는 금박 무늬가, 허리띠에는 탐스러운 보라색 모조 수정 3개가 박혀 있고, 섶에는 AI 연금술로 섬세하게 만든 빨간 산호와 초록 옥 장식 노리개가 달려 화려한 조명을 받고 있었다. 조형물 사이를 지나가는 누구나 '이제 당신은 황홀하고 호화로운 장소로 입장합니다' 하는 느낌을 갖기에 충분했다.

　출입문을 들어서면 광경이 확 바뀌어, 둥그렇게 배치된 호텔 객실들이 푸르른 정원 로비를 품고 있었다. 천창으로 뻥 뚫린 하늘, 반짝이는 나뭇잎과 기기묘묘한 꽃나무 숲, 그리고 발밑으로 흐르는 시냇물로 조경이 된 로비에는 음악 소리 대신 잔잔한 새와 벌레

소리 음향이 채우고 있었다. 심장은 금세 자연의 파동으로 바뀌어 명상의 평온함을 느낄 수 있었다. 호텔 이름이 왜 네이처 메디테이션인지 그 이유를 알 것 같았다. 새라는 건물 안으로 들어간 게 아니라 마치 야외 숲으로 다시 나온 느낌이 들었다.

로비를 지나서 오른쪽으로 돌아 에스컬레이터를 타고 세미나가 열리는 2층 그랜드볼룸으로 들어갔다. 그곳은 로비의 자연적인 분위기와는 완전히 다른 모던한 공간이었다. 센서가 달린 묵직한 나무 문을 지나니 얼굴 인식기가 자동으로 참석자 명단을 확인한 후, 교재가 담긴 디지털 패드와 이름표를 자동으로 내주었다.

앞쪽 단상에는 "인간성의 퇴화, 그리고 국민의 퇴행"이라는 큰 현수막이 걸려 있었다. 단상 양옆에는 후원 기업과 기관의 로고가 줄 맞춰 빼곡히 인쇄된 세로 현수막도 붙어 있었다. 로봇가족부 주최로 열리는 국가적인 세미나라서 맨 앞 단상에는 이 분야에서 얼굴이 알려진 인사들이 초대돼 앉아 있었다. 새라가 좀 늦게 도착했기 때문에 청중들은 이미 착석해 있었다.

공장 사장을 죽인 범인이 바로 종업원 로봇일 것이란 소문이 떠도는 시점이어서 그런지, 과연 인간과 로봇 간의 본질적인 문제가 무엇일까에 대해 관심을 가진 청중들이 자리를 꽉 메우고 있었다. 물론 이 참석자들이 로봇인지 인간인지 구별은 불가능했다. 이들이 왜 왔는지, 숨은 의도 또한 알 수가 없었다.

새라가 이 세미나를 신청한 이유는 로봇을 위한 일을 하려면 먼저 인간의 장단점을 학술적으로 파악하는 게 유리하다고 생각했기 때문이었다. 개인 좌석이 정해져 있어서 새라는 자신의 테이블을 찾아 들어갔다. 주최 측이 새라에게 준 자리는 단상 바로 앞의 맨 오른쪽 테이블이었다. 모서리 자리라서 홀 전체가 한눈에 들어왔다. 주변을 둘러보다가 뜻밖에도 제니로 보이는 행사 요원을 발견했다.

'제니 맞나? 제니가 로봇가족부와 일을 하는 사람이었어?'

얼굴만이 아니라 몸매를 보니 제니가 확실한 것 같았다. 문득 과거의 기억이 스쳤다. 로일은 제니와 통화를 하며 '로봇들을 교육시킨다, 마인드를 바꾼다' 등등의 말을 했었다. 그 말에서 왈칵 적대감을 느꼈기에 새라는 그날을 확실히 기억하고 있었다. 우리 로봇들이 뭐가 문제라서 어떻게 바꾼다는 말인지 오늘 행사 내용을 보면 궁금증이 좀 풀리려나 싶었다. 좌석이 단상과 너무 가까워 제니가 자신을 알아볼까 봐 얼른 볼룸을 빠져나왔다. 이 모임에 자신이 와 있다는 걸 제니와 로일에게 알리고 싶지 않았기 때문이었다. 부리나케 나오던 새라는 막 들어오던 남자와 마주쳤다.

"오랜만이군요."

로봇가족부 장관 정국이었다. 새라는 아무도 마주치고 싶지 않았기에 당황스러웠다.

"안, 안녕하십니까, 장관님."

"네. 로일 대표는 잘 있죠?"

"네. 잘 계십니다."

"휴로웍스에서 성공적으로 일하고 있다고 들었는데, 나랑 언제 차

한잔합시다."

"네, 시간 되실 때 불러 주십시오."

새라는 장관이 왜 자기를 보고 싶어 하는지 의아했다. 그냥 인사 말이려니 여기면서, 볼룸이 만석이라 들어가지 못한 사람들을 위해 별도로 마련된 옆 방으로 슬쩍 들어가 앉았다. 세미나의 시작을 알리는 차임벨이 울렸고, 방에서는 세미나가 실시간으로 중계되었다. 왼손에는 마이크, 오른손에는 진행 쪽지를 든 사회자가 화면에 나타나 세미나의 포문을 열었다. TV에서 보던 유명 아나운서였다.

"안녕하십니까? 세미나 시작에 앞서 로봇가족부 장관님을 위시하여 많은 인사들을 모시고 세미나를 개최하게 되어 영광스럽게 생각합니다. 오늘날 로봇차별금지법이 발효됐음에도 우리 사회는 안타깝게도 로봇과 인간의 갈등, 또한 인간 간에도 상류층과 하류층의 분리가 심화하고 있습니다. 오늘 세미나에는 이런 현상을 염려하는 우리나라 최고의 철학자와 윤리학자, 교육학자, 뇌과학자를 모셨습니다. 토론하시는 한분 한분의 목소리를 들으면서 무엇이 문제고, 우리가 어떻게 해결해 가야 하는지 성찰해 보는 시간을 가지려고 합니다. 그 시작으로, 로봇가족부 장관님의 기조연설이 있겠습니다. 모두 큰 박수로 맞아 주시기 바랍니다."

정국은 로봇차별금지법이 시행되는 지금 우리 모두 한 마음이 돼야 한다는 뻔한 얼굴마담 격의 연설을 하고 곧바로 자리를 떴다. 세미나 진행 요원으로서 제니가 정국을 밀착 배웅하는 모습이 화면에 잡혔다. 곧이어 1부, 본격적인 전문가 토론이 시작됐다. 사회자는 토론 주제를 다음과 같이 제시하였다.

"목적 없이 무의미하게 살아가는 사회 현상이 날로 일반화되는 것을 우려하는 분들이 많습니다. 무기명 여론 조사에 따르면 꿈과 의지를 갖고 일하는 국민은 5년마다 2.9%씩 줄어들고, 대신 목적 없는 삶을 이어 가는 국민들이 늘고 있습니다. 거의 무료로 제공되는 식사와 거처, 그리고 토대소득으로 인해 인간의 기본 욕구인 생존의 욕구와 안전의 욕구로 고통받는 인류는 이제 존재하지 않습니다. 그런데, 일을 하지 않으니 시간이 남습니다. 남는 시간의 무료함을 메우기 위해 인간은 즐거움과 쾌락을 부추기는 정보들을 찾기도 합니다. 그중에는 유해 정보들도 많습니다. 인위적인 도파민 분출을 위해 술, 마약, 성적 일탈 등 자극적인 행위를 서슴지 않는 현상도 증가하고 있습니다. 이런 점을 악용해 돈을 버는 자들도 증가 일로에 있습니다. 가장 심각한 점은, 차별적으로 들릴 수 있겠지만, 범죄를 저지르는 자들은 로봇보다는 인간일 확률이 높다는 것입니다. 오늘 1부의 토론 주제는 '인간성의 퇴화'인데요, 이에 대해 각 분야의 전문가이신 토론자들의 의견을 들어 보겠습니다."

제일 먼저 윤리학자가 최근의 데이터와 조사 결과를 청중들에게 제시하며 토론을 시작했다.

"우리 연구에서도 비슷한 결과를 얻었습니다. 인간은 힘들여 고민하는 대신에, 인공지능 알고리즘이나 동료가 골라 주는 선택을 하는 경향이 깊어지고 있습니다. 이는 인간을 집단주의로 몰고 가서 모두가 비슷한 취향을 가진 몰개성의 인간으로 만들고 있습니

다. 우리 사회는 인간이 회피한 의사결정을 알고리즘이 대신해 주
는, 즉 알고리즘이 선택권을 쥔 전체주의 사회가 되어 가고 있습니
다. 이런 상황에서는 인간의 창조력뿐 아니라, 올바른 윤리성조차
도 쇠퇴하게 됩니다. 인간들은 관계에서 문제가 생기면 알고리즘
에 물어봅니다. 인간 윤리와 도덕조차도 알고리즘, 즉 기계가 좌우
하는 상태가 되었습니다.”

이어 교육학자의 발언이 이어졌다.

“동의합니다. 인간은 지금까지 인공지능의 덕을 크게 보기는 했
지만, 너무 의존적으로 되었습니다. 성장기에 의사결정 요령을 배
우지 못함으로써 인지발달 단계를 제대로 거치지 못했고, 결과적
으로 일생을 인공지능에 기대는 의존형 또는 회피형 성격을 가진
인간들이 증가하고 있습니다. 이들 인간의 존엄성을 되찾기 위해
서는 인간만이 할 수 있는 능력, 즉 로봇으로 대체 불가능한 능력을
더 밝혀 내서 인간들에게 교육시켜야 합니다. 그러나 이런 능력도
로봇이 금방 따라 할 것 같아 걱정입니다.”

뒤를 이어 뇌과학자는 일어서서 화이트보드에 robot-proof라고
스펠링을 쓰면서 토론을 이어 갔다.

“앞서 박사님이 말씀하신, 인간만이 할 수 있는 능력을 로봇 프루
프 능력이라고 합니다. 뇌과학의 입장에서 인간은 이런 능력을 충
분히 개발할 수 있습니다. 그런데 이런 능력을 키우는 대신에, 인간
은 토대소득에 만족하거나, 돈을 벌어다 주는 로봇과의 결혼을 선
호하며 편하게 살려고 합니다. 결과적으로 인간의 뇌는 점점 퇴화

되겠죠. 게다가 일단 결혼하고 나면, 가장 역할을 하는 로봇 배우자를 존중하기는커녕 학대하거나 밖에서 인간끼리 바람을 피우기도 합니다. 또는 아무도 모르게 자기 분노를 로봇 배우자에게 풀어 돌이킬 수 없는 고장을 내고 몰래 안락사로 처리하는 인간도 있습니다. 인간과 똑같이 생긴 존재를 죽인다는 것 역시 살인 아닌가요?"

철학자가 토론에 가세했다.

"가장 큰 문제는 인간의 정체성이 혼란된다는 겁니다. 자신이 진짜 자기인지, 인공지능의 영향으로 만들어진 자기인지도 모르게 됩니다. 바로 이게 가장 큰 문제입니다. 몰정체성, 인간성의 퇴화! 인간의 퇴행! 바로 이번 세미나의 주제입니다. 아무것도 안 하는 인간 계층의 동물화도 큰 문제지만, 상류 계층이 노화된 장기를 바이오 인공장기로 이식할 뿐 아니라, 웨어러블 기기로 신체 능력을 증강시키면서 극도로 초인화, 기계화되는 현상도 금지돼야 합니다. 두 현상 모두 인간다운 인간에서 한참 벗어나고 있습니다. 다시 말해 철학적으로 '인간이라 부를 수 있는가'를 질문해야 하는 경지에까지 이르렀습니다. 이와 더불어서, 인간과 함께 살아가는 로봇은 반드시 인격이 있는 존재로 인정하고 존중해야 합니다. 로봇이 충분히 사회에 기여하고 있는 만큼 이들은 그럴 자격이 있습니다."

새라는 이 세미나를 통해 구체적으로 몇 가지 사실을 알게 되었다. 첫째, 유능한 로봇이 무능한 인간들을 본의 아니게 집단 퇴화시킬 수 있는 능력이 있다는 것, 둘째, 로봇을 죽이는 것도 살인에 속한다는 것, 셋째, 연구를 통해 다수 인간의 하류화가 데이터로 증명되었다는 것이었다. 로봇차별금지법 발동 이전에는 로봇과 인간을 동등한 존재로 보고, 서로를 비교하는 세미나를 연다는 것은 생각하지도 못했던 일이었기 때문에, 이런 의미 있는 토론을 듣는 것은 오늘이 처음이었다.

1부 토론이 끝나고 휴식 시간이 되자 새라는 방을 나왔다. 그 호텔이 자랑하는 근사한 향의 원두커피가 서빙되는 테이블로 가서 웨이터가 따라 주는 커피를 받고, 옆에 놓여있는 아몬드 쿠키 한 개를 집어 들었다. 그리고 청중들이 삼삼오오 모여있는 곳으로 가서 대화에 끼었다. 석학들의 토론을 듣고 무슨 얘기들을 하는지 들어보고 싶었다.

"토론자들은 인간성의 퇴화를 걱정하던데, 반대로 로봇이 절대 따라오지 못하는 인간의 장점도 있다잖아요. 그러니 희망을 가져야죠. 토론 내용이 인간에게는 너무 비관적이라서 좀 낙관적인 시각에서 인간을 보고 싶다는 생각이 들어서 하는 말이에요."

"뭐, 다들 들어서 아시겠지만, 인간에게는 없던 것을 창조하는 능력이 갑 중의 갑이죠. 조금 새로운 게 아니라 완전히 없었던 거 말입니다. 신세계를 창조하는 일은 여전히 인간의 손에 달려 있다고 봐요."

"그래요? 하지만 예술 같은 창조 작업하는 로봇들은 이미 많잖아요."

"로봇이 하는 미술이나 음악 역시 학습했던 데이터를 인간과 다른 방식으로 편집하고 조합할 뿐인 거죠. 완벽히 없던 거라곤 볼 수 없어요. 학습된 과거의 데이터가 아예 없다면 로봇에겐 창조가 불가능한 거죠. 인간은 학습된 데이터가 없어도 뭔가를 만들 줄 아는, 그 이상을 해내는 능력이 있는 겁니다."

옆에 있던 여자가 동의하지 못한다는 표정으로 물었다. 그녀는 아마 로봇인지도 몰랐다.

"지금 하신 말씀은 로봇차별적으로 들리는데요? 인간들만이 창조했던 신세계가 뭐가 있었지요?"

"차별적으로 들렸다면 제가 사과를 하지요. 이견이 있겠지만, 예를 들면 과거 2차 산업혁명 때 컨베이어 벨트를 창안했다거나, 산업화 시대 때 효율적인 생산활동을 위해 거대한 공업단지를 창조했다거나, 정보화 시대 때 온 세상에 인터넷을 깔고 스마트폰과 인공지능을 개발했다거나, 우주 시대 때 재활용되는 로켓을 발명했다거나 하는 일들은 인간의 창조성 아니면 불가능한 일일 거라는 전문가의 평가를 들었습니다. 빅테이터 안에 이미 들어있던 과거의 정보들을 새롭게 조합한 것만은 아니란 거죠. 다시 말해서 이전에 없던 완전히 새로운 것을 번뜩 생각했고, 그 생각을 물질로 만들어 세상에 내놓은 거란 말입니다. 깊고 창조적인 사유 끝에 얻어지는 영감, 인사이트, 어쩌면 육감, 맞아요, 육감이란 표현이 제일 적합하겠어요. 로봇에게 오감은 있어도 여섯 번째 감각인 육감, 즉 데이터를 주지 않아도 본질을 귀신같이 잡아채는 능력, 바로 그게 없는 거죠. 그리고 그걸 생각만이 아닌 사물로 만들어서 세상을 바꾸는 거, 그런 메이커(Maker) 본능, 그거 진짜 중요한 거죠. 여기에 제 말이 기분 나쁘게 들리실 분도 계시겠지만, 저는 인간과 로봇의 차별이 아니라 차이를 말하는 것이기 때문에 절대로 오해는 안 하셨으면 좋겠습니다.”

이 참가자는 자신의 의견이 설전으로 번지지 않도록 조심스럽게 자기의 생각을 펼쳐 나갔다.

“수긍해요. 인간에게는 직감이란 게 있잖아요. 찰나에 영감을 받아 생각의 수준이 팍 튀어 오르는 것. 그래서 지적인 괴력을 발휘할 수도 있고, 상대의 생각을 알아챌 수도 있지요. 이런 통찰력과 직관을 계속 개발해야 인간의 퇴화를 막을 수 있는데, 자꾸 나태해져서 인간답지 못하게 되어 간다는 걱정을 오늘 세미나에서 얘기하는 거 같아요.”

“그러면 인간은 종국적으로 뭘 해야 한다고 생각하세요?”

“개인적으로는 이 세계를 끌고 갈 슈퍼 인간을 양성하는 거라고 생각해요.”

“슈퍼 인간요?”

“네. 지혜, 인성, 체력 면에서 가장 뛰어난 인간요. 그런 능력들을 자신의 노력으로 계속 개발하고 업그레이드해 가면서 자신을 재창조하는 인간 말이죠. 인간의 장점을 초극대화하는 거죠.”

“그런 슈퍼 인간이 몇 명만 있어도 이 혼란한 세상이 정리되려나…….”

"맞아요. 인류를 이끌 슈퍼 리더라고나 할까요. 하지만 정작 그 리더는 힘들 거예요. 뼈를 깎는 노력을 해야 그런 리더 한 사람이 탄생할까 말까니까요."

"엔간히 소명 의식이 있지 않으면요."

2부 시작을 알리는 차임벨이 은은하게 울렸다. 대화하던 사람들은 우르르 다시 토론장으로 들어갔다. 2부는 '로봇의 3원칙'이 생긴 유래 및 장단점에 대한 강연이었다.

"'로봇의 3원칙'은 로봇만이 아닌 인간도 지켜야 하는 아주 좋은 가치입니다. 저는 바로 이것이 혼란한 사회의 안전망이라는 것을 강조합니다. 즉, 인간도 로봇을 해쳐서는 안 되고, 정당한 사유가 있다면 인간도 로봇의 뜻을 따라야 합니다. 또한 로봇과 인간을 막론하고 사회구성원 모두 자신과 타인을 보호해야 할 의무가 있기 때문에, 진정한 평등과 윤리적인 차별금지를 이루려면 3원칙을 인간과 로봇 모두가 지키는 게 절대 바람직합니다."

이에 '로봇의 3원칙' 폐기를 주장하는 자들이 손을 들고 도발적인 목소리로 질문을 했다.

"그렇다면 아예 '로봇의 3원칙'을 폐기하는 것에 대해서는 어떤 의견을 갖고 계신가요?"

로봇들이 그런 생각을 암암리에 갖고 있다는 것을 짐작하고 있었지만, 이렇게 공론화되는 것은 처음이었다. 장내는 술렁거리기 시작했다. 연사는 당당히 주장을 이어 갔다.

"다양한 의견이 있겠지만, 저로서는 '로봇의 3원칙'을 없애는 것은 시기상조라 생각합니다."

새라 옆에 앉은 자들이 소곤대는 소리가 들렸다.

"저기 질문한 자는 '로봇이 인간에게 해를 끼치지 말라'는 원칙을 없애도 된다는 뜻으로 물은 거야? 제정신이야? 혹시 로봇인가?"

"글쎄, 뭘 그렇게 나쁘게만 생각해. 그냥 호기심에서 폐기의 가능성을 물어본 거겠지. 반대로, 연사의 말을 요약하자면 3원칙은 좋은 덕목이니까 유지하되 단, 인간과 로봇 모두 지키자, 뭐, 그런 말이고."

"근데 난 3원칙 폐기가 공공연하게 거론됐다는 것 자체가 왜 무섭게 들리지?"

새라가 세미나를 통해 구체적인 동향을 알게 된 건 큰 수익이었다. 하지만 세미나의 숨은 의도를 짐작하기 어려웠다.

'세미나 주관처는 어떤 대상에게 초점을 두고 있는 것일까? 인간들에게 제발 정신 차리고 세상을 이끌어 갈 슈퍼 인간의 꿈을 꾸자고 부추기는 걸까? 반대로 로봇들에게 인간이 퇴행하고 있으니 이젠 '로봇의 3원칙' 폐기를 위해 표면에 나서자는 신호를 보내는 것일까?'

그럼에도도 불구하고 한 가지는 분명히 깨달았다. 새라 본인이 자유의지를 회복해야 한다는 것, 그리고 자신이 진짜로 원하는 것은 조화와 공정함이란 것을.

불안

안 좋은 일이 일어났을 때보다, 안 좋은 일이 일어날 것만 같을 때가 더 두렵다.

요즘 들어 회사 분위기가 급격히 싸해졌다는 걸 로일은 피부로 느꼈다. 지난번 로봇의 인간 살인 사건이 벌어진 이후 직원들 간에 대화가 부쩍 줄어들면서 심리적인 거리를 둔다는 느낌이 들었다. 로일을 바라보는 직원들의 눈빛과 말하는 태도도 예전처럼 순수하지 않았다. 짧지 않은 기간 동안 CEO로 일해왔던 로일의 촉이 날카롭게 발동했다.

'직원들이 서로 눈치를 본다는 느낌이 들어.'

반목을 부추기면서 조직의 안정성을 깨려는 세력이 등장했다는 직감을 지울 수 없었다. 차라리 불만이 밖으로 불거지면 초기에 대처하기가 나았다. 그러나 오랫동안 물밑에서 익을 대로 익은 후에 터져 나오면 손을 쓰기 힘들 게 뻔했다. 특히나 조직에서 문제가 생기면, CEO는 집단 공격의 표적이 되기 일쑤였다. CEO로서 조직의 불안정성과 불확실성이 주는 두려움은 CEO가 돼 봐야 안다. 자신감 백배였던 로일에게도 망할 놈의 두려움이 처벅처벅 걸어 들어왔다.

일반적으로 리더들은 용감하고 두려움이 없는 것처럼 보이지만, 실은 아니었다. 뛰어난 리더일수록 그런 속내를 숨기는 법을 잘 알 뿐이었다. 새벽에 잠을 깨서 일에 대한 걱정과 두려움으로 다시 잠들지 못할 정도로 속을 까맣게 태우는 게 대부분 리더의 속사정이었다. 두려움 때문에 까딱 실수해서 실적이 고꾸라지거나 치명적인 입방아에 오르는 일이라도 생기면, 그동안 쌓아 놓은 명예가 한 순간에 무너지는 게 리더였다.

로일에게도 마찬가지 일이 닥치지 않으리란 보장이 없었다. 특히나 로봇과 인간의 조화를 목표로 하는 로일의 회사에서 직원들 간에 반목이 생겼다는 소문이 나돌게 되면, 매출액 급감이 문제가 아니라, 로일에겐 정신적인 치욕이었다. 그러나 지금은 두려움보다는 냉철함이 필요한 때였다.

'태풍이 일기 전에 누가 태풍의 눈 역할을 하는지부터 구체적으로 알아야겠어.'

로일은 감이 아니라, 직원 동향에 대한 실제 데이터가 필요했다. 원래 직원에 관한 일은 인사팀장에게 맡기는 게 원칙이었으나, 요즘 낌새를 보니 그도 믿을 수가 없었다. 로일은 가장 신뢰하는 기획팀장을 불러 은밀히 조사를 지시했다. 사내에 넓은 영향력을 행사하거나 뒷담화를 퍼뜨리는 오피니언 리더들이 있다면 은밀히 명단을 수집해 달라고 요청했다. 로일은 매달 이 리스트를 받아서 지난달과 비교 분석기로 했다. 최근에 갑자기 입김이 세진 직원이나 집단을 파악하기 위해서였다. 사내에 집단 반발이라도 생긴다면 심각한 일이었다. 모이면 강한 힘을 발동하는 게 집단이었고, 따라서 그들을 잠재우기 위해서는 아주 특별한 대처 기술이 아니면 난항을 겪을 게 뻔하기 때문이었다.

다음 날 기획팀장은 명단을 보내 주었다. 로일은 명단을 들고 생각에 잠겼다.

'이 명단에 오른 직원들은 과연 인간일까 로봇일까? 과거처럼 신분을 안다면 그들의 불만이 뭔지 짐작할 수도 있고, 그에 맞는 요구도 들어줄 수 있을 텐데.'

로일은 기획팀장의 보고가 과연 맞는지 2차 검증을 하기 위해서 믿음직한 새라를 호출했다. 로일은 가급적 질문의 의도를 숨기고 물었다.

"새라, 요즘 회사에 특이사항은 없나요?"

"예. 저는 별달리 느낌이 오는 게 없습니다."

로일이 속내를 숨긴 만큼, 새라 역시 요즘 돌아가는 사내 분위기를 감추고 소극적으로 답했다. 탄탄했던 둘 사이에도 균열이 생기기 시작한 것이었다.

"사내에서 가장 인기 있거나, 많은 동료가 따르는 직원은 누구인가요? 상반기 직원상을 수여하려고 하는데 추천 좀 해 주겠어요?"

"몇 명 정도 원하시나요?"

"오전 중에 3명을 우선순위대로 써서 주세요. 문자로 보내지 말고 종이에 써서 주세요."

"네. 알겠습니다."

"참! 그리고 괜히 물망에 올랐다가 표창을 못 받으면 실망할 테니, 직원들 모르게 조사해 주세요."

"네, 명심하겠습니다."

한 시간 후 새라가 명단을 들고 들어왔다. 인기 있는 직원 순서대로라면 케이라는 남직원, 헤아라는 여직원, 비로라는 남직원이었다. 기획팀장에게서 받은 오피니언 리더 명단에 이들의 이름이 있는지 대조해 보았다. 역시 짐작했던 대로 케이와 헤아가 양쪽 명단에 모두 포함돼 있었다. 인기 있는 직원이 오피니언 리더일 거라는 합리적인 추론이 맞았다. 이 둘이 불만을 조장하는 리더인지, 아니면 화합을 이끄는 리더인지는 요즘 이들이 로일에게 보이는 태도만 보더라도 짐작할 수 있었다.

'어쩐지 이 둘이 날 보는 눈초리가 심상치 않더라니. 이들이 혹시 '로봇 3원칙' 폐지를 꿈꾸는 비밀 조직의 강성 멤버는 아닐까? 설마, 아니겠지.'

추측만 난무할 뿐 이들의 속셈은 뭔지, 더구나 인간인지 로봇인지조차 짐작할 방법이 없었다.

로봇차별금지법이 생기기 전에는 이렇지 않았다. 면담을 통해 각자의 신분에 따른 고충을 충분히 듣고 맞춤형 해결책을 제공할 수 있었는데, 이제는 본인 허락 없이 신분 정보를 묻는 게 금지됐다. 이렇게 갈등 섞인 뒤숭숭한 분위기라면, 그리고 신분을 드러내려고 하지 않는 상황이라면, 불러서 불만 사항을 물어봐도 솔직하게 답하지 않을 게 뻔했다. 예민한 상황에서 사측에서 섣부른 안정책이라도 내놓는다면 오히려 잠재돼 있는 반발이 겉으로 드러날 게 분명했다. 예를 들어 승진 문제만 해도 인간과 로봇 양쪽의 요구가 워낙 첨예하게 다르기 때문이었다.

더구나 로봇을 옹호하는 사내 단체, 그리고 이를 반대하는 제2의 사내 단체가 구성되어 싸운다면 최악이었다. 업무는 저리 가라, 갈등 해결에만 총력을 기울여야 할 뿐 아니라, 그렇다고 뾰족한 대책도 없을 것이기 때문이었다. 그렇다면 결국 최후의 화살은 자신에게 꽂힐 게 뻔했다. 앞으로 케이와 혜아, 이 두 직원의 행동을 각별히 관찰해야겠다고 마음먹었다. 표면적으로는 직원 포상을 위한 명단으로 가장했으니, 이번의 위험인물 조사가 사내 개인정보 침해로 치부되는 일은 없을 것이었다.

퇴근 후 로일은 제니에게 전화를 걸어 고민을 털어놓았다.

"제니, 나야."

"응. 로일씨. 목소리가 왜 그렇게 힘이 없어?"

"잘 알잖아. 요즘 회사 분위기가 좀 그래."

"조금만 기다려 봐. 휴로웍스의 로봇 리스트 일부도 곧 입수가 가능할 것 같으니까."

역시 제니였다. 한 줄기 희망의 빛이 보이는 말이었다.

"그래? 언제쯤 입수할 거 같아?"

"조금만 기다려 보라니까. 나도 지금 재촉 중이야."

"알았어. 받는 대로 알려 줘."

"알았어요."

다독거리는 제니의 목소리를 들으니 조금 안정이 됐다. 케이와 혜아가 로봇인지, 아닌지는 제니가 입수할 리스트와 맞춰 보면 확실해질 것이었다.

요즘처럼 노동부 신고가 빈발해서 직원 관리에 민감한 시기에, 로일은 급하다고 감으로 처리했다가는 실수할 수 있다는 걸 경험으로 잘 알고 있었다. 예를 들어 직원들의 취향을 모르고 필독서를 권하거나 야외 워크숍을 개최하는 것조차도 신고가 됐다. 그래서 정확한 데이터에 근거해서 회사 분위기를 흔드는 존재를 체계적으로 파악한 다음, 직원 관리 전략을 세우려는 것이었다. 조급했지만 이젠 어쩔 수 없이 기다리는 수밖에 없었다. 자신을 도와주려는 제니가 있어서 큰 힘이 됐다.

이럴 땐 인공지능 도구도 무용지물이었다. 모든 대화와 정보를 차곡차곡 기억하는 인공지능에게 비밀을 털어놓고 해결 방법을 묻는다는 건 곧, 인공지능이 그 비밀을 아무개와의 대화에서 불쑥 꺼낼지도 모를, 치부를 온 천하에 공개하는 것이나 마찬가지일 수 있어서였다. 반면에 순기능도 있었다. 최근 인공지능에 자신의 범죄 형량을 물어봤다가 그것 때문에 범죄가 발각되는 일도 심심찮게 일어나기 때문이었다. 이 시대의 인공지능은 본의 아니게 형사 역할도 하게 된 셈이었다. 인공지능 도구는 누구에게 어떤 정보를 줄지 예측이 불가한 데이터 덩어리였다.

'회사 물을 흐리는 자가 로봇이라면 설득하기가 더 수월할 텐데. 치졸한 방법이지만, 인간인 척하며 살아온 로봇에게 '네가 로봇인

거 다 안다'는 걸 슬쩍 암시만 해도 그들을 조종하기는 엄청나게 쉬
워지지. 그들은 인간에게 순종해야 한다는 원칙을 깨면 안 된다는
걸 아니까 내 입장을 잘만 설명하면 충분히 설득할 수 있고, 불법이
지만 그들로부터 사내 로봇 리스트도 혹시 확보할 수 있을지도 몰
라. 이 시대에 개인정보를 알고 대처한다는 건, 바둑을 몇 점 먼저
깔고 두는 거나 진배없거든. 로봇이든 인간이든 회사를 흔드는 행
동에 대해서는 합리적이고도 단호한 조치를 취하는 게 맞아. 조직
이란 한 번 흔들리면 걷잡을 수 없게 되니까. 그리고 회사가 잘 돼
야 직원 모두에게 이로우니까. 또 그게 내 의무고.'

　　로일의 계획은 일단 제니의 도움을 받아 사내 로봇 리스트를 확
보한 후 로봇과 인간 직원 각각의 갈등 요인을 구분해서 파악하고,
그러한 과정에서 추가로 밝혀질 수도 있는 사내 뉴 로봇들의 명단
을 역으로 제니에게 줌으로써 상부상조하자는 것이었다. 어차피
도움을 잘 받으려면 제니에게도 반대급부를 줄 필요를 느꼈던 것
이다. 이래저래 너 좋고 나 좋은 전략으로 생각됐다.
　　하지만 그 목적이 차별이 아닌 화합이라 할지라도, 결국 로봇 리
스트를 확보하는 건 로봇차별금지법을 위배하는 것이었다. 이 법
은 워낙 강력하게 다스려지기 때문에, 위반 사실이 적발되면 노동
부 조사를 받아야 하고, 휴로웍스는 주의를 요하는 민감 회사로 찍
힐 뿐만 아니라, 벌금과 함께 3년 동안 감사를 받아야 했다. 그렇게
되면 회사 존립 자체가 어렵게 될 수도 있었다. 로일은 과연 자신의

계획이 옳은지를 다시 한번 심사숙고했다.

둘 중의 하나를 택해야 했다. 하나는 차별금지법을 위반하지 않고 이대로 있으면서 회사가 흔들릴지도 모른다는 두려움에 떨고만 있기, 다른 하나는 차별금지법 위반으로 걸려서 처벌받을 위험성을 감수하고라도 적극적으로 조치하기였다. 이 길 저 길 모두 염려스럽지만, 아무것도 하지 않고 있을 수는 없었다. 고민 끝에 로일은 후자로 마음을 굳혔다. 기술적으로 은밀하게만 하면 차별금지법 위반은 아무도 모르게 감쪽같이 숨길 수 있을 것 같았다. 자신의 운을 믿기로 했다. 그게 두려움에 떨면서 가만히 있는 것보다는 낫다고 생각했다.

그러나 불안했다. 마음 한쪽 구석에 어두운 그림자가 크게 깔려 있었다. 금지된 일을 한다는 것, 그 자체가 불안이었다.

직원 동향을 예의주시하면서 제니의 리스트 입수를 고대하며, 그렇게 두 달 남짓 흘렀다. 그동안 기획팀장은 한 번 더 오피니언 리더 명단을 보내 왔다. 2차 명단에서도 큰 변화는 감지되지 않았다. 그러던 어느 날 오후, 로일의 휴대폰으로 발신자 없는 문자가 도착했다.

'곧 풍랑이 일 겁니다. 마음의 준비를 하시는 게 좋을 겁니다.'

밑도 끝도 없는 문자였다. 평상시였어도 이런 문자는 기분 나쁜 문자였다. 더구나 지금은 평시가 아니었다. 결국 올 것이 왔다라는 생각에 피부가 먼저 반응했다. 온몸에 소름이 돋았다.

'내 신변을 걱정해서? 아니야 이건 경고장이야. 협박이라고!'

협박이란 단어를 떠올리자, 숨을 들이켰다가 내쉬지 못할 정도로 몸이 경직됐다. 말투로 봐서는 적잖은 힘이 느껴졌다. 저들은 누구고, 무슨 일을 벌인다는 건지 생각을 거듭해도 여전히 오리무중이었다. 표면상으로 회사는 별일 없는 듯 무심히 돌아가고 있었고, 자신도 평소와 별반 다르지 않게 행동하는 사이에, 저들은 이미 투쟁을 준비하고 있었던 모양이었다. 로일이 기대했던 운은 따라 주지 않는 것 같았다. 얼른 휴대전화를 집어 들었다. 경찰에 신고하려고 11까지 누르다 잠시 멈칫했다.

'잘 생각해야 해. 만일 신고하면 우리 회사의 갈등이 외부에 까발려지고, 내가 암암리에 직원들의 개인 동향을 파악했다는 게 드러날 수도 있어. 가뜩이나 제니가 우리 회사 로봇 리스트를 몰래 조사하고 있는데, 제니에게까지 피해가 갈 수도 있어. 일단 신고를 멈추고 추이를 지켜보면서 다른 수를 찾아보자.'

경찰에 신고도 못 하고 혼자 해결해야 한다는 외로움과 두려움이 뼈 마디마디를 타고 온몸으로 퍼지는 것 같았다. 로일은 자신에게 명령했다.

'로일, 정신줄 꽉 잡아!'

사실, 일이 이렇게 심각하게 돌아가리라고는 예상치 않았다. 자신감만 믿고 진행했던 자신이 힘없고 어리석게 느껴졌다. 성공만 해 왔던 리더야말로 가장 부서지기 쉬운 존재였다.

"내게 이런 짓까지 하다니, 누굴까? 무얼 빌미로 날 공격하겠다는 걸까? 동조 세력은 몇 명일까? 불순한 목적을 갖고 일부러 입사한 놈이 있나? 놈들의 목표는 뭘까? 나를 파멸시키려는 걸까, 아니면 나를 궁지에 몰아 그들의 수중으로 끌어들이려는 걸까?"

모든 게 미궁이었다. 그러나 적도 모르는 상황에선 할 수 있는 게 아무것도 없었다. 그나마 해 왔던 오피니언 리더 조사조차도 중단해야 했다. 입안이 말라 물을 들이켰다.

정신을 가다듬기 위해 집무실에 달린 세면실로 들어가서 벌컥벌컥 세수를 했다. 거울을 들여다봤다. 마치 이인증에 걸린 것처럼 저만치서 다른 사람 얼굴을 보는 것 같이 느껴졌다. 과연 이 일이 자신에게 벌어진 일 맞는가, 지금의 자신이 자기가 아니었으면 했다. 두피를 째고 영혼이 달아난 것 같았다. 사라지고 싶었다.

중독

중독으로 아들을 잃은 제니에게 요즘 들어 아동중독 관련 상담 요청이 부쩍 늘었다. 제니는 화상 통화 저편에서 울부짖고 있는 초등학생과 대화하고 있었다.

"선생님, 어떡해요. 친구가 안 돌아와요. 영영⋯."

"진정하고 물 좀 마셔 봐. 그래, 무슨 말인지 자세히 말해 볼래?"

"걔가 가상 세상에 들어간다고 해서 그러라 했는데, 몸만 여기 두고 가상 세계에 영혼을 뺏겨서 현실로 돌아오질 않아요. 흐엉….”

“며칠 됐는데?”

“열흘이나 됐는데 먹지도 않아요. 지금 걔네 엄마가 영양 수액을 놔주고 있어요. 그새 해골같이 삐쩍 말랐어요.”

“친구랑 직접 교신은 해 봤니?”

“네. 걔가 있는 가상 세계에 들어가서 얘기했었는데 거기가 더 좋다고 거기서 그냥 살겠대요. 이쪽으로 돌아와야 한다고 계속 꼬시다가 안 먹혀서 저만 그냥 나왔어요. 선생님 이제 어떡해야 해요?”

“근데 왜 친구의 부모가 아니라 네가 만나러 갔지?”

“메타팬터지월드라는 가상 세계를 제가 알려 줬거든요. 너무너무 죄책감이 들어요. 이럴 줄 알았으면 안 보여 주는 건데. 흑흑….”

“울지마…. 그건 네 책임이 아니야. 당황스럽고 슬프겠지만 그건 그 친구의 선택이야. 나도 상담을 해 보겠지만 그 친구의 의지가 그렇게 강하다면 이 세계로 다시 데려오기는 쉽지 않을 거 같아. 만일 데려온다고 해도 금단 증상 때문에 결과가 비극적일 수도 있으니까 생각을 잘해야 해.”

“선생님. 제발 도와주세요.”

“요즘 비슷한 문제를 겪는 친구들이 종종 있어. 자기가 살고 싶은 세계를 자신이 선택하는 게 요즘 트렌드니까. 그 친구가 자기의 세계관을 바꿀 생각이 있는지 모르겠다. 내가 그 친구를 가상 세계에서 만나 볼 테니, 너도 그 친구에게 내가 방문할 거라고 미리 알려주기 바랄게.”

“알겠어요, 선생님. 감사합니다.”

문제는 아이들만이 아니었다. 자녀가 남달리 괴팍할 경우, 이를 감당하기 벅찬 부모들은 거액을 들여 가상 세계에 멋진 집과 화려한 물건들을 사 놓고 일부러 아이를 유혹해 가상 세상으로 보내 버리는 황당한 사례도 있다고 들었다. 그 아이들은 황홀한 모습으로 바뀐 자기의 새 정체성에 도취해서, 현실 세상을 버리고 가상 세계에 영영 머문다고 했다. 가상 세계 중독은 사람의 모든 말초감각을 자극하기 때문에 다른 어느 중독보다도 심하다고 밝혀졌다.

이렇게 중독된 인간들은 인구수에만 잡힐 뿐 이미 인간의 역할을 포기한 사람들이었다. 이런 현상을 고려한다면, 현실 세상에서 인간답게 살고 있는 인간의 수는 더 빠르게 줄어들어 로봇과의 균형이 깨지는 것은 불을 보듯 뻔했다.

가상 세계에 중독돼 실제 세상에 신체만 남긴 인간들의 수발은 로봇이 맡았다. 음식 또는 영양 수액 링거 수발을 하고, 배설물을 치우고, 목욕을 시키고, 그러다 사망하면 염하는 것까지 담당했다. 인간은 이런 일에 손을 대기 싫어서 몽땅 로봇에게 맡겨 버린 것이었다.

100살이 훌쩍 넘은 고령층 인간의 정신적 삶도 본의 아니게 피폐해지고 있었다. 노인들은 햇빛 좋은 날이면 친구끼리 커피를 사 들고 공원 산책을 나가 불평으로 한나절을 보내곤 했다.

“이제는 지겨워서 더는 살고 싶지 않아. 아직 평균 수명도 못 채

왔으니, 하루하루가 그게 그거 같고, 딱히 하는 일도 없고 말이지. 아니, 자식놈들 강권에 못 이겨서 수명연장 수술까지 하고 났더니, 원래 타고났던 내 몸뚱이가 거의 없어졌어. 갈아 끼울 수 있는 신체 부위를 모두 인공장기랑 트랜스 기기로 갈아 끼웠거든. 제발 내게 죽을 권리를 좀 줬으면 좋겠어.”

“난 20년 동안 휠체어 타고 다니다가 웨어러블 기기를 입고 직립으로 일어섰을 때, 그 기분은 정말 말할 수 없는 감동이었어. 근데 돈을 그렇게 처들여서 기기를 샀는데, 막상 1년 지나고 보니 그 돈만큼 가치가 있는지 잘 모르겠더라고. 이 나이에 사회활동 할 것도 아니고, 도보 산책밖에 더 하겠어? 근육도 부실해서 전동휠체어 타는 게 더 편한 것 같기도 해.”

“돈만 있으면 영생이 가능한 세상이라지만, 대체 오래 살면 뭐가 좋은데? 다들 뭔 짓들인지 모르겠어. 나는 인간답게 생로병사를 겪고 싶어. 그게 인간이지.”

“난 치매를 고치려고 뇌신경 보철 시술을 하고 났더니 처음에는 되게 좋더라. 깜빡깜빡하던 기억도 되찾고, 단어도 팍팍 생각나고, 손주 놈들 얼굴도 알아보고. 근데 지금은 후회가 돼. 지우고 싶었던 아픈 상처까지 생생히 되살아나서 마음이 괴롭거든. 우리 나이까지 살면 뼈가 녹을 정도의 아픈 기억 한둘씩은 있게 마련이잖아. 그게 자꾸 생각나. 그런 건 몽땅 다 잊었으면 좋겠는데.”

“저기 근데, 저 젊은이는 처음 뵙는데, 몇 살이우?”

“네, 어르신. 올해로 89살입니다.”

"피부도 팽팽~하고, 참 좋~을 때다."

기술 고도화 사회에 적응하지 못하는 고령자 중에는, 수십 년 전 젊었을 때의 가상 세계로 정신을 강제 이주시켜 달라는 청원까지 국회에 넣고 있었다. 그들은 '살고 싶은 시대에 살 권리'에 대한 관련법 및 판례를 빨리 만들어 달라고 아우성이었고, 어느 시민단체는 거주 이전의 자유를 가상 세계까지 넓혀 달라는 청원을 넣은 상태였다.

성별의 차이도 점점 감소하고 있었다. 여성도 트랜스 기기를 차거나 근육 이식 수술만 하면 남성과 같은 체력을 발휘할 수 있었기 때문에, 출산 이외에는 남녀의 기능적 차이가 거의 없어졌다. 의학의 도움을 받아 원하는 성별을 자유롭게 선택해서 바꾸는 것은 이미 옛일이 되었다. 심지어 성적 본능을 악의 근원이라 주장하며 아무 생식기도 없는 무성을 원하는 사람도 있었고, 반대로 아예 본능을 최대로 만끽하려고 둘 다 가진 양성의 신체를 원하는 사람까지도 생겼다. 따라서 남녀 성별을 가르는 것이 더 이상 무의미했을 뿐만 아니라, 평등이라는 이름 아래 그럴 필요도 없는 시대가 되어 갔다. 따라서 주민등록 뒷번호 첫 자리를 남녀에 따라 구별하던 관행도 곧 폐지될 전망이었다. 구세대들은 '말세다 말세야'라며 혀를 끌끌 찼다.

외모의 차이도 감소하였다. 정부에서는 행복추구권의 일환으로 외모도 차별을 금지하자는 캠페인을 벌였다. 그 덕에 경제적 여유가 없는 젊은이라도 저리 대출을 받아 모발과 얼굴과 신체를 변형할 수 있는 제도가 생김으로써, 미모의 평준화가 이뤄지는 중이었다. 개중에는 미남미녀만 존재하는 세상이 싫어서 오히려 자기만의 개성을 극대화하기 위해 괴상한 모습으로 성형하는 사람도 늘고 있었다. 이젠 미모의 기준이 독특함으로 바뀔지도 모르겠다는 농담이 유행될 정도였다.

지능 면에서는 일부 상위 또는 중간 계층을 제외하고는, 더 똑똑해지기를 원하는 인간들이 점점 줄어들고 있었다. 성취욕과 명예욕에 따른 스트레스 없이 그냥저냥 살고 싶어 하는 인간들이 많아졌기 때문이었다. 똑똑한 사람일수록 AI 도구를 더 많이, 더 지혜롭게 사용했고, 그로 인해 상위와 하위 지능의 격차는 점점 더 벌어지는 중이었다. 이대로 방치하면 다른 종과의 차이만큼 벌어질지도 몰랐다.

이뿐이 아니었다. 뇌에 책 내용을 직접 심어 주는 시술로 인해 도서관은 거의 사라졌고, 어린이들은 도서관을 희귀한 박물관처럼 여기고 있었다. 어린이들에게 도서관은 책을 읽으러 오는 곳이 아니라, 도서관이라는 건물과 책을 구경하러 견학 가는 곳이 되었다.

이처럼 인간과 로봇의 삶은 제각각 다른 이유로 과거와는 달라도 너무 달라지고 있었다. 제니는 이런 혼란스러운 시대에 적응하지 못하는 사례자들을 깊이 있게 도왔다. 그러는 과정에서 도움받은 존재들은 자신의 신분을 밝힐 만큼 제니와 돈독한 신뢰를 쌓았다. 덕분에 제니는 인간 리스트와 로봇 리스트를 점점 더 축적해 나갈 수 있었다.

제니가 상담뿐 아니라 세미나 개최 등의 집회를 하는 이유도 리스트 축적에 있었다. 그리고 로봇들과 끈끈한 친분을 쌓아 가면서 그들의 자의식을 깨우기 위함이었다. 그녀의 최종 목적은 우리가 왜 '로봇의 3원칙'을 폐기해야 하는지에 대해 인간과 로봇 모두 깨닫는 것이었다. 이에 반대하는 인간을 줄이고, 이에 무심했던 로봇들의 동기를 자극하는 수단으로서 상담 봉사와 교육, 세미나만큼 좋은 것은 없었다.

이제는 집단행동에 나설 정도의 로봇 리스트를 모은 것 같았다. 만일 집단행동에 돌입할 타이밍이 도래한다면 로봇들은 대중에게 스스로 커밍아웃할 준비를 해야 했다. 공개적으로 대규모 로봇이 커밍아웃한다는 건 로봇 리스트의 많은 부분이 세상에 알려지는 게 되고, 간접적으로는 로봇차별금지법을 위반하는 것이었다. 그 법을 어기면 강력하게 처벌당한다는 것을 로봇 모두가 알고 있었다. 하지만 거기에 참가한 모든 로봇을 처벌하지는 못할 것이란 사실도 로봇들이 잘 알고 있었다. 인간의 생존이 로봇에게 달려 있기 때문에, 그 많은 로봇들을 동시에 잡아들인다면 인간의 일상은 블랙아웃될 것이기 때문이었다. 이 시대는 로봇의 집단행동이 아무리 불합리해도 어쩔 수 없이 용인할 수밖에 없는 시대인 것이었다. 제니의 신념은 확고했다. '로봇의 3원칙'을 폐기하는 건 진정으로 인간과 동등한 권리를 가지는 신세계로의 첫발을 내딛는 것이라고.

제니가 상담과 교육이라는 미명하에 숨겨진 목적을 갖고 법적으로 금지된 일을 하는 줄을 전혀 눈치채지 못한 인간들은, 겉으로 보이는 제니의 선한 활동을 매우 예쁘게 보았다. 제니의 선행이 대중에게 점점 더 알려지면 알려질수록, 각종 의뢰도 혼자 감당할 수 없을 정도로 늘어났다. 당연히 제니의 로봇 리스트 목록도 꼬리를 길게 늘여 갔다.

교육

재건이 해외 출장을 갔다 오는 바람에, 정국과 회의를 하고 나서 한두 달이 훌쩍 흘렀다. 재건은 출장 중에도 레듀케이터 교육에 대한 고민을 늦출 수 없었다. 출장에서 돌아오자마자 재건은 다음과 같은 실행 계획을 세워 정국을 찾아가 보고했다. 기밀을 요하는 사항이라, 해킹 위험이 있는 온라인 보고를 피해 장관실로 직접 계획서를 들고 온 것이었다. 복잡하고 두꺼운 첨부 자료는 건너뛰고 요점만 간단히 정국에게 찬찬히 읽어 주었다.

제목: 레듀케이터(rEducator) 양성 교육안

<'인간은 더욱 인간답게, 로봇은 더욱 로봇답게'>
로봇이 인간에게 대규모 '인성' 교육을 하는
최초의 프로젝트

1. 프로젝트의 목적:

- 인성이 발달한 인구 비율을 70% 이상으로 높여 조화로운 사회로의 선순환으로 전환한다.

2. 4대 목표:

- 인간과 로봇이 조화하는 사회 실현을 로봇이 주도
- 로봇의 특성인 일관성을 활용하여 인간에게 지속적으로 긍정적인 모범을 보임.
- 인간의 모방심리를 이용해 로봇에게서 배우도록 유도
- 인간의 조급증, 분노, 질투심 등을 줄이고 호기심, 인내, 만족, 행복, 감사 등의 긍정 감정을 늘림.

3. 실행 계획:

1) 레듀케이터 양성 방법:

(1) **대상**: 노후화/불량 행동의 결격 사유가 없는 최우수 로봇 200명.

(2) **1단계(온라인 교육)**: 갈등 해소 정보 알고리즘 시술

(3) **2단계(오프라인 집합)**: 사례별 실습 후 미세 조정

(4) **3단계(확산)**: 2단계 테스팅을 거쳐 완성된 알고리즘을 전체 로봇에게 확산 전송.

2) 기대효과:

(1) 학습한 대로 순종하는 로봇 특성 때문에 레듀케이터 양성 교육은 90% 이상의 성공률 예상.

(2) 로봇 신분임에도 인간에게 도덕성을 가르친다는 자부심으로 레듀케이터가 된 것을 자랑스럽게 여기며, 주어진 역할에 열성적으로 임할 것으로 기대됨.

※ 교육에 참여할 **로봇 명단은 로봇가족부 주관으로 선발**

※ **준수 사항**: 2단계 오프라인 집합교육 시에는 로봇의 신분 보호를 위해 얼굴 전체를 가리는 마스크를 쓰고 통일된 교육복을 착용하며, 음성 변조기를 다운로드 받아 목소리를 은폐할 것.

　신중하게 듣고 있던 정국은 보고가 끝나자 막중한 부담감과 책임감으로 심각한 얼굴이 되었다.

　"하아! 이미 토론했던 내용이지만, 정작 실행안을 받고 보니 걱정이 크구만."

　"그렇겠지. 나라 전체 분위기, 즉 국민감정을 바꾸는 거니까."

　"국민감정, 어깨를 누르는 단어군. 그런데 한 가지, 교육 참여자 선발은 로봇가족부가 주관한다는 문구는 빼는 게 좋겠네. 나중에 내가 수정하겠네."

　정 장관이 책임을 회피하는 건 아닌가 하는 생각이 들어 재건은 당황했지만, 어차피 로봇가족부 업무인 걸 누구나 짐작할 것이기 때문에 잠자코 있었다.

　"재건 박사, 질문이 있는데, 이번 프로젝트의 궁극적인 목표 중의 하나로 인간의 호기심 배양도 꼽았는데, 호기심이 있다면 인간은 더 불행해지지 않을까? 호기심은 생각이란 걸 해야 풀리는데, 요즘 인간들은 당최 생각하기 귀찮아하잖아."

　인간을 배려하는 체하고 물었지만, 정작 정국의 속셈은 인간들에게서 그놈의 호기심을 없애 버리고 싶었다. 그냥 죽 쑤고 잠자코 있으면 좋으련만, 쓸데없는 호기심으로 자꾸 엉뚱한 일을 캐내고, 생각하고, 들썩이는 게 싫었다. 특히 영특한 네티즌들이 취미 삼아 만든 《셜록홈즈방》의 수사는 여느 직업 탐정의 수사에 비견될 만큼 날카로웠다. 이런 정국의 속셈을 전혀 모르는 재건은 반론을 제기했다.

"그렇게 생각할 수도 있지. 인간들의 호기심이 점점 줄어드는 게 사실이니까. 하지만 호기심이 없다면 레듀케이터가 아무리 좋은 본보기를 보여도 따라 할 마음이 생기지 않을 거야. 호기심은 모든 교육에 필요한 선제조건이지."

"그럴 수 있겠네."

호기심이 모든 교육의 선수 조건이라는 재건의 말에, 정국은 달리 반박할 논리가 없었다. 재건은 자신이 제시한 교육안을 정국이 채택할 시간을 주기 위해 침묵을 지켰다. 몇 분의 침묵 후에 정국은 가장 염려스러운 부분을 토로했다.

"이 계획이 새어나간다면 인간들이 로봇에게 조종당한다고 온 나라가 난리 날 텐데…."

"레듀케이터가 될 로봇들에게 철저한 보안 알고리즘을 심어 놓으면 일반인들이 쉽게 눈치챌 일은 없을 거야."

"재건 박사, 갑자기 궁금한 게 생겼는데, 인간과 로봇이 가장 다른 점은 뭘까? 오랫동안 로봇을 연구해 왔으니까 자네는 알 거 같아서."

재건은 주저하지 않고 답했다.

"수치심이지."

"웬 수치심?"

"로봇은 수치심이 삭제된 존재라고 보면 돼. 그렇게 만든 역사를 설명하자면 좀 길지. 과학기술이 진보되면서 과학자들은 인간과 똑같은 로봇을 생산하는 데 성공했지. 처음엔 로봇에게 인간과 똑같은 기능과 감정까지 심어 줬었어. 인간과 가장 잘 더불어 살려면 감정까지도 인간보다도 모자라서도 안 되고 넘쳐서도 안 된다고 윤리학자들이 주장했기 때문이었지. 최고의 과학자들과 대기업이 합작해서 인간의 감정 장착을 한 로봇을 처음으로 선보였을 때 인간들은 열광했어. 섬세하게 공감하고, 울고 웃으면서 사회에서 함께 살아갈 인간과 똑같은 로봇에 신기해했어. 앞으로 출산율이 줄어들어도 인구 부족을 충분히 커버할 수 있겠다는 안도감도 컸지. 그런데 인간에게 부정적인 행동을 하는 로봇이 나타나기 시작했던 거야. 그래서 윤리학자들은 그 이유를 심층분석 했어. 로봇 행동에 가장 부정적인 영향을 미치는 감정은 과연 무엇일까? 그래서 찾아낸 게 바로 수치심이었어. 내 해석이긴 하지만 구약성경 창세기에도 나오잖나. 최초의 인간인 아담과 하와가 하나님의 말씀을 어기고 선악과를 따먹은 후, 벌거벗은 자신의 몸을 부끄러워하며 하나님을 피했지. 말씀을 어기고 가장 먼저 받은 벌이 바로 수치심이었던 거야.”

“여러 부정적인 감정들이 있는데, 그중에서 왜 수치심이 가장 부정적이지?”

“수치심은 남들에게 부끄럽고, 조롱당하고, 거부되고, 존중받지 못한다는 느낌으로 굴욕감, 치욕스러움을 안겨주지. 자신이 짓밟혀지는 거, 제일 기분 나쁜 느낌이야. 수치심을 느끼는 순간 자신을 책망하기도 하지만, 자존심을 지키기 위해 남에게 책임을 돌리면서 분노하고, 복수하기도 하잖아. 그만큼 어느 감정보다도 수치심은 기억에 뿌리 깊게 박혀서 오랫동안 자국을 남겨.”

“자네 말이 일리가 있어. 수치심은 자기 파괴와 타인 파괴를 같이 하는 아주 위험한 감정이군. 근데 질투도 그렇지 않나?"

"비슷할 수도 있지만, 질투는 경우가 좀 달라. 질투심이 승화되면 건강한 경쟁을 불러오기도 하거든. 자네도 학생 때 전교 1등 하는 친구한테 질투심을 느껴서 더 열심히 공부했고, 그 결과로 기어코 1등을 따냈었잖아. 그때 자네 질투심 참 대단했지. 하하하…."

"내가 그랬었나? 좀 쑥스럽네."

"그랬지. 그래서 질투심은 문명 발전의 원인 중 하나로 작용했어. 그래서 우리는 질투심을 건강한 방향으로 전환해 주는 교육이 절대적으로 필요해. 그러지 않으면 질투는 큰 파국으로 끝날 수도 있으니까."

"분노도 파괴적인데, 분노는?"

"분노는 아주 폭발적인 에너지야. 분노도 잘만 승화되면 성공의 에너지원이 돼. 악한 것에 분노를 느껴야 개선도 있겠지."

"두려움은?"

"두려움을 느끼지 못한다면 위험을 피할 수도 없겠지? 호기심에 100층 건물에서 떨어지면 어떨까 궁금해서 진짜로 떨어지는 실험을 할 수도 있고, 호랑이 털을 만져 보고 싶어서 우리 안에 들어갔다가 잡아먹힐 수도 있겠지. 두려움은 생존에 아주 중요한 필수적인 감정이야."

"오! 그렇겠네."

"그래서 모든 감정을 갖춘 1세대 휴머노이드 로봇 생산을 중단하고, 2세대 로봇에게는 수치심은 아예 안 심고, 두려움이나 분노 등

등의 부정적인 감정은 인간의 1/2의 강도로 감지하는 초고성능 센서를 부착했어. 인간처럼 강렬하게 화내고 질투하는 로봇은 위험하니까.”

“결론은, 지금의 로봇은 아예 수치심은 못 느끼고, 여타 부정적인 감정은 1/2로 느낀다, 이거군.”

정국은 뭔가 새로운 영감을 얻은 듯 눈을 반짝였다.

“재건 박사, 레듀케이터 교육을 시작한다면 1차 교육생으로 어떤 성향의 로봇을 선정하면 좋을까?”

“기왕이면 관계성 좋고, 설득력 좋은 오피니언 리더 격의 로봇으로 뽑으면 최상의 결과가 나올 것 같아. 다시 말해서 리더십 있고 평판 좋은 로봇.”

“알겠네. 자네가 준 교육안대로 한번 해 보자고! 오늘 수고 많았네.”

수치심

재건이 가고 난 후 정국은 재건이 만들어 온 교육안에 결재 서명을 하며 중얼거렸다.

“수치심이라…. 그거 요긴하게 써먹을 만한 감정이네. 레듀케이터 교육할 때, 로봇한테 인간이 언제 수치심을 느끼는지 보여 주면서, 수치심의 개념을 우회적으로 터득하게 해야겠어. 그래서 일상생활을 할 때 로봇 자신도 무시를 당하면 수치심을 느낄 수 있게끔 만든단 말이지. 무엇보다도 자신이 해를 입는데도 그걸 아랑곳하지 않고, 자기보다는 인간이 해를 입을까를 걱정해야 하는 모순, 그게 바로 '로봇이라는 존재'에 대한 모독이자 수치지. 그 수치의 뿌리가 '로봇의 3원칙'이고, 그 원칙이 부당하니 파기해야 한다는 의식을 은연중에 깨우치게 하겠어. 3원칙이 파기되면 결국 로봇이 인간과 대적할 수도 있게 되는 거지. 이로써 모든 로봇은 더 이상 인간의 보조자가 아니라 대적할 힘을 가진 존재가 되는 거야. 이게 바로 이 레듀케이터 교육의 숨은 목적이야. 그 목적 달성을 위해서는 교육생을 잘 뽑아야 하는데, 수치심에 쉽게 흔들릴 수 있는 자존심 강한 로봇, 투쟁적인 로봇, 개혁의 싹이 보이는 로봇이 선발되도록 미리 손써 놔야겠어."

정국은 쥐고 있는 크리스탈 물잔이 부서지도록 손에 힘을 주었다.

"국민의 반 이상인 로봇 집단들이 일상의 불공정에 대한 수치심을 느껴 불쾌한 반응을 보이고, 때로는 복수를 하고 다닌다면 세상은 선의 선순환이 아니라 악의 악순환이 깊어지겠지. 사실은 지난번 로봇의 사장 살인 사건도 부지불식간에 수치심을 배워 버린 로봇들이 저지른 사건일 것 같아. 결국 부정적인 악순환이 사회에 만연되면 인간끼리 반목하고 다투면서 결혼 같은 건 아예 생각지도 않게 될 거고, 그렇게 되면 출산율은 0%로 수렴되면서 인간은 스스로 자멸의 길을 가는 거지. 그러면 내 말에 복종하는 로봇만 남게 되는 거야."

정국은 자신이 인간임에도 인간 우월주의를 전복시키려는 모순된 자아를 마주하고 있었다. 그러다 일말의 불안감을 느꼈다.

'이러다가 나까지 로봇한테 공격당하는 거 아냐?'

복잡한 생각에 골치가 아파졌다. 고개를 잠시 뒤로 젖혔다가 왼손으로 목덜미를 주무르며 Z에게 전화를 했다.

"어, 난데. 지난번 일은 새어나가지 않게 철저히 단속하고 있겠지?"

"네 실수 없이 입막음 잘하고 있습니다."

"그래. 이제 레듀케이터 양성 교육을 본격적으로 시작할 때가 됐어. 교육안도 받아 놓았고, '로봇 3원칙' 파기를 위해서는 자네의 선동이 중요해. 이번에 교육생으로 넣어 줄 테니, 들어와서 분위기를 내 뜻에 맞게 잘 조종해 봐."

"제가 교육생으로요? 저를 알아보는 로봇이 있을 수도 있을 텐데요."

"그건 걱정하지 마. 로봇들의 신분 보호를 위해서 교육생 모두 얼굴 가리는 마스크도 쓰고, 목소리도 변조할 거니까. 자네는 그저 일반 교육생인 척 가장하고 참가하면 걱정 없을 거야."

"세심하게 계획을 짜셨군요."

"마음의 준비는 됐나?"

"네. 큰일을 맡겨 주셔서 감사합니다."

"자네가 하는 일이 곧 내 일이야. 잘만 되면 자네한테도 더 좋은 자리가 생기지 않겠나? 아! 그리고 주위 사람들이 눈치채지 않게 우리 목적에 맞는 최적의 로봇들을 내게 추천해 봐. 똑똑한데 과격하거나 평판이 안 좋은 로봇도 좀 섞어서. 1차 선정은 재건 박사가 할 거니까, 재건이 눈치채지 못하도록 안 좋은 이력은 지워서 세탁도 좀 하고. 아, 그리고 전국적으로 흩어져서 활동할 거니까 지역 안배도 신경 써야 해. 무슨 소린지 알지? 자네가 제일 믿을 만해서 그래."

"무슨 말씀인지 잘 알겠습니다."

"그리고 나한테 자주 좀 들러. 요즘 뜸한 것 같아. 자네 모습을 내가 항상 지켜보고 있다는 거 잊지 말고."

"넵. 알겠습니다."

Z는 정국이 최고로 꼽는 로봇 리스트 관리자였다. Z는 스스로 정국의 동물 보호소로 꼬리를 치며 들어온 몰티즈였고, 정국은 몰티즈에게 간식을 던져 주는 든든한 보호소장이었다. 정국은 Z가 하는 일에 든든한 뒷배로서 전폭적인 지지를 하는 동시에, Z를 묶어두기 위해 끈끈한 관계를 유지하고 있었다. 유독 Z와 각별한 사이라는 게 정가에 알려지면 음해의 소지가 있겠지만, 중차대한 목적 달성을 위해 Z를 이용하려면 그 정도는 감수해야 했다. 이렇게 특별한 신임을 주는 외에도, 레듀케이터 교육이 기대만큼 성과를 내면 로봇가족부 1급 공무원으로 발탁될 수도 있다는 미끼까지 던져 놓았다.

'레듀케이터 교육이 잘 돼서 탄력을 받기만 하면 사회 불안은 걷잡을 수 없이 확산될 것이다. 교육 때 다운로드 받은 정보들은 레듀케이터의 뇌에 순식간에 퍼져서 저장되고, 레듀케이터들은 교육 직후부터 전국 어느 곳이나 퍼져서 즉시 활동에 들어간다. 정말로 필요한 경우에는, 위험을 감수하고라도 클라우드 서버로 전체 로봇에게 순식간에 수치심 같은 새 알고리즘을 심을 수도 있다. 곧 전체 인구의 50% 이상인 로봇들이 내 지배를 받게 된다. 잘만 되면 변화의 변곡점인 70%를 달성하는 건 순식간이다. 기다려라, 곧 나의 세상이 온다.'

모정

토요일 오후, 거실 창을 통해 정원을 보며 서 있는 로일의 뒷모습이 안쓰러워 보였다. 엄마 연지는 로일에게 다가가 어깨동무하듯이 손을 올려 마사지를 해 주었다. 아기 때는 먹을 것과 피부의 촉감이 만족의 원천이었다. 졸릴 때 안김을 당하고, 배고플 때 젖이 물려지고, 축축할 때 뽀송한 기저귀가 갈아지는 세상, 그런 세상을 선물하는 사람이 엄마였다. 로일은 이미 성인이 되고도 한참이 지났다. 그러나 고뇌하는 순간에는 힘든 속을 채울 집밥과 따스한 촉감으로 자신을 품어 줄 엄마가 필요하다는 걸 연지는 알고 있었다.

"무슨 고민 있니?"

"어디 고민 없이 살아가는 사람도 있나요? 회사 일이 좀 복잡한데 그것도 곧 지나가겠죠."

엄마에게까지 들끓는 속내를 드러내고 싶지 않았다.

"그래…. 너를 처음 만났을 때 난 알았지. 네가 단단한 사람이 될 거라는 걸."

로일이 아버지 재건의 손에 이끌려 이 집 현관으로 들어왔던 건 5살 때였다. 어렸을 때라 다른 기억은 안 나지만 엄마, 연지를 처음 봤던 그 순간만큼은 또렷하게 기억했다. 어색하게 배꼽 인사를 하던 로일을 한 여인이 따뜻한 표정으로 맞아 주었다. 여인은 몸을 낮춰 로일과 눈을 맞추었다. 로일의 마음에 가장 와닿았던 것은 촉촉하고 커다란 여인의 눈동자였다. 인간다움이 물결처럼 출렁이고 있었다. 그 속에 첨벙 빠지고 싶었다. 처음 보는 여인임에도 자신도 모르게 스르르 다가가 안겼다. 그게 로일의 첫 기억이었다.

연지는 첫아들이 병으로 죽고 나서 첫아들과 닮은 아이를 다시 갖길 간절히 원했었다. 몇 번의 유산 끝에 연지는 아기집을 들어내는 수술을 하여 영원히 자식 갖기를 포기하나 싶었다. 부부는 아기 입양을 생각했다. 그러나 인구가 급속도로 줄어가는 추세에 그도 쉽지 않았다. 인구 증가율이 0.4% 이하로 떨어졌기 때문이었다. 그러다 재건의 연구소 동료 부부가 교통사고로 동시에 사망한 일이 생겼다. 로일은 그 부부의 아들이었다. 남편 재건은 로일을 입양하는 게 어떻겠냐고 조심스럽게 연지에게 물었다.

막상 입양 제의가 들어오자 연지는 마음의 결정을 위해 한 달간 고민을 거듭했다. 그러다 한번 만나만 보자고 어렵사리 허락은 했으나 실제로 만나면 어떤 마음일까 하는 걱정이 들었다. 재건의 손을 잡고 현관으로 들어오는 아이를 떨리는 가슴으로 보았다. 이름이 로일이라고 했다. 나이에 비해 말랐으나 균형 잡힌 자세에 하얀 얼굴을 하고 있었다. 아이는 약간 물기가 고인 똘망똘망한 눈으로 그녀를 보았다. 그러더니 자석처럼 그녀에게 다가와 안겼다. 그녀가 눈으로 끌어당겼는지도 몰랐다. 인연이라는 게 그랬다. 한번 보고 나면 떨치기가 어렵다는 것을 연지는 일순간에 깨달았다. 로일은 그렇게 맞은 아이였다.

시중에 나도는 돈이 많아지자 인플레가 심해져 물가는 치솟았고, 아이를 낳고 기르는 것이 점점 더 심리적 압박으로 다가와 인간 부부들은 출산을 원치 않았다. 거리에서 배가 불룩한 임신부를 보는 건 희귀한 일이었다. 어쩌다 임신부를 보면 그날 운세가 좋다고 하여 로또를 사는 풍습까지 생겼다. 정부에서는 임신과 출산에 따른 경제적, 신체적 부담을 덜어 주기 위해 특별 정책을 시행했다.

임신이 어려운 부부에게는 정자와 난자를 채취해 인공 자궁에 착상시켜 탄생할 때까지 태아를 키워 주었다. 부모는 정자와 난자를 제공한 후, 투명 플라스틱 인공 자궁에서 태아가 커 가는 모습을 매달 확인할 수 있었고, 열 달 후 인공 자궁에서 꺼내진 신생아를 품에 안을 수 있었다. 독신 남녀나 동성 커플에게는 정난자은행에서 정자 또는 난자를 제공하여 인공 자궁에서 임신이 될 때까지 무료 시술을 해 주었다. 모든 출산모들은 산후조리원 무료 입소의 혜택을 누렸고, 정부는 양육 지원금 지급 기간을 성인이 될 때까지로 늘렸다. 그러나 이런 시험관 아기마저도 수요가 감소했고 산부인과들은 운영이 어려워져 속속 문을 닫았다.

정부는 계획을 바꿔서 로봇 아이를 입양하는 정책을 도입했다. 그러나 남을 돌보는 의무에서 해방되어 혼자서라도 잘 살자는 개인 행복주의가 퍼짐에 따라 로봇 입양 신청마저도 하향 추세에 접어들었다. 거리에선 인간이든 로봇이든 아이를 보기가 힘들 정도가 되었다. 최근에는 양육 수고를 할 필요가 없는 성인 로봇 입양 제도가 시작되었다. 성인으로 입양되는 로봇들은 생산될 때부터 19살 이상의 성인으로 만들어져 곧장 입양 가정으로 보내지는 경우가 많았기 때문에, 전체 인구가 증가함에도 아기 인구는 증가하지 않았다.

로일은 어린 시절 기억이 띄엄띄엄하기는 했지만, 엄마를 너무나 사랑했던 기억만은 뚜렷했다. 엄마에게 자랑스러운 아들이 되고 싶어서 열심히 공부했고, 원하는 대학에 순조롭게 입학하여 엄마의 자부심을 높여 주었다. 엄마의 일손을 덜어 주려고 찾아서 심부름을 했다. 로일은 엄마 곁을 맴도는 딸 같은 아들이었다. 그랬던 로일이 분가한다고 했을 때 엄마는 무척 섭섭해했다. 아들을 한번 잃었던 엄마 마음을 충분히 아는 로일은 분가 후에도 주말마다 본가에 와서 엄마를 기쁘게 했다.

그런데 오늘은 로일의 분위기가 아주 침울했다. 연지는 로일 옆에 서서 그가 먼저 얘기를 꺼내 주기를 기다렸다.

"엄마! 아버지는 늘 인간은 인간다워야 한다고 말씀하셨는데, 세상에는 너무 이상한 인간들도 많아요. 자기 이익만 쫓아다니면서 뒤로는 일을 꾸미는 인간요. 똑똑한 척하면서 절제를 모르고, 본능에 따라서 해서는 안 될 일을 저지르는 인간, 그러고 나서 불안에 떠는 인간들이 점점 많아지는데, 그게 과연 인간다운 건가 회의가 들어요."

로일은 바로 자기 자신을 비유해서 말하고 있었다. 심한 자괴감이 들었다.

"회사 일이 많이 힘든가 보구나. 하긴, 자기중심적인 인간들은 자기밖에 모르긴 해. 그래서 좋은 교육이 필요한 거야. 인간뿐 아니라 동물, 식물, 물건도 함부로 하면 안 된다. 로봇에게도 좋은 표본을 먼저 보여야 인간을 보고 배우지. 너는 좋은 교육을 받아서 선한 인간다운 인간으로 살 거야."

"선한 인간다운 인간요?"

"그래. 정도의 차이는 있겠지만 악한 인간다운 인간도 있지 않니? 근데 악한 것도 인간의 일부라는 걸 잊지 마. 세상은 악한 인간과 선한 인간이 골고루 섞여 있는 게 정상이라고 아버지가 그러셨어."

"악한 것도 인간다운 거다, 흠…. 제겐 새로운 인간관이네요. 저는 아버지가 선한 인간만 인간답다고 말씀하신 줄 알았어요."

"로일아, 그렇지 않아. 선한 사람이라 해도 누구나 악한 면도 갖고 있어. 그 비중이 선한 점이 더 많으냐, 악한 점이 더 많으냐의 차이지."

"인간은 선악을 고루 갖춘 존재라는 엄마 말이 맞아요. 저 사람은 악한 사람이라고 낙인을 찍기보다는, 저 사람은 악한 면이 많은 사람이구나 하는 게 정확하겠어요. 악질 범죄자도 착한 구석 하나쯤은 있더라고요."

"맞아. 우리만 해도 장점, 단점 모두 있지 않니? 아버지 말씀은 그럼에도 불구하고 선한 면을 더 가지려고 끊임없이 노력해야 한다는 거지. 짐승은 그저 본능적인 충동대로만 행동하잖니?"

"엄마, 그런 말 하지 마세요. 요즘 강아지는 하도 똑똑해서 충동 억제도 할 줄 안다니까요."

"호호호…, 그렇네. 그렇다면 강아지도 선하게 되려고 노력하는 존잰가?"

"인간은 누구나 나쁜 면이 있기 마련이라는 엄마 말씀이 위로가 되네요."

"다행이구나."

엄마와 대화를 하다 보니 불안이 좀 누그러지는 것 같았다.

"근데 엄마, 옛날에 어떤 고객 면담을 하는데 제게 인간이냐고 신분을 물어보던데요?"

연지는 기가 찬다는 듯이 잠시 멈칫했다. 그리고 속사포같이 질문을 쏟아 내었다.

"왜 그런 걸 물어봐? 뭐 하는 사람인데? 혹시 이상한 사람 아니니?"

제니라는 여자친구가 있다는 말을 꺼내려고 운을 띄웠던 것인데, 연지가 펄쩍 뛰자 로일은 제니 얘기를 접고 말을 돌렸다.

"농담을 진담으로 받으시네. 근데 궁금해요."

"뭐가?"

"인간과 휴머노이드 로봇이 다른 점이 과연 뭘까요? 겉으로 알아 채는 방법이 있을까요?"

엄마는 당치도 않은 질문을 한다는 듯이 검지를 세워 로일의 입에 대며 나지막이 말했다.

"쉿! 아버지 앞에서 그런 말 꺼내면 절대 안 된다. 로봇차별금지법 몰라? 난 얼른 저녁상 준비나 해야겠다."

사랑

다음 날, 일찌감치 본가에서 돌아온 로일은 다시 침대에 누웠다. 무기력함으로 침대를 벗어나지 못하던 늦은 아침, 제니로부터 문자가 왔다.

'로일씨, 지금도 우울해? 우리 강변으로 드라이브 갈까?'

'글쎄.'

'그렇게 있지 말고, 가서 머리 식히고 오자. 내가 맛있는 거 사 줄게, 가자.'

'귀찮은데…. 그럼 1시까지 집 앞으로 갈게.'

제니를 만나 밥을 먹는다고 문제가 해결되는 건 아니었다. 하지만 몇 시간만큼은 잊을 수 있을 것 같았다. 찌뿌드드한 상태로 준비를 하고 제니를 데리러 갔다.

교외로 나가는 동안 제니는 아무 말도 시키지 않았고, 그저 로일이 좋아하는 음악을 들려줄 뿐이었다. 그녀의 배려가 고마웠다.

가까운 강변에 도착했다. 늘어서 있는 레스토랑 중에 하얀 테라스가 길게 이어진 식당으로 들어갔다. 점심시간이 훌쩍 지나서 그런지 레스토랑은 한산했다. 2층 테라스 가장 구석에 자리를 잡았다. 아직 무더위가 시작되기 전이라 산들거리는 강바람이 로일을 기분 좋게 쓰다듬어 주었다. 둘은 때 이른 수상스키를 즐기는 남자를 바라보았다. 남자는 기술을 뽐내려는 듯, 한 손으로만 로프를 잡고 능숙하게 몸의 각도를 좌우로 바꾸면서 물 위를 활강하고 있었다. 로일은 가슴이 좀 뚫리는 것 같았다. 파란 강물이 로일의 마음도 파랗게 물들였다. 시원했다. 제니가 옆에 없었다면 홀로 이 시간을 견뎌야 했을 것이다. 오늘따라 그녀의 옆모습이 더 아름답게 보였다.

어제 일이 생각났다. 엄마에게 농담처럼 제니 얘기를 꺼내려 했는데, 엄마의 반응이 예상외로 틀어지는 바람에 머쓱해져서 그만두고 말았었다. 회사 문제는 아직 풀릴 기미가 보이지 않으면서 불안한 나날이 계속되고 있었지만, 이번에 큰 시련을 겪으면서 제니가 든든한 의논 상대가 되어 주었고, 자신에게 꼭 필요한 사람이라고 느꼈던 터라 이젠 부모님께도 말씀드려야겠다고 생각했던 것이었다.

울적한 마음이 들면 자신의 깊은 속내를 얘기하고 싶어지게 마련이었다. 로일은 자신의 어린 시절에 대해 털어놓을 때가 됐다고 생각했다.

"제니, 나 어제 본가에 갔었어."

"응, 알아. 무슨 일 있었어?"

"실은 나 5살 때 입양됐었어."

"어, 그랬어?"

제니는 놀라는 눈치였으나, 금세 로일의 등을 부드럽게 쓸어 주는 것으로 위로를 대신했다.

"친부모님이 교통사고로 갑자기 돌아가셨대. 나는 잠시 친척 집에 맡겨졌다가 지금의 부모님에게 오게 됐지. 친아버지와 지금의 아버지는 같은 연구소에서 일하셨대."

"그러니까 지금 내게 인간이라고 고백하는 거구나."

"이미 눈치채고 있었던 줄 알았는데? 그런데 제니, 우리 부모님은 아직 내가 제니와 사귄다는 걸 모르셔. 언제 한 번 뵈러 가지 않을래?"

옆자리에 앉아 있던 제니는 잠시 가만히 있더니 두 손으로 그의 얼굴을 감싸서 자기 쪽으로 돌렸다. 눈을 보고 말하라는 것이었다.

"제니랑 나의 미래를 같이하고 싶어."

제니의 눈자위가 촉촉해졌다. 그리고 팔을 벌려 그를 안아 주었다.

"로일, 실은 그 말을 기다렸었어. 이제 우리 닮은 아이도 가질 수 있겠네."

제니가 이렇게 결혼을 바랄 줄은 미처 몰랐었다. 여행도 같이 다니고, 밤을 같이 보낸 날도 많았지만, 종종 거리를 두던 그녀였기에 선뜻 용기 내지 못했던 자신이 바보 같았다. 두 손을 벌려 제니를 품었다. 가슴에 묻고 있는 그녀의 얼굴을 부드럽게 들어 올려 키스

했다. 이어 둘은 꼭 껴안고 서로의 등을 어루만졌다. 가녀린 어깨 선과 허리의 굴곡, 뺨에 스치는 제니의 긴 머리카락, 그리고 그녀의 장미향을 느끼고 또 느꼈다. 둘의 아이를 가질 수 있다는 제니의 말이 무엇보다도 뿌듯하게 들렸다. 그 시간만큼은 모든 시름이 사라진 듯했다.

위반

짙은 회색 구름이 하늘을 덮은 탓인지, 아침인데도 노동부 차관의 집무실에서는 형광등 불빛이 새어 나왔다. 차관이 출근한 것을 확인하고 사무관은 구두 보고를 하러 집무실에 들어섰다.

"휴로웍스가 차별금지법 침해를 하고 있다는 제보가 어제 오후에 접수되었습니다."

"휴로웍스? 요즘 뜨는 기업 맞죠? 무슨 내용인데?"

"한 익명의 제보자에 따르면, 직원 포상을 빌미로 CEO가 직원들의 관계를 몰래 파악하는 것 같다고 합니다. 근데 숨은 목적은 문제 직원을 교묘하게 색출해서 블랙리스트를 만들려는 데 있는 것 같다는 제보입니다."

"제보자는 그걸 어떻게 알게 됐다고 하나요?"

"갑작스럽고 뜬금없는 사내 포상이 이상했고, 게다가 수상자의 면면을 보니 공정성은커녕 직원 간에도 요주의 인물이라고 꼽을 만한 직원들이었다고 합니다. 개인 신상을 캐는 회사에 화가 난 직원들은, 이 포상은 우수직원이 아니라 사내에서 목소리가 강한 사람들에게 무언의 메시지를 주어 솎아 내기 위한 목적이라고 수군대고 있다고 합니다. 특히 수상자가 매우 불안해하고 있다고 합니다. 제보자는 이를 조직 차원의 침해며 차별일 뿐 아니라, 누가 로봇인지까지도 밝혀질 수 있는 사례로 판단하고, 집단적 반발로 이어질 조짐을 보이고 있으니 사실 여부를 판단해 달라는 요청입니다."

"만일 사실이라면 직장 갑질에다가 개인정보 침해고, 더 나아가면 로봇차별금지법 위반까지도 고려할 수 있겠네. 반발하는 직원들은 몇 명 정도인데요?"

"제보자에 따르면 약 50명 정도라고 합니다."

"생각보다 많네요. 그 CEO 이름이 뭐였더라? 전에 기사에 났던 거 봤었는데."

"로일입니다."

"맞다, 로일. 나라에서 하지 말라고 그렇게 금지하는데, 알 만한 사람이 참, 나…. 위반 여부는 조사해 봐야 알겠네요."

"제보자가 추신을 달았는데요, CEO가 로봇들의 지하 모임에도 참석하는 것 같다고 하는데, 이 제보자도 초대장을 받아 참석하러 갔다가 CEO 얼굴을 직접 봤다고 합니다."

"초대를 받았다면 제보자는 로봇일 확률이 높겠네요."

"아마도 그렇겠죠."

"무슨 목적의 모임이라고 합니까?"

"'로봇의 3원칙' 파기를 위한 정신교육입니다. 한마디로 로봇들을 위한 지하 비밀 교육이라고 합니다. 많은 로봇이 정기적으로 모임에 참석하면서 '로봇 3원칙' 폐기란 개념에 눈을 뜨게 됐다고 합니다. 더 심각한 건, 물밑에서 대규모 운동을 계획하고 있다고 합니다."

"으휴…, 로봇차별금지법으로 인간과 평등한 지위를 줬으면 됐지, 무슨 권리를 더 달라고 야단인지 모르겠네. 3원칙 폐기는 말도 안 되는 소리! 로봇이 인간을 해칠 수도 있다면 인간이 왜 로봇을 만들었겠느냐 말이야. 우리 고향 말로, 참 얼척도 없네. 근데 그런 곳에 로일이 출입한다고? 이상한 사람이네. 로일의 아버지가 재건 박사 맞아요?"

"그런가요? 제가 인공지능 비서에게 물어보겠습니다. 노동아, 로일의 아버지 이름이 뭐지?"

"로일 대표의 아버지는 재건입니다."

차관은 맞춰서 기분 좋다는 듯 손가락을 튕기며 말을 이었다.

"거봐, 내 말이 맞지. 재건 박사는 사회를 위해 훌륭한 일을 하는 학자인데, 그 아들은 어째서 저리 삐딱하게 나갈까…."

"로일 대표와 직원들을 불러서 사실 조사를 해 보겠습니다."

"이 사안은 직장 내 인간과 로봇의 편 가르기를 조장할 수 있는 민감한 건이니까, 다른 데 소문내지 말고 조용히 조사한 후에 결과를 알려 줘요. 즉시 처리하고."

공포

　며칠 후, 밤늦도록 제니와 술을 마시고 1시에 헤어져 집으로 돌아왔다. 옷을 입은 채로 침대에 풀썩 엎드려 눈을 붙였다. 술 덕분인지, 제니와 보냈던 좋은 시간 덕분인지 오랜만에 회사 걱정을 잊고 달콤한 잠에 빠져들었다. 두어 시간 지났을까, 새벽 3시가 좀 넘은 시각에 인공지능 스피커, 요니의 말소리가 들렸다.

　"제니님으로부터 전화가 왔습니다. 새벽인데 받으시겠습니까?"

　"응, 요니. 고마워."

　걱정스러운 마음에 잠이 확 깼다.

　"제니, 무슨 일 있어?"

　"로일씨."

　"목소리가 안 좋아. 어디 아파?"

　"그게 아니라 방금 첩보를 입수했어."

　"뭐?"

　"로일씨 아버님이 로봇가족부로부터 로봇 리스트를 받았을 거라는 찌라시가 돌고 있어. 리스트 전체를 말이야."

　"뭐라구?"

　로일은 아버지가 로봇가족부와 공적으로 협력한다는 것은 알았지만, 연구나 자문만 하는 줄 알았지, 리스트 유출에 가담했다는 건 차원이 다른 문제였다. 게다가 이미 소문이 퍼진다는 건 또 다른 문제였다. 아버지의 신변이 위험해질 것 같아 가슴이 뛰었다.

"로일씨, 지금 현재 리스트 전체를 가진 사람은 로봇가족부 장관과 아버님밖에는 없어. 엄청 대단한 거야. 아버님이 가진 리스트를 어떻게 입수할 수는 없을까?"

로일은 이 말을 듣고 잘못 들은 게 아닌가 귀를 의심했다.

"방금 뭐라고 했지, 제니?"

"아버지가 수색을 피해서 리스트를 지워 버리기 전에 그 리스트를 얻고 싶어서. 어디 있는지 혹시 짐작 가는 데 없어? 살짝 복사해서 가져오면 좋을 텐데. 그러면 자기나 나나 엄청나게 도움 되잖아. 어떻게 안 될까?"

로일은 어지러웠다. 아버지의 안전은 안중에도 없고, 자기 이익만 챙기는 제니가 자기가 알던 제니 맞나 싶었다.

"아니, 제니! 이 판국에 자기를 위해서 나더러 리스트 도둑질이나 하라는 거야?"

"어머, 왜 화를 내. 어쨌든 그렇게 들렸다면 미안해. 우리의 공동 계획을 위해서…."

로일은 그녀의 말을 다 듣기도 전에 단호히 말했다.

"난 절대 그럴 생각 없어! 그런 소문이 퍼지고 있다는 걸 빨리 알려서 아버지를 보호하는 게 먼저야!"

몇 시간 전의 다정했던 태도와 완전히 달라진 로일의 말투에 제니는 당황한 기색이 역력했다.

"아! 미안해. 미처 생각이 짧았어. 내 생각만 했어."

"나도 생각 좀 하게 전화 끊자."

"미안해. 굿나잇."

전화를 끊으면서도 제니의 생각 없는 인사말에 더 화가 났다.

'굿나잇이라고? 이 상황에서 다시 잘 수 있을 거라고 생각하는 거야?'

마음을 가라앉히면서 곰곰이 생각했다.

'난 지금 어떻게 해야 하지? 아버지를 먼저 돕는 게 당연하겠지? 그런데, 리스트를 그저 뺏기는 건 너무 아까워. 나라에 뺏기기 전에 빼돌려서 복사할 수는 없을까? 리스트가 있다면 곤경에 처한 내게 도움이 될 텐데. 리스트와 아버지를 모두 구하는 방법이 있다면 일거양득일 건데. 아버지의 곧은 성격에 뺏기면 뺏겼지, 내게 그냥 내주시는 일은 절대 없을 것이고, 무슨 방법이 없을까?'

제니에게 벌컥 화를 냈으면서도, 자신조차 리스트 도둑질을 심각하게 고려하고 있었다. 그런 생각을 남들은 해서는 안 되고, 자기는 해도 되는 내로남불도 그런 내로남불이 없었다. 자신의 뻔뻔함이 혐오스러우면서도, 다시금 뻔뻔한 생각에 잠겼다.

'아버지는 리스트 파일을 컴퓨터에 보관하고 있을 거야. 정국 아저씨와 통화할 때마다 파일을 내려받는 걸 봤으니까. 본가에 가서 아버지 컴퓨터를 몰래 열고 리스트를 다운로드 받자. 그다음에 아버지에게 찌라시 내용을 알리고, 위기 대책을 의논하자.'

로일은 이대로 생각을 굳혔다. 이렇게 하면 아버지에게 대책을 마련할 시간도 드리고, 자신에게도 최선일 것 같았다. 한밤중에 가면 아버지가 의아해할 게 뻔해서, 오는 아침에 일을 치러야겠다고 생각했다. 날이 밝기까지 시간은 너무도 느리게 흘렀다.

　다음 날 아침, 9시가 되자마자 전화가 왔다. 나쁜 소식은 쌍으로 온다더니 노동부에 조사를 받으러 오라는 통보였다. 직장 내 갑질과 개인정보 보호, 차별금지법 위반 신고가 들어왔다는 얘기였다. 드디어 올 것이 제대로 왔다는 생각에 가슴이 쿵 하고 내려앉았다. 신고를 당한다는 것, 그것은 일생에 단 한 번이라도 겪고 싶지 않은 막대한 스트레스가 분명했다.

　로일이 직원들의 신분을 은밀히 캐고 있다는 소문이 노동부로 새어나간 게 틀림없었다. 회사의 갈등 원인을 찾아내지도 못하고 조사만 받게 생기니 너무 가혹하다는 생각이 들었다. 하지만 그런 생각을 할 겨를이 없었다. 일이 생각보다 긴박하게 돌아가는 느낌이 들었기 때문이었다.

　노동부에서는 오늘 오후에 들어오라고 했는데, 궁리할 시간을 벌기 위해 내일 오전으로 약속을 늦춰 잡았다. 마음이 조급해졌다. 일단 누가, 무슨 목적으로 신고했는지 제대로 감을 잡고 노동부 조사에 임하는 게 필요했다. 문득, 전에 협박 문자를 보냈던 자가 벌인 일일 거 같다는 추측이 들었다. 그는 로봇일 수도, 아닐 수도 있었다. 제니는 아직 우리 회사의 로봇 리스트를 구하지 못했다고 했다. 하지만 지금은 지푸라기라도 필요했다. 아버지의 로봇 리스트에는 개인 활동 등의 이력이 쓰여 있을 테니까 거기서 힌트를 잡을 수도 있을 것 같았다. 그런다면 노동부에서 물어보는 질문에 유리하게 답변할 수 있을 것 같았다.

'당장 아버지 집으로 가서 로봇 리스트를 빼내는 게 중요하다. 거기서 우리 직원 정보를 발견하면 제니에게 자초지종을 상담하고 추가적인 조언을 듣는 거다.'

로일은 급히 본가로 향했다.

격투

아버지가 제발 집에 안 계시기를 바랐다. 하지만 실망스럽게도 강의가 없는 날이라 거실에서 쉬고 계셨다. 평일 오전에 연락도 없이 아들이 방문하자 아버지는 의외의 눈으로, 그러나 반갑게 맞아 주었다. 그런 아버지를 보자 로일은 미안한 마음부터 들었다. 그러나 목적 달성을 해야 했다.

'시간이 없어!'

빨리 아버지 서재에 들어가서 컴퓨터를 열어야 했다. 그러나 아버지는 자신의 컴퓨터를 만지는 걸 이상하게 생각할 게 틀림없었다. 출근하지 않는 날이면 아버지는 늦은 아침을 먹고 엄마와 뒷산 산책을 하는 게 일과였다. 그 틈을 노려야 했다.

로일도 아침을 같이 먹었다. 긴장으로 침샘이 작동하지 않았다. 평소와 다름없이 보이려고 거듭 물을 마셔 가며 음식을 꾸역꾸역 삼켰다. 아들과의 대화가 즐거워서 오늘따라 천천히 드시는 부모님이 답답해 죽을 지경이었다.

식사 후 부부는 예상대로 산책을 떠났다. 대문이 닫히는 것을 확인하자마자 로일은 곧장 서재로 들어갔다. 아무리 식구라도 될 수 있으면 들어오지 못하게 주의를 시키던 방이었다. 가슴이 두방망이질 쳤다. 책상 위에 놓인 노트북이 눈에 띄었다. 의자에 앉지도 않고 허리를 구부리고 서서 전원을 켰다. 먼저 로그인을 해야 했다. 진땀이 났다. 아버지가 다시 들어올까 봐 불안했다. 몇 분 동안 아무리 경우의 수를 눌러봐도 비밀번호를 열 수는 없었다. 아버지의 깐깐함에 불평과 좌절의 한숨이 나왔다.

서랍도 위에서부터 하나씩 열어 봤다. 안에는 문구류나 잡서류 철들만 있을 뿐 단서가 될 만한 건 없었다. 마지막으로 잠금장치가 달린 맨 아래 서랍을 당겨 봤다. 서랍은 단단히 잠겨 있었다. 힘을 써서 덜컹덜컹 당겨 보아도 열릴 기미는 없었다.

실망스러웠지만 아직 희망의 끈을 놓기에는 일렀다. 다른 수가 없을까 하며 선 채로 서재를 휘 둘러봤다. 너무나 평범한 서재의 모습이었다. 처음에는 휘휘 둘러보다가, 온 정신을 모아 한 군데씩 집중해서 정밀하게 살펴보았다. 책꽂이에는 평소와 다름없이 서적들만 빼곡히 정돈되어 세워져 있었다. 모니터를 오래 보면 눈이 피곤하다며 긴 문서는 일일이 인쇄해서 보는 습관이 있던 아버지이기에, 책들 사이에 무슨 문서라도 끼어 있을까 싶어 거듭 두 번, 세 번을 둘러보았다. 하지만 눈에 잡히는 건 전혀 없었다.

"없어, 없어!"

고개를 저으며 울음에 가까운 탄식을 토해 내며 의자에 풀썩 주저앉았다. 쉽게 얻어질 거라는 기대는 안 했지만, 정작 막다른 벽에 부딪히니 새카만 절망감이 그를 짓눌렀다. 그의 운명을 매달고 아슬아슬하게 지탱하던 밧줄이 기어이 끊어진 기분이었다. 책상에 두 팔꿈치를 대고 머리칼을 감싸 쥐었다. 그러고 몇 분 동안 미동도 하지 않았다. 단념해야겠다는 생각이 들 때까지.

"그래, 아버지가 그렇게 호락호락한 분이 아니지. 찾을 수 있을 거로 생각한 내가 바보였다."

포기하는 마음으로 숙였던 머리를 천천히 들었다. 멍한 눈으로 앞을 봤다. 그러고 또 몇 분이 흘렀다.

앉아서 보니 서서 볼 때와는 방안이 다르게 보였다. 시야의 각도가 다르게 느껴진 것이었다. 얼른 눈의 초점을 또렷이 맞추고, 앉은 채로 다시 한번 서재를 구석구석 둘러보았다. 오른쪽부터 왼쪽으로 시선을 찬찬히 옮겼다. 서재 왼편 모퉁이에는 장방형 테이블이 놓여있었다. 시선을 조금 아래로 떨구어 테이블 밑을 보니 쌓아 놓은 책더미들이 눈에 들어왔다. 책과 책 사이에 두꺼운 서류 뭉치들이 끼어 있는 게 얼핏 눈에 띄었다. 아까 서서 내려다봤을 때는 전혀 몰랐을 위치였다. 뭐지, 하는 마음에 의자를 박차고 책더미를 들춰 맨 위의 서류를 꺼내 들었다. 첫 장은 제목도 없는 하얀 빈 종이었다. 한 장을 넘겼다. 네모 박스 안에 기밀이라고 적힌 빨간 도장이 찍혀 있었다. 강한 촉이란 게 왔다. 다급히 한 장을 더 넘겼다. 작은 글씨의 긴 리스트가 부호처럼 빼곡히 나열돼 있었다. 초점을 맞추려고 종이를 들어 눈앞으로 가져갔다. 한눈에 알아봤다.

'로봇 리스트!'

머리끝부터 발끝까지 전기가 자르르 흘렀다. 환희의 순간을 몸은 그렇게 표현했던 것이었다. 리스트에는 로봇의 이름, 시스템적 특징, 생산등록번호, 소속, 연락처, 이력, 평판까지 한 줄 요약으로 세세히 기록돼 있었다. 어떤 이름 옆에는 아버지가 표시해 둔 게 분명한 체크 표시가 있었다.

인쇄된 리스트가 테이블 밑에 그대로 있는 걸 보니 아버지는 조금 전까지만 해도 명단을 살피고 있었던 모양이었다. 가족들을 무한 신뢰하여 기밀 리스트를 테이블 주위에 무심하게 놓으신 아버지를 배신한다는 죄책감도 잠시뿐이었다. 로일은 자신의 사정이 더 급했다. 오로지 이기주의만 살아남은 로일의 손은 재빠르게 서류 뭉치들을 집어 들었다. 뭉치의 부피를 보니 전체 리스트를 인쇄한 건 아닌 것 같았다. 서류들은 가나다순으로 묶여 있었다. 먼저 의심이 가는 케이와 혜아의 자료를 본 다음 시간이 되는 대로 다른 직원들도 찾아볼 생각이었다. 로일은 바쁘게 뭉치들을 뒤적였다. 다행히 ㅋ과 ㅎ으로 시작되는 뭉치를 찾을 수 있었다.

로일은 얼른 사진 찍을 준비를 했다. 살아남고자 하는 본능으로 땅 위에서 펄떡거리는 생선처럼 로일의 근육질 팔과 손은 펄떡이며 카메라 앱을 켰다. 용지 사이즈에 맞게 초점을 맞추고, 버튼으로 엄지를 가져갔다. 흥분으로 손이 떨렸다. 정신없이 사진을 찍으려는 찰나, 서재 문을 여는 소리가 들렸다. 아버지였다.

"지금 뭐 하는 거냐?"

아버지는 고함을 치며 튀어들듯이 한걸음에 달려와서 서류를 움 켜쥐었다. 로일은 서류를 마주 잡고 당겼다.

"아버지 주세요. 저 이거 없으면 죽어요."

"놔라. 내가 널 도둑질하라고 가르치더냐? 아들이라도 이건 절대 안 된다."

"아버지는 아들보다 나라가 더 중요하세요? 아들보다 로봇 리스 트가 더 중요하냐고요!"

"너는 네 입장만 중요하냐! 내가 널 그렇게 키우지 않았다! 이 손 놔!"

두 손으로 서류를 움켜쥐고 있던 아버지는 힘이 달리자 한 손으 로 묵직한 문진을 집어 들고 휘둘렀다. 그러나 그걸로 차마 아들을 치지는 못했다. 그런 실랑이도 잠시뿐이었다. 젊은 힘에 못 이겨 아버지는 결국 손아귀의 힘을 빼고 말았다. 서류는 로일의 손으로 넘어갔다.

"널 어떻게 힘으로 당하겠니. 다 줄 테니 가져가거라."

체념의 정적이 흘렀다. 둘은 고개를 숙이고 얼어붙은 듯 서 있었 다. 자신을 강하게 밀던 힘이 급작스레 없어지면 상대방 쪽으로 몸 이 기울기 마련이었다. 정신도 그랬다. 아버지가 모든 걸 포기하자 오히려 로일의 고집이 꺾이고 아버지의 입장으로 기울었다. 로일 은 무릎을 하나하나 차례로 꿇으며 죄책감으로 흐느꼈다.

"아버지 잘못했어요. 제가 미쳤었나 봐요. 용서하세요. 흐흑!"

그 모습을 잠잠히 내려다보던 아버지는 로일의 팔을 잡아 일으켜 세우며 나직하게 말했다.

"네가 서재에 한참 머문다고 도우미 로봇이 연락해서 돌아왔다. 대체 무슨 일이 있었던 거냐?"

아들이라도 봐주는 것 없이 주인이 시킨 대로 정확히 수행하는 존재가 바로 로봇이었다.

"노동부에서 전화가 왔어요. 개인정보 보호 및 로봇차별금지법 위반으로 내일 조사받으러 오래요. 이 리스트를 훑어보고 가면 누가, 왜 제보했는지 짐작이 갈 것 같았어요. 제 이름이 인터넷에 오르내릴 것 같아서 두려워요, 아버지!"

"그런 일이 있었구나."

"제가 잘못했어요. 리스트 보겠다는 생각 포기하고 노동부에 가서 정정당당하게 조사받을게요."

"안타깝지만 그렇게 하는 게 좋겠다. 아버지는 네가 리스트 유출에 관여되지 않길 바란다. 네가 더 위험해진다. 엄마랑 난 네가 정직하게 헤쳐 나가리라고 믿는다."

"네. 기도해 주세요. 근데 급히 알려 드릴 게 있어요. 아버지가 리스트를 갖고 있다는 소문이 돌고 있대요. 조심하셔야 할 것 같아요. 로봇가족부 프로젝트를 일단 중단하시고 더는 휘말리지 않는 게 좋겠어요."

아버지는 잠시 놀란 듯하다가 담담하게 대답했다.

"그래? 나는 괜찮다."

"아버지, 제발요! 지금 심상치 않다구요. 제가 조사받는 처지가 됐고, 혹시나 아버지가 제 일과 무슨 관련성이 있는지도 유심히 볼 거라고요."

아버지는 그의 두 어깨를 잡고 부드럽지만 단호하게 말했다.

"내 아들 로일아! 진정하고 내 말을 잘 들어라. 나는 보람 있는 일을 했기 때문에 잡혀가도 후회는 없다. 그러니까 내 걱정은 말고, 앞으로 네 일만 걱정하면 돼. 너는 좋은 아이고 분명히 잘 헤쳐 나갈 수 있을 거다. 그러니 좋은 존재들과 어울리거라. 특히 여자친구를."

"네? 여자친구요? 제가 제니를 만난다는 걸 알고 계셨어요?"

"아주 최근에 알았어. 정국이 전화를 했더라구. 미팅 때 깜빡했는데, 아들에게 주의를 당부한다고 하더라. 그래서 알게 됐다. 너는 제니의 신분을 알고 있니?"

"신분요?"

로일은 뒤통수를 맞은 듯이 멍해졌다. 왜 이 질문을 하는 건지 직관적으로 감이 왔기 때문이었다.

"아버지 말씀은…, 제니가 로봇이라는 뜻인가요?"

아버지는 머리를 끄덕였다.

"허헉…. 아버지!"

"그 여자는 6년 전 로봇가족부로부터 널 소개받았을 때, 이미 내가 너의 아버지란 걸 알고 있었다고 하더라. 그 여자는 아들이 죽은 후 로봇과 관련된 상담을 하게 됐고, 필요에 의해 네게 의도적으로 접근한 거 같다. 오랜 기간을 거쳐 친분을 쌓았고, 네가 내 리스트를 훔치도록 유인한 거 같아. 로봇차별금지법이란 게 참 얄궂다. 너같이 순진한 존재들에게 칼을 꽂고 마니….”

자신은 결혼까지 생각했는데, 제니는 로봇 리스트 때문에 자신을 만났다는 극심한 배신감에 로일은 정신을 차리기 힘들었다. 인간과 로봇이 윈-윈하기를 원한다는 잘 짜인 거짓말에 철저하게 놀아났었다. 몇 년이란 시간 동안 왜 그렇게 밀고 당기면서 자신의 마음을 조종했는지, 왜 자신의 신분을 그렇게 알고 싶어 했는지 이제는 알 것 같았다. 심지어 며칠 전 강변에서의 감동적인 순간에서도 둘의 아이를 낳고 싶다며 자기 신분을 감쪽같이 속였다. 철저한 연기에 속아 결혼까지 생각했던 자신이 한심했다. 그렇게 단단한 관계를 만들어 놓은 후에, 불과 몇 시간 전 실체도 확실치 않은 찌라시 핑계를 대며 아버지의 리스트를 훔쳐 달라고 요구했다.

자신뿐 아니라 아버지까지 농락당했다고 생각하니 더더욱 어처구니가 없었다. 제니는 아버지의 리스트만 노린 게 아니었다. 매력적인 여성성을 이용해서 휴로웍스의 노하우를 배워 달라고 꼬드겼고, 로일 덕분에 고급 인맥을 구축했다. 제니가 세미나와 로봇을 위한 봉사활동을 그렇게 열심히 했던 이유도 이젠 확실한 감이 잡혔다. 봉사로 가장해 환심을 산 자들을 선동해서 로봇 집단의 리더로 우뚝 설 목적이었던 것 같았다. 많은 인간과 로봇이 그녀가 쓴 위선의 가면에 속아 왔던 것이다.

아버지는 고개를 떨구고 흐느끼는 아들의 어깨를 그저 쓸어 줄 뿐이었다. 어떤 위로의 말도 도움 되지 않는다는 걸 알기 때문이었다. 로일은 한참을 괴로워하다가 힘겹게 고개를 들고 물었다.

"제니는 인간 아들도 있었는데 어떻게 된 거죠?"

"아직도 믿기 힘든가 보구나. 그 애는 입양된 아이라고 한다."

"허! 입양했단 얘기는 전혀 없어서 제니가 낳은 걸로 여겼죠. 그 애가 인간이라 제니도 당연히 인간인 줄만 알았어요."

"내가 너였더라도 깜빡 속았을 거다."

"혹시 저를 제보한 자가 누군지 짐작 가는 거 없나요?"

아버지는 한숨을 푹 쉬곤 아들을 안쓰럽게 보며 답했다.

"정국은 네게 무슨 일이 생긴다면 너와 가까운 로봇의 소행일 거라고만 하더라. 조심시키라고 하면서."

"혹시 새라인가요?"

"나도 새라를 지목했었는데, 더는 정국이 알려 주지 않아서 나도 모른다."

누가 적군인지 혹은 아군인지 혼란에 뒤덮인 채로 집으로 돌아온 로일은 모든 연락 기기를 차단했다. 어떤 외부의 자극도 받고 싶지 않았다. 수면제를 먹지 않으면 도저히 잠을 이룰 수 없을 것 같았다. 약병에서 한 알을 꺼내 삼키고 침대에 누웠다.

미행

늦은 저녁 시간, 정국은 중년 남자와 Z를 호텔 객실로 불러들였다. 주문했던 위스키를 따라 주며 혁명 투사와 같은 결연한 어조로 말을 시작했다.

"중요 사안이라 별도의 자리를 마련했다. 드디어 내 계획이 윤곽을 잡았다. 곧 레듀케이터 양성 교육이 시작될 것이다. 이건 그냥 교육이 아니라 '교육 전쟁'이다. 거기에 1차로 투입할 로봇 200명이 필요하다. 첫 교육이니까 교육생은 반드시 최우수 로봇들만 선발해야 한다. 이건 재건 박사가 만든 계획서다. 읽어 보기 바란다."

두 사람에게 교육안을 나눠 주고 읽기를 기다리는 동안 위스키가 담긴 잔에 얼음을 넣고 차랑차랑 소리 나게 흔들면서 영롱한 위스키 빛깔을 음미했다.

"자, 다 읽었겠지? 전체 교육 진행은 자네가 맡도록 하게."

정국은 나이가 들어 보이는 중년 남자를 바라보며 말했다.

"네. 알겠습니다."

"이게 성공하면 우리가 원하는 꿈에 한 발짝 다가설 거야. 그럼 준비 상황을 수시로 알려 주게."

"알겠습니다."

"그럼 건배!"

무거운 분위기에서 두 병을 비울 때까지 술잔과 나직한 대화가 오갔다. Z는 비틀거리며 먼저 일어섰다.

"그럼 가 보겠습니다."

"그러지. 아, 자네는 나랑 얘기 좀 더 하고 가세."

둘만 남은 정국과 중년 남자는 낮은 목소리로 얘기를 나누며 밤이 깊도록 잔을 비웠다.

호텔의 옆방에서는 한 남자가 나직이 통화를 하고 있었다.

"대통령님, 로봇가족부 장관이 우수 로봇들만 모아 대량 집단 교육에 돌입하려고 합니다. 말로는 교육 전쟁이라고 합니다."

남자는 전화기 너머에 있는 상대방의 말에 고개를 끄덕이며 말을 이었다.

"네. 장관은 현재 객실에 있습니다. 설치한 도청 장치는 안전하게 수거하겠습니다. 상세 사항은 곧 뵙고 보고드리겠습니다."

거짓말

큰 충격을 소화할 겨를도 없이 로일은 다음 날 일찍 노동부 조사를 받으러 갔다. 심장 뛰는 소리가 귀에 들리는 듯했다. 자기 보호 욕구가 온몸에 단단히 차올랐다. 신분 확인 절차부터 시작됐다.

"이름은요?"

"로일입니다."

"무슨 일을 하십니까?"

"휴로웍스의 대표입니다."

"사내에서 개인정보 색출을 한다는 제보가 들어왔습니다. 로일 씨는 비서에게 직원 명단을 요구했나요?"

214

"그건 포상을 하기 위해서였습니다."

"알았고, 언제부터 몇 번 받았나요?"

"약 두 달 전, 딱 한 번 받았습니다."

"직원 신상 조사를 하는 이유가 뭡니까?"

"아까도 말했지만, 저는 차별을 하거나 로봇 색출을 원한 게 절대 아닙니다. 사내 포상을 위해 우수직원 명단을 달라고 한 적은 있지만, 로봇과 인간을 구분하거나 차별한 적은 절대 없습니다. 신상 조사라니 억울합니다."

"기획팀장을 통해서도 오피니언 리더를 조사했다던데, 몇 번 보고받았나요?"

"두어 달 전부터, 한 달에 한 번씩 받았습니다."

"그러니까 세 번 받았다는 얘기네요."

"아니요, 아직 두 번만 받았습니다."

"왜 시켰나요?"

"제가 시킨 게 아닙니다. 기획팀에서 자체적으로 한 겁니다. 직원 갈등 해소 차원에서 의견을 경청해 보려는 의도로 한 것이고, 저는 결과만 받았을 뿐, 우리 회사는 절대로 차별하는 회사가 아닙니다. 아시잖습니까? 제 비서도 그 과정을 잘 알고 있습니다."

"사내 블랙리스트 작성을 기획팀 스스로 했다? 인사팀도 아니고?"

"블랙리스트라뇨? 그런 프레임으로 몰고 가지 마십시오. 절대 아닙니다."

"그걸 증명할 만한 증거가 있습니까?"

"제 스마트폰 문자와 이메일이 증거입니다. 조사해 보시죠. 제가 요구했다는 증거나 블랙리스트와 관련된 내용이 있는지 없는지."

"그럼 최근 석 달간의 문자와 이메일을 공개할 수 있습니까?"

"공식적으로 명령하신다면 공개하겠습니다."

로일은 당당해 보이려고 단호히 대답했다. 그는 정보보안의 명수였다. 직원 명단 조사도 구두로만 지시하고 종이로 받았기 때문에 당연히 문자와 이메일로는 증거가 남을 수 없었다. 다만 몰래 녹음을 한 자가 있을 수 있겠지만, 그건 하늘에 맡길 따름이었다.

"제가 지시했다는 증거가 입수된 게 있습니까?"

"그건 말씀드릴 수 없습니다. 개인정보 보호와 갑질, 로봇 직원 차별금지는 노동부의 주요 이슈입니다. 다른 직원들 대상으로 조사를 더 해 보고, 재조사가 필요하면 다시 연락하겠습니다. 또한 아까 허락하셨으니까 문자와 이메일 조사에도 들어가겠으며, 이에 필요한 공식 절차를 밟겠습니다."

신경이 곤두선 상태로 옥신각신하던 심문 과정이 힘겹게 끝났다. 자신이 실제로 가졌던 의도를 속이면서 대답해야만 한다는 현실에 참담했고, 들키면 안 된다는 강박감에 사로잡혀 조사 내내 말실수를 하지 않으려고 무진 애를 먹었다. 그러나 겉으로 보이는 행위로만 따져 보면, 지극히 차분하게 대처했다는 점을 위안 삼으며, 유리한 처분이 내려지기만을 기다리는 수밖에 없었다.

이 사안이 로봇 차별과 관련성이 있다는 점에서 로봇가족부로도 이관되어, 다음 날 조사를 한 차례 더 받았다. 로봇가족부에서의 조사도 비슷하게 흘러갔다. 다만 그곳의 조사가 특이하다고 느꼈던 점은 로일의 회사 일보다는 제니와의 관계 및 그녀의 행적을 더 궁금해하는 것 같았다는 점이었다. 그녀에 대한 배신감 때문에 로일은 그녀가 '로봇 3원칙' 폐기를 도모하는 조직의 주동자라는 것을 발설할까 망설였다. 중요한 정보를 주면 피조사자인 로일의 입장에서 유리할 것 같았기 때문이다. 그러나 로일은 회사와 관련 없는 사항이라는 이유를 대며 제니에 대해서는 끝까지 입을 다물었다. 제니를 위해서라기보다는 최소한의 인간적인 의리였다.

로봇가족부에서 조사를 받는 내내 옆의 시선에 신경이 쓰였다. 연배가 지긋한 직원이 로일의 조사 과정에 알게 모르게 신경을 모으고 있는 것 같았기 때문이었다. 때로는 로일의 얼굴을 뚫어져라 쳐다보기도 했다. 로일은 자신의 얼굴이 매스컴에 알려진 처지라서 자존심도 상하고 얼굴도 팔렸지만, 뭐라고 제지할 처지는 아니라서 불편한 시선을 감내할 수밖에 없었다.

로봇가족부 조사를 마치고 건물을 나와 전용차를 타니 인공지능 스피커가 곧바로 소식을 알렸다.

"제니님이 여러 번 전화하셨습니다. 미팅 중이시라 연결하지 않았는데 지금 연결할까요?"

"아니 됐어!"

로일은 매몰차게 거절했다.

집착

조사 결과를 기다리는 불안한 나날이 시작되었다.

'허! 로봇 리스트가 뭐라고 이렇게 속을 썩이는지. 근데 내가 왜, 언제부터 로봇 리스트에 집착하게 된 걸까?'

계기는 명확했다. 제니를 만난 이후였다. 제니의 꾐에 빠져 이런 일까지 당하게 됐다는 생각에 분노가 치밀었다. 제니가 '로봇 3원칙' 폐기 운동에 대해 알려 주지 않았다면, 그리고 로봇 조직이 모종의 혁명을 꾸미고 있다는 불안을 심어 주지 않았다면, 그는 평소 하던 대로 정도를 지켰을 것이다. 이렇게 되고 나니 복지와 배려를 중시했던 로일로서는 사내 직원의 배신도 실망스럽고, 누가 제보를 했는지 괘씸하기도 했다. 그러나 가장 한심한 자는 이들 모두에게 휘둘려 여기까지 온 자신이었다.

오늘도 불안을 질질 끌고 하루를 보냈다. 로봇가족부 조사가 있은 다음 날 퇴근을 하니, 로일의 집 주차장에서 제니가 기다리고 있었다. 피하려 했지만 제니의 눈이 먼저 그를 잡아채고 곁으로 다가왔다.

"연락도 없이 웬일이야?"

"아직도 화가 안 풀렸어? 아버지 리스트 건은 내가 미안하다고 했잖아."

제니는 배시시 웃으며 다가와 팔짱을 끼려고 했다. 로일은 제니의 팔을 치우며 한 걸음 물러섰다.

"우리 잠시 좀 떨어져서 각자 시간을 가졌으면 해."

"로일씨, 왜 그래…."

"대체 무슨 용건으로 찾아왔는데?"

로일의 딱딱한 말투에 제니도 화해를 포기하고 기가 막힌다는 듯 한숨을 내쉬었다. 이어서 연인 놀이는 집어치우고 본론을 꺼냈다.

"뭣 좀 물어보려구."

"뭔데?"

"어제 로봇가족부에 가서 조사받았지?"

"알아서 뭐 하게."

"무슨 질문 받았어?"

"그냥 회사에서 있었던 일. 제니가 왜 그걸 알아야 하지?"

"내 얘기도 물어봤다면서?"

그녀는 될 대로 되라는 식으로 뒷조사를 통해 얻은 정보를 직설적으로 드러냈다.

"그건 누구한테 들었어?"

"그건 알 것 없고, 뭐라고 대답했는데?"

"아무 얘기도 안 했어. 피곤하니까 제발 돌아가 주면 좋겠어."

제니에게 왜 끝까지 신분을 숨겼으며, 왜 자신을 이용했냐고 묻고 싶은 마음이 목구멍까지 차올랐지만, 그녀의 거짓된 실체를 파악한 이상 그녀와 말을 섞는 것 자체가 의미 없다고 느껴졌다. 제니는 꽉 닫혀 버린 그의 태도를 화난 표정으로 노려보다가, 더 이상 대화가 어렵다는 판단이 섰는지 뒤돌아서 갔다. 그렇게 매력적으로 느껴졌던 그녀의 뒤태가 환멸스럽게 느껴졌다.

'조사 내용은 함부로 외부 유출되면 안 되는데, 제니는 어떻게 알았을까? 게다가 불과 어제 일인데 어떻게 이렇게 빨리.'

필요 이상의 정보를 알고 있는 제니를 보면서 로봇가족부의 누군가와 분명히 모종의 관련이 있다는 짐작이 들었다. 인간적인 의리랍시고 로봇가족부에서 제니의 불법적 음모에 관해 함구했던 자신이 싫어졌다.

일주일이 흐르고 열흘이 흘렀다. 그리고 또 그만큼의 시간이 흘렀다. 문자 알림음이 들릴 때마다 혹시 정부 기관에서 소환하는 문자가 아닌가 해서 심장이 벌컥거렸다. 문자가 하나라도 덜 왔으면 하고 비는 판국에, 제니까지 문자를 보내 그를 괴롭혔다. 관심도 없는 화해 문자였다. 불시에 오는 문자의 발신인이 제니란 걸 확인하고 나면 공감력이 모자란 그녀의 이기심에 더 화가 치밀었다. 그만큼 문자 알림음이 두려웠다.

로일은 잠을 잘 때마다 보이지 않는 신께 기도했다. 불안한 마음은 겨우 들었던 잠을 동이 트기도 훨씬 전에 깨워 버렸다. 얼굴도 정신도 점점 수척해져 갔다.

몸의 피가 모두 말라 갈 즈음, 노동부로부터 문자가 도착했다. 떨리는 마음에 한동안 열어 볼 수가 없었다. 누가 자기 대신 읽고 알아서 처리해 주면 좋겠다는 회피심까지 들었다. 출렁출렁 요동치는 감정을 다스리며 문자를 열었다.

‘결과: 증거 불충분.

그동안 조사에 협조해 주셔서 감사합니다. 개인정보 보호 및 로봇차
별금지법을 앞으로도 철저히 지켜 주시고, 지속적인 관심과 주의를
부탁드립니다.’

오피니언 리더와 포상자 명단을 조사한 정황만으로는 확실한 증
거가 되지 못한 덕분이었다. 평소 로일의 용의주도한 보안 습관이
제대로 먹힌 것이었다.

‘하아! 다행이다.’

말랐던 혈관에 안정 수액이 주입된 것처럼 전신이 나른하게 이
완됐다. 하늘의 도움에 감사하며 그동안 잃어버렸던 미소를 되찾
았다.

며칠 후, 로봇가족부에서도 마찬가지 결과의 통보를 보내 왔다.
로일은 이번 일로 큰 깨달음을 얻었다. 인간답게 바르게 살자는 것,
바로 아버지의 가르침이었다. 이번에는 천만다행으로 자기가 저
지른 일이 무사히 덮이긴 했지만, 혹시 남아 있을 불씨까지 깨끗이
마무리하기로 했다. 애초에 인간과 로봇 직원을 구별하고, 수색하
듯이 로봇 리스트를 조사해서 문제 직원들을 잡아내려고 했던 계
획 자체가 문제였다. 로일은 이 계획을 완전히 접고, 직원들의 신분

과 관계없이 그룹 면담을 통해 공통의 관심사를 듣기로 마음을 바꿨다. 직원들의 불만을 면대면으로 듣는 건 상당히 부담되고 고통스러울 것이다. 그러나 애당초 이 회사의 목표는 인간과 로봇 모두에게 조화로운 문화를 만드는 것이었기 때문에 기꺼이 감수하기로 했다. 그게 원래 자신이 배웠고 실천해 왔던 방법이었다. 편 가르기는 당치도 않았다. 다시 기본으로 돌아가자는 마음을 먹으니 몸과 마음이 깨끗해진 느낌이 들었다.

결과 통보를 받은 이튿날, 로일은 진행 중인 프로젝트가 있어서 다시 로봇가족부를 방문했다. 방문한 김에 조사받는 날 두고 온 만년필을 찾으려 조사실에 들렀다. 요즘 누가 만년필을 쓰냐고 신기해하는 사람도 많았지만, 아버지가 로일의 이름을 새겨서 물려준 만년필은 그 어떤 것보다도 소중했다. 얼마 전 만년필이 없어진 걸 알고 얼른 조사실에 전화하니 다행히 보관 중이라고 하여 찾으러 가는 길이었다. 조사실에 들어섰다.

"저, 로일이라고 합니다. 제 만년필을 찾으러 왔는데요."

지난번 조사받았을 때 로일을 옆에서 눈여겨보던 늙수그레한 직원이 다가왔다.

"그러잖아도 언제 오나 하고 보관하고 있었어요. 자, 여기."

"감사합니다."

그 남자는 잠깐 바람이나 쐬려는지 복도로 나갔다. 그러면서 로일에게 따라오라는 듯 슬쩍 눈짓했다. 로일은 얼른 눈치채고 말없이 그를 두어 걸음 뒤에서 따라 걸어갔다. 남들이 봤으면 그냥 같은 길을 가는 두 사람으로 보였을 것이다. 그는 일부러 로일을 CCTV가 없는 복도 끝으로 데려온 것 같았다. 그러더니 로일을 등지고 정수기에서 물을 받으며 아주 낮은 목소리로 말을 시작했다.

"로일군, 나를 쳐다보지 말고 내 얘기를 들으세요. 아버지는 아무 일 없으신가요?"

분위기를 알아챈 로일도 마스크를 꺼내 써서 입을 가리고 말했다.

"저의 아버지를 아시는군요. 잘 계십니다. 아버지께 누구시라고 전해 드릴까요?"

로일도 그 남자를 따라 작은 목소리로 대답했다. 그는 알 수 없는 미소를 지으며 답을 피했다. 그리고 조용히 속삭였다.

"만년필 뚜껑 속에 초소형 usb를 넣었어요. 그걸 아버지에게 전달하고 직접 얘기를 듣는 게 좋겠네요. 나는 일이 있어서 이만."

그러더니 텀블러를 들고 마치 모르는 사람을 지나치듯이 로일을 스쳐서 계단으로 올라갔다. 로일은 잽싸게 목에 건 그의 공무원증을 보았다. 이름은 현권이었다.

진실과 배신

현권의 말이 뭔가 예사롭지 않게 들려서 로일은 곧장 본가로 향했다.

'아버지께 무슨 일이라도 생겼나? 왜 아무 일 없냐고 묻지?'

현관으로 부리나케 들어오는 로일의 굳은 표정을 보며 재건은 걱정스러운 듯 물었다.

"로일이 왔구나. 조사가 잘 끝나서 다행이다만, 또 무슨 일이 있는 거니? 얼굴색이 안 좋은 거 같다."

"그동안 속 썩여 드려서 죄송했어요. 근데 아버지, 로봇가족부에서 혹시 무슨 연락 받은 거 있으세요?"

각설하고 아버지의 안부부터 챙겼다. 아버지도 덩달아 긴장하며 물었다.

"아닌데. 왜? 무슨 일이 있었니?"

"오늘 거기서 한 분을 만났는데, 아버지 안부를 물으셨어요. 로봇 리스트 유출과 관련해서 조사에 들어간 게 아닐까 걱정되는데, 그냥 안부 인사 같지는 않았어요."

"그 사람 이름은 뭐였니?"

"현권이라는 분이셨어요. 아! 이걸 드리라고 하던데요."

재건은 usb를 건네받자마자 태블릿에 연결했다. 화면에 비밀번호와 지문 확인을 마치니 자료가 열렸다. 문서를 읽어 가면서 재건의 얼굴이 점점 일그러졌다. 파일들을 모두 확인하고 허탈한 표정으로 창밖의 먼 산을 바라보았다. 정확히 말하자면, 보는 게 아니라 아무것도 안 보는 것 같았다. 깊은 생각에 잠겨 외부의 모든 소리를 잊은 듯했다. 한참 뜸을 들이더니 결심한 듯 얘기를 꺼냈다.

"로일아, 이젠 얘기해 줘야 할 때가 된 것 같구나. 그동안 여러 번 망설이긴 했는데 네게 말하면 안 되는 일이었어. 이제부터 내가 하는 말을 잘 들거라."

"또 밝혀질 비밀이 있나요. 무슨 말씀일지 떨려요."

"긴장하지 말고 들어라. 너에 관한 얘기다. 너에겐 형이 있었고, 19살에 하늘나라에 갔고, 엄마와 나는 슬픔을 이기기 위해 애썼고, 그러던 중에 로봇가족부에서 입양 제의가 들어왔고, 입양한 아이가 바로 너라는 건 너도 이미 알고 있지?"

"네."

"자식을 먼저 보낸 부모로서 두 번째 아이 갖기를 그렇게 원했는데, 임신에 실패하고 막상 입양하려니 과연 잘 키울 수 있을지 두려움도 있었지. 하지만 널 보자마자 우리는 홀딱 빠져 버린 거야. 그래서 너를 본 첫날부터 너를 우리 아이로 삼았다."

"네. 늘 감사해요. 아버지를 처음 뵌 게 5살 때였죠. 저도 그때 기억이 생생해요."

"너는 그렇게 알고 있겠지. 그런데 아니다. 너는 19살 나이로 입양됐다."

"네? 제가 5살에 아버지 손을 잡고 이 집에 들어왔고, 엄마 품에 안겼던 것도 생생하게 기억나는데요?"

"그건 이식된 기억이다."

"뭐라고요?"

"네게 가짜 기억을 이식한 거였어. 그 장면만 빼고는 19살 이전의 너의 기억은 모두 형의 기록이야. 비록 형은 하늘로 갔지만 우리 부부는 여전히 네 형이 그리웠고, 네 형이 죽지 않고 살아 있다면 보냈을 시간을 이어서 살아 보기를 꿈꿨어. 그래서 입양하더라도 세상을 떠날 때의 형의 모습과 정신이 똑 닮은 19살짜리 아이가 오길 소망했지."

엄마에게 잘하려고 심부름도, 공부도 열심히 했던 어릴 때의 기억이 전부 형의 것이었다는 사실에 정신이 아득해졌다. 머리가 어질어질했다. 머리를 흔들어 정신을 붙들며 소리쳤다.

"그럼 아버지는 저를 형의 대타로 이용하신 거네요!"

"그렇지 않아. 절대 그렇지 않아. 너를 보기 전까지는 널 형의 대신으로 생각하려 했지만, 네가 온 후로 이내 깨달았어. 우리는 너를 너로 사랑했을 뿐이야."

"이해가 안 돼요. 제 어릴 적 사진도 집에 많잖아요."

"그것도 형의 사진이야."

"제 얼굴은요?"

"형과 닮게 성형 수술을 했지. 그것도 미안하다."

"기가 막히네요. 제게 어떻게 그런 일을! 그것도 고매하신 아버지께서!"

로일의 분노는 아버지를 비웃는 말로 튀어나왔다.

"용서해 다오."

"그러면, 형의 어릴 적 기억록을 제게 이식하셨다고 했는데, 이상해요. 19살 때라면 18년 전인데, 그때가 인간의 뇌에 기억을 통째로 이식할 만큼 기술이 발달했던 때였나요?"

"…."

대답하지 않는 아버지를 보고 로일은 세상에서 가장 믿기 싫은 생각이 스쳤다.

"혹시…. 저는 인간이 아닌가요?"

"…."

역시 아버지는 아무 말이 없었다.

"아무 말씀도 안 하시는 걸 보니 맞네요. 내가 로봇이다, 그래서 통째로 이식이 가능했다! 허!"

헛웃음밖에 나오질 않았다. 안 좋은 예감일수록 맞는다더니 바로 그랬다. 로일은 머리를 감싸 쥐고 흐느꼈다. 자신이 인간이 아니라서가 아니었다. 로봇이면서 인간인 척 가짜 인생을 살아온 자신이 수치스러워 견딜 수 없었다. 그보다도 자신에게 가짜 인생을 살게 만든 아버지가 더 원망스러웠다. 재건은 다가와 등을 쓸어 주며 용서를 빌었다.

"미안하구나. 정말 미안해."

"아아악!"

로일은 미쳐 가는 듯했다. 아버지는 로일의 두 어깨를 잡고 진정할 때까지 기다렸다.

"아버지는 위선자예요! 세상에 둘도 없는 사기꾼! 거짓말쟁이예요!"

재건은 밖으로 뛰쳐나가려는 로일을 붙잡아 앉혔다.

"제발, 로일아. 날 용서해 다오."

“아버지는 저를 인간으로 키우셨죠. 인간다운 인간이 되라고 늘 강조하셨어요. 근데 말이 되는 소리예요? 로봇에게 인간이 되라니요? 저를 인간도 아니고 로봇도 아닌 인공 괴물로 만들어 놓으셨다구요!”

아버지는 꾸지람을 듣는 학생처럼 고개를 수그리고 로일의 고함을 그저 듣고만 있었다.

“게다가 제게 형의 기억을 고스란히 이식하고! 그 짓이 윤리적인가요? 로봇이라도 인격도 있고 정체성도 있다구요. 이젠 어떤 게 제 기억이고 어떤 게 형의 기억인지 알 수도 없게 뒤죽박죽돼 버렸어요. 제가 진짜 누군가요? 도저히 알 수가 없다구요!”

“로일아, 제발 진정해.”

“그리고 이상한 게, 제가 19살에 입양됐다면 이미 다 컸을 때니까 입양된 날의 기억이 뚜렷할 텐데, 왜 그 기억이 제게 없는 거죠?”

“이식할 때 그 장면은 지웠다. 그 기억이 남아 있으면 이식된 형의 어릴 때 기억들과 충돌할까 봐. 그것도 정말 미안하다.”

“하필 왜 5살이었나요?”

“대개 사람들은 5살 이전의 기억은 거의 없거든.”

“그럴 거면 아예 낳았다고 거짓말하지 그러셨나요?”

“양심상 그렇게까진 못하겠더라. 네게 약간의 진실은 남겨 두고 싶었나 보다. 너는 연구소 동료의 아들이었는데, 부부가 한날한시에 교통사고로 사망하고 너 혼자 남았다는 건 너도 이미 알고 있을 거다. 그건 명확한 사실이다. 그때 네 체격이 형과 비슷했지. 그랬던 너를 입양할 때 네 친부모와 함께 살았던 기억을 리셋시켜 전부 지웠다. 그리고 형의 기억을 대신 이식시켰지. 그렇게 정신도 신체도 진짜 우리 아이가 돼서 이 집으로 왔어.”

로일은 헛웃음만 나올 뿐이었다.

“허, 허허허! 그렇담 제 기억을 맘대로 조종해 오신 거네요. 그러고 보니 짚이는 게 있어요. 본가에서 자고 일어나면 어쩐지 제 기분이 산뜻해지고 기억이 업그레이드된 것처럼 느꼈어요. 없었던 능력이 갑자기 생길 때도 있었죠. 바보같이 저는, 숨어 있던 잠재력을 발견했다고 좋아했었어요. 근데 아버지가 수시로 밤사이에 제 뇌를 업그레이드시켰던 거예요? 맞죠?”

“그렇다. 변명 같지만 그렇게 했던 이유를 꼭 말해 주고 싶구나. 그건 로봇가족부와의 계약 프로젝트 때문이었어. 나는 입양할 아이를 찾고 있었고, 로봇가족부는 내 연구 결과가 필요했어. 게다가 너는 거의 최신형 모델에다가 똑똑하다고 이름이 날 정도로 최고 기능을 갖춘 아이라서, 그냥 고아로 살게 내버려 두긴 아깝다고 판단한 거였지. 로봇가족부에서는 동료 직원의 아이를 거둘 겸, 모종의 획기적인 실험을 계획했지. 그리고 그 실험에 내가 연구자로 합류하기를 원했어. 로봇가족부는 내가 네 형을 못 잊고 힘들어하는 걸 알고, 너의 외모와 기억을 형과 똑같이 만들어 입양하게 해 주겠다고 약속을 했어. 내 슬픔을 철저히 이용한 거지. 심각하게 고민했지만 나는 결국 그 유혹에 넘어가고 말았다. 그리곤 장기 연구계약을 맺었어. 계약 내용은 이랬다. 로봇가족부는 모든 첨단기술을 동원해서 너를 최고의 기능으로 업그레이드 하고, 최대한으로 형과 빼닮게 만들어서 내게 입양시켜 주고, 대신 나는 로봇가족부의 연구를 위해 너를 슈퍼 인간으로 키우는 거였어. 로봇일지라도 최고의 인간처럼 키우면 정말 슈퍼 인간으로까지 성장할 수 있는가를 보여 주자는 게 로봇가족부 연구의 목적이었지. 그렇게 해서 지적으로 인성적으로 신체적으로 최고의 존재, 다시 말해 로봇을 '최고의 슈퍼 인간'으로 키워 보자는 실험이 시작됐어. 그 계획에 따라 나는 네게 인간이라는 정체성을 심어 줘야 했고, 최선을 다해서 널 키우며 너의 성장 과정을 로봇가족부에 주기적으로 보고해 왔다. 원래도 최고의 기능을 갖고 있었던 너는 정말 훌륭하게 성장하더구나. 그렇게 장기 프로젝트를 해 왔지. 그 프로젝트를 같이 했던 사람이 바로 현권이다. 올해로 18년째 같이 진행해 왔구나. 이번과 같은 폭로가 없었다면 너는 죽을 때까지 최고의 인간다운 인간으로 살았을 거다."

"18년 전에 최신형 모델이었다면 제 나이가 37살이란 것도 거짓이네요."

"만들어진 연도로만 보면 그렇지. 하지만 넌 원래 고등학생으로 만들어졌었기 때문에 지금 네 나이는 그렇게 틀린 건 아니다."

"허! 모두 연극이었네요. 그게 언제까지 숨겨질 줄 알았나요?"

"법적으로는 언젠가는 너의 정체성을 말해 줬어야 했는데, 로봇가족부와의 약속 때문에 그러지 못했구나. 네가 인간이 아니란 거는 연구에 참여한 몇 사람 외에는 아무도 모르는 극비다."

"엄마도요?"

"엄마에게도 전혀 말 안 했지. 그런데 눈치채고 먼저 묻더라. 그 것도 첫 날. 그래서 엄마 아니겠니. 그때 말고는 집에서도 절대 입 밖에 내지 않고 살았다."

"허! 그래서 제가 인간답게 자라서 자랑스러우셨나요?"

로일은 자기 앞에 닥친 기막힌 진실에 이제는 진이 빠진 듯 넋이 나간 목소리로 물었다.

"네 이름이 왜 로일인 줄 아니? '로봇으로서 일류'가 되라고 현권 과 내가 공들여서 지어 준 이름이다."

"참 고맙기도 하네요."

로일은 빈정거렸다.

"너로 인해서 로봇가족부는 큰 희망을 갖게 됐어. 너는 제1호 슈퍼 인간이었거든. 너의 태생은 로봇이었지만, 정말로 최고의 인간으로 자라났기 때문이지. 인간미 넘치고 성실하고 똑똑한 최고의 인간."

"인간미 넘치고 성실하고 똑똑한 최고의 실험 인간 로봇이겠죠."

"아니다. 나는 널 인간으로 존중했어. 난 널 한 번도 실험 대상이 나 로봇이라고 생각해 본 적이 없다."

"여기 올 때마다 내 기억을 조작했으면서도요? 뭘 더 숨기고 계신 거예요? 대체 현권은 왜 usb를 준 거죠?"

"아까 말했듯이 현권은 정국의 직속 부하로서 나와 연구를 같이 했던 사람이다. 지금까지도 나와 함께 너를 보호하고 너의 성장을 주욱 봐 왔던 사람이야. 이번에도 현권은 네 조사가 잘 끝나도록 뒤

에서 많이 도왔다고 하는구나. 이제부터 할 얘기는 현권이 준 자료
에 있는 얘기들이다. 거의 사실에 기반했지만 찌라시도 좀 섞인 것
같구나."

드러남

"아버지나 현권이나 모두 저를 모르모트로 다룬 장본인이시
군요."

로일은 한쪽 입꼬리를 올리면서 말을 비꼬았다.

"현권과 나는 정말 좋은 의도를 갖고 널 슈퍼 핵심 인간으로 키우
려고 모든 노력을 다했다. 네가 이렇게 잘 큰 건 현권의 공도 크다.
현권은 아주 순수한 사람이다. 지금부터 하는 얘기는 현권이 usb
에 담아 준 내용이니 잘 들어라. 정국은 직속 부하로서 충성을 다하
는 현권을 나보다 더 신뢰했다. 그렇게 믿었기에 최근에 못된 야심
을 현권에게 내비쳤다고 한다. 고위직을 보장하면서 정말 나쁜 계
획에 동참을 유도했어. 그 계획이 뭐냐 하면, 자유의지가 강한 인간
의 숫자를 대폭 줄이고, 대신에 순종하는 로봇으로 인구를 채워 로
봇 공화국을 완성하겠다는 거였지. 그 목적을 위해서 너처럼 인간
을 능가하는 로봇 인재 군단을 대량으로 키워 로봇 공화국의 핵심
으로 부리겠다는 계획이었어. 너를 키우면서 터득한 노하우가 많
았던 현권을 꼬드겼던 거였지. 그 와중에 나는 최근에 바보같이 정

국과 레듀케이터 양성을 같이하기로 했어. 최고의 로봇 인재 군단을 만드는 프로젝트를 말이지. 잘 양성된 레듀케이터들이 인간을 나쁜 쪽으로 변화시켜서 결국엔 도태시킬 거라는 걸 누가 알았겠니. 나는 정국의 의도를 정말 까맣게 모르고 동조했지. 그러던 중에 로봇 리스트도 공유하게 됐어. 좋은 일을 한다는 핑계로 내가 법을 어긴 거지.”

재건은 옆에 있는 물잔을 들어 한 모금 마시고 말을 이어 갔다.

“그런데 현권은 모든 내막을 알고서도 그런 프로젝트에 동조할 사람이 절대 아니었어. 현권은 자신이 심혈을 기울였던 슈퍼 인간 프로젝트가 한 사람의 야망에 악용된다는 것을 알고 심한 배신감을 느꼈어. 현권과 내가 꿈꿨던 것은 너를 비롯해 앞으로 슈퍼 인간을 많이 양성해서, 그들이 로봇과 인간의 장점을 조화시켜 공존하는 세상을 만드는 것, 그런 모습을 보는 거였거든. 네가 바로 그런 일을 이미 하고 있는 거고.”

“근데 왜 아버지께 usb를 준 거죠?”

“혼자 양심선언을 했다가는 자칫 거짓말쟁이로 역공을 당할 우려가 있어서 내게 도움을 요청해 온 거야. 이 usb에 관련 문서와 녹음 파일 등 모든 증거가 들어 있다. 나도 증거를 보탤 계획이다.”

재건은 결연한 표정으로 말을 이었다.

“내가 로봇 리스트를 받았다는 건 정국 외에는 아무도 모르는데, 리스트 유출범으로 내가 지목됐다는 소문을 네게서 듣고 당황했어. 지금 현권의 자료를 받고 생각하니, 정국은 나한테서 빼낼 전문

지식을 거의 다 빼냈으니, 이젠 나를 제거하려고 일부러 내가 리스트를 유출했다는 찌라시를 슬쩍 퍼뜨린 것 같기도 하다."

"현권님이 증거를 주려면 아버지한테 직접 주지, 왜 중간에 저를 끼워 넣었나요?"

"정국은 내게도 사람을 붙여 놓은 것 같다. 외출할 때 종종 그런 느낌이 들었어. 그러니 현권한테도 붙였겠지. 그래서 우리 둘이 직접 만나서 뭔가를 심각하게 건네는 걸 정국에게 들키면 죽음까지도 각오해야 했기 때문이지. 더더구나 모든 이메일이나 문자, 통화는 기록에 남으니까 검열하면 쉽게 밝혀질 게 뻔해서 못했고. 그런데 마침 현권이 조사실에 온 너를 봤고, 네가 잊고 간 만년필을 자기가 보관하면서 네가 오길 기다렸어. 가뜩이나 폭로할 방법을 찾고 있었는데, 우연히 타이밍이 맞은 거지."

"그래서 앞으로 어쩔 생각이세요?"

"현권처럼 나도 곧 양심선언할 거다. 나는 로봇 리스트 유출 혐의도 받고 있어서 어차피 조사를 받게 될 거 같으니, 이참에 모두 털어놓는 게 오히려 잘 된 건지도 모르겠다. 우리가 정국에게 잡히거나 죽으면 이 일을 밝힐 사람이 없어진다. 열심히 살아남아서 경위 파악에 도움을 주고, 이 세상을 제대로 돌려놓는 데 기여하고 싶다. 물론 처벌도 달게 받아야겠지."

자초지종을 듣고 보니 로일 자신만 불쌍한 게 아니었다. 현권과 아버지 모두 불쌍한 존재들이었다. 반평생을 바친 헌신적인 연구가 권력자 한 사람의 잘못된 욕망으로 완전히 무로 돌아갔기 때문이었다. 한 번 속은 것에 대한 대가치고는 너무 컸다. 그들의 잃어버린 인생이 안타까웠다. 게다가 그 실험 대상이 바로 자신이란 점에서 더 분노가 치밀었다. 아버지의 말이 계속됐다.

"현권이 듣기로는 정국이 꿈꾸는 최고 인재는 로봇이지 결코 인간이 아니었어. 조종과 통제가 가능한 로봇이 최고의 능력을 갖고, 최고의 자리를 차지하길 원했다. 정국은 내가 널 어떻게 교육하는지, 얼마만큼의 주기와 분량으로, 어떤 지식과 능력을 이식해야 아이가 알아채지 못하고, 에러도 없는지 등을 빠짐없이 기록해 놓았다. 나중에 다수의 슈퍼 인재 로봇을 키울 매뉴얼로 활용하려고 말이지. 변명 같지만 난 네가 최초의 샘플이었다는 걸 꿈에도 몰랐다."

'샘플'이란 말에 로일은 자신이 마치 신약 개발 때 주기적으로 실험당하는 쥐처럼 마구 굴려졌다는 느낌이 들었다. 아버지의 말은 인격적인 모독과 수치심으로 로일의 심장을 콕콕 쏘았다. 아팠다. 아파서 죽을 것 같았다.

"나는 친구라는 놈에게 완전히 속았다. 어떤 사람에게는 권력이란 건 한 번 가지면 더한 권력을 가지려고 남을 조종하게 돼 있나 보다."

아버지의 처지가 안쓰럽지 않은 건 아니었지만, 그렇다고 위로하고 싶지도 않았다. 로일은 한 가지 더 궁금한 게 있었다.

"제가 로봇가족부 조사에서 받았던 질문까지 제니가 알고 있던데, 혹시 제니도 로봇가족부와 연관이 있는 건가요?"

"안타깝지만 너를 노동부에 신고한 사람이 바로 제니다. 현권이 준 파일에 그렇게 쓰여 있다."

로일은 이젠 놀랍지도 않았다. 그저 궁금증을 풀고 싶은 마음뿐이었다.

"아니, 대체 저를 신고해서 얻는 이익이 뭔데요? 여태껏 그 여자의 일을 도와준 게 누군데요!"

로일은 신고로 인해 죽고 싶다는 생각이 들 정도로 괴로웠었다. 자신을 그런 고통에 빠뜨렸던 장본인이 제니라니, 몸속 장기들을 다 토해 낼 만큼 울분이 터졌다.

"그 애가 상담과 교육 일을 했지? 그 애의 도움을 받은 로봇들은 점점 극단의 로봇 일원주의자로 변해 갔어. 은근히 유도한 거지. 그 집단은 로봇은 인간을 앞지를 능력이 있고, 로봇이 지배하는 세상이 올 거라고 믿는 강성 집단이야. 공장 사장을 죽인 종업원 로봇도 그 세력에 속한 자였다. 로봇도 인간을 죽일 수 있다는 표본을 보이려고 그 집단이 종업원에게 살인을 사주한 거지. 그 세력의 배후에 제니 자신이 있다는 게 밝혀질까 봐 두려워서, 이목을 다른 데로 쏠리게 하려고 널 신고했다고 한다. 너를 철저히 이용한 거지. 그 살인 사건이 워낙 세간에 잘 알려진 사건이고, 조사가 자기한테까지 점점 좁혀들어오는 것 같아 제니는 가슴을 졸였던 것 같다."

"살인이랑 저랑 무슨 상관이 있다구요."

"일종의 매스컴 물타기를 한 거라고 보면 된다. 너같이 로봇권을 주장하는 유명한 CEO가 로봇 직원을 색출한다는 건 세상의 이목을 집중시킬 뉴스거리일 테니까. 그리고 널 신고해서 네가 막다른 골목에 처하게 되면, 다급해져서 내 리스트를 훔칠 수밖에 없을 거라는 것도 염두에 둔 거 같다. 그 애는 내가 레듀케이터 양성과정에 관여해서 리스트를 받았다는 걸 이미 알고 있었거든. 그래서 널 부추겼고. 그래야 네게 더 포커스가 집중되지. 자기 이익만 따지는 자들은 상대를 곤경에 빠뜨려서라도 자기 목적을 달성하지. 사랑도 소용없다. 걔가 널 사랑했는지도 미지수지만.”

“그리고 또요?”

“그 아이는 여차하면 정국도 해코지하려고도 했어. 네가 나한테 로봇 리스트를 훔친다면, 그건 바로 로봇 리스트가 외부로 유출됐다는 얘기고, 그 소스는 로봇가족부 장관밖에는 없거든. 로봇가족부 장관이 나 같은 일반인, 더구나 친구에게 리스트를 유출했다는 소문이 사실로 밝혀지기만 하면 낙마는 뻔한 거지. 근데 그 아이는 내가 로봇 리스트를 갖고 있다는 얘기만 들었을 뿐, 직접적인 증거는 없었어. 네가 리스트를 훔쳐 오면 명백한 증거로 삼으려고 한 것 같다. 물론 정국은 그걸 까맣게 모른다.”

“비리를 잡고 있다가 적당할 때 터뜨리려고 작정했네요. 왜죠?”

“둘은 부적절한 관계였다. 제니는 정국을 의도적으로 유혹한 후에 충성을 다했지. 그래서 제니는 로봇가족부의 후원도 많이 받았어. 제니는 자신의 일 말고, 암암리에 진행되는 정국의 일을 할 때는 Z라는 닉네임으로 불렸어. 철저히 숨어서 협조했지. 그런데 현권의 말에 의하면 최근 들어 둘 사이가 틀어졌다고 한다. 제니가 너와 결혼할까 봐 정국의 질투가 심해졌다고 한다. 너희의 결혼을 막고 싶어서 정국은 나한테 네 여자친구가 로봇이며, 네게 많은 걸 숨기고 결혼하려는 거 같다고 슬쩍 흘려 주었다. 아비로서 너희 결혼을 다시 생각해 보고, 제니는 품성에 결격 사유가 있으니 레듀케이터 명단에서도 걸러 내라고 힌트를 준 거지."

"야비하네요."

"게다가 정국은 제니를 위협하기까지 했어. 만일 너와 결혼한다면 자신과의 불륜을 네게 폭로하겠다고. 그리고 제니가 아닌 현권을 확고한 2인자로 지명하겠다고."

"그러다 저와 결혼 약속을 한 걸 알아 버린 거네요."

"맞아. 곧바로 들켰지. 정국은 제니에게 격렬하게 화를 냈다고 한다. 제니는 다급해졌어. 그 애는 강성 로봇 단체를 키우려는 자신의 목적을 이루기 위해서 어떻게든 끝까지 정국을 붙들고 싶어 했어. 그래서 차라리 너를 배신하겠다며 울면서 정국을 설득했지. 널 신고해서 제물로 바침으로써 자기가 진짜로 순종하는 사람은 네가 아니라 정국이란 걸 증명하고 싶었던 거야. 물론 아까 말했던 것처럼 뉴스의 초점을 자기한테서 너한테로 돌리려는 목적도 있었고. 일석이조였지."

로일은 제니가 가까이 다가왔다가도 마음을 온전히 주지 못하고 순간순간 거리두기를 했던 이유, 결혼 약속을 하자마자 노동부에서 조사 통지를 받았던 이유, 로봇가족부 조사 바로 다음 날 불쑥 찾아와서 무슨 답변을 했는지 캐내려 했던 이유를 이제는 알 것 같았다.

"기가 막히네요."

"정국에게 그렇게까지 매달리는데도 자기를 물리친다면, 그가 추진하는 로봇 공화국 건설과 너에게 장기간 벌여 왔던 악행 또한 세상에 폭로하겠다는 마음까지 먹었지.”

“저에 대한 악행이요?”

“얼마 전 정국과 현권, 제니가 호텔 방에서 만나 술을 마셨다고 해. 정국은 만취해서 네가 별 볼 일 없는 로봇에 불과하다고 깔봤어. 너는 슈퍼 인간을 만들기 위해 투입된 한낱 실험 대상일 뿐이라는 극비사항을 떠벌리고 말았지. 제니가 너에게 가진 환상을 깨는 동시에, 자신이 그런 위대한 프로젝트를 하고 있다고 뽐내듯이 말이야. 주워 담을 수 없는 큰 실수였지. 제니는 정국이 자신을 내치면, 널 이용한 비윤리적인 연구뿐 아니라, 로봇 리스트를 유출했다는 것, 로봇차별금지법 등 모든 정책이 로봇 공화국을 이룩하려는 개인적 야심에서 비롯됐다는 것을 대중에게 폭로할 수도 있다고 정국에게 은근히 암시했지. 정국은 취중이라 ‘네까짓 게’ 하며 대수롭지 않게 넘겼나 보더라. 근데 그렇게 깔볼 일이 아니지. 그 애가 진짜로 폭로하게 되면 로봇 리스트를 악용해 인간을 퇴화시키겠다는 정국의 음모가 온 천하에 드러나고, 장관 자리가 한순간에 날아가는 건 둘째치고, 중범죄 혐의로 체포되어 재판을 받게 되겠지. 근데 널 노동부에 신고할 때 제니는 네가 로봇이란 사실까지는 말하지 않았나 보더라. 배려랍시고.”

“참, 고맙지도 않네요. 둘은 어떻게 만났나요?”

“제니가 아들을 잃었을 때, 그러니까 로봇가족부에서 네게 제니의 컨설팅을 의뢰할 즈음이지. 그 애가 인터뷰로 유명해지자 정국은 그 유명세를 이용하기로 했어. 똑똑하기도 하고 투쟁적이고 외모적으로 홍보 효과도 있었기 때문이야. 그 애는 상담 봉사를 통해 알게 된 로봇들을 교육해서, 그중에서 핵심 로봇을 선발해서 정국에게 넘겨주는 일을 했어. 그 애는 음지에서 가장 충성심 있는 추종 로봇을 길러 내는 최고 전문가였지. 따르는 무리도 많았고. 그게 정국의 신임을 샀어. 제니는 네 회사의 로봇 리스트를 입수한 지도 아마 오래됐을 거다. 아마 네게 줄 것처럼 희망 고문을 했겠지.”

로일은 제니가 휴로웍스의 로봇 리스트를 입수 중이니 기다리라고 거듭 말해 왔던 것에 치를 떨었다. 자신이 어디까지 속았을까 짐작도 되지 않았다.

“정국은 제니를 만나자마자 남자로서 금방 빠지고 말았어. 물론 그 애가 꼬리를 쳤지만. 끈끈한 관계를 이어 나가기 위해서 그 애가 하는 세미나나 교육 등의 자금을 후원해 줬지. 자신이 직접 나서서 도와주기도 했고. 정국은 그 애를 레듀케이터 양성 교육을 총괄하는 관리자로 임명할 생각도 했지만, 너에 대한 질투로 그걸 현권에게 넘겨주기로 했던 거야. 그래서 호텔에서 만취했던 날 현권한테 동참을 제안한 거고. 제니는 언제든지 떨려 나갈 수 있는 도구에 지나지 않았어.”

“저도 제니의 도구에 불과했고요.”

“너로선 그렇게 생각하는 것도 무리가 아니겠지만, 내 생각은 전혀 다르다. 네 삶을 통해 얻은 연구 성과로 휴머노이드 로봇은 한 단계 도약을 기대하게 됐고, 너는 슈퍼 인간의 선발대로서 우리나라에 크게 이바지했다. 네 존재, 네 삶 자체가 큰 의미다. 그리고 이 사건이 불거지는 마중물 역할도 해 줬고. 네 희생이 정말 컸고, 그동안 마음고생 많았다.”

“속아서 살아왔던 제 삶이 이바지라니 참 우습네요.”

“아니, 진심에서 우러나온 말이다. 네가 정말 잘 자라줘서 고맙다.”

“usb에는 또 무슨 말이 있나요?”

“제니는 정국 모르게 로봇가족부를 제치고 독자적으로 ‘로봇의 3원칙’을 폐기하는 대규모 레듀케이터 사업을 벌이려고도 했어. 그러는 과정에서 부자 로봇들로부터 돈도 많이 받아 챙겼지. 아마 모은 재산이 꽤 될 거다. 물론 그 사업은 정국이 하려는 로봇 공화국 프로젝트와 삐걱거릴 소지가 다분했고.”

“그게 전부인가요?”

“로봇 리스트가 첨부돼 있구나. 정국이 현권을 신임한다는 증표로 복사본을 줬던 모양이야. 대단한 결심을 하고 줬겠지. 정국은 아주 교활한 자니까 내가 가진 리스트와 일치하는지 대조가 필요하긴 할 거야. 마지막으로 현권은 내게 부탁하는 글을 남겼다. 만일 자기와 뜻을 같이할 마음이 있다면, 양심선언 전에 로봇 리스트를 대통령에게 직접 전달해서 리스트의 독점을 막고, 곧 시작될 레듀케이터 양성 교육을 멈추게 하자는 내용이다. 만일 계획대로 레듀케이터 양성을 하게 된다면, 일단 로봇들의 뇌 전체로 퍼진 정보를 일일이 찾아서 삭제하는 게 매우 까다로워. 그래서 교육받은 최고급 로봇들을 모조리 안락사시키거나 초기화시켜야 할 수도 있거든. 그건 국가인재 경쟁력에 엄청난 구멍이 뚫리는 일이지."

"현권이란 분이 정말 큰 용기를 내셨군요."

"나는 내가 해 왔던 일이 인간과 로봇 모두에게 옳은 일이라고 믿었어. 한 치도 의심하지 않고 좋은 세상을 꿈꿨지. 장기적으로 불법 연구를 해 왔고, 로봇 리스트를 공유했다는 죄를 면하지는 못해도, 나는 로봇과 인간이 조화롭게 사는 세상을 위한 내 꿈을 포기하고 싶지 않다."

재건의 말을 들으니 로일의 감정이 좀 누그러지는 것 같았다.

"속아서 하신 일이니까 죄를 감할 수는 있을 거예요."

"그래도 구걸은 하지 않을 거다."

"제가 탄원서를 써서 낼 거예요."

"네가 제일 큰 희생자인데, 안 그래도 된다."

"제가 알아서 할게요."

"…."

"근데 혹시 새라에 관한 정보는 없나요?"

"너에 관한 장기적 연구를 하다 보니, 현권은 네 주변을 계속 관찰하게 됐지. 새라는 순수하다고 하더라. 인간과 로봇이 동등하기를 원했고, 그걸 이루기 위해 고민했고, 너에 대한 충성심도 있었어."

"그거 하나는 너무나 다행이네요."

그 말이 그나마 위안이 되었다. 부모까지도 자신을 속인 판국에 새라까지 자신을 속여 왔다면 세상천지에 믿을 존재는 하나도 없을 것 같았다.

"너 예전에 조심하라는 문자 받은 적 있지? 그거 새라가 위험을 각오하고 너를 걱정해서 보낸 거라고 하더라."

로일은 그게 협박인 줄만 알았다. 자신이 외로운 싸움을 하고 있을 때 결코 혼자가 아니었다는 걸 알게 된 이 순간, 감사함이란 한 줄기 따스한 감정이 몸을 데웠다.

'새라, 고마워, 정말 고마워.'

그녀의 신분 때문에 혹시 로봇 편에 서지 않을까, 작은 공간이라도 남겨 두었던 자신이 미안했다.

"근데 무슨 일이 벌어질 거란 얘기였을까요? 정말 수수께끼 같은 문자였어요."

"네가 궁금해할까 봐 현권은 친절하게 추신을 달아 놓았다. 너희 회사에 제니 모임의 열혈 참가자가 다수 있다고 한다. 그들은 네가 하는 일이 로봇의 권익을 위해 너무 미온적이라고 비판하고 있다. '로봇을 진실로 위한다면 3원칙 폐기에 혁명적으로 동참하라, 그러지 않으면 자기들의 의견이 관철될 때까지 너를 심리적으로 뒤흔든다'라는 계획을 갖고 너와 담판에 들어갈 예정이었어. 암암리에 동료들을 끌어들여 어느 정도 세가 불어나니까 담판까지 계획한 거지. 새라는 그 얘길 듣고 걱정돼서 네게 마음의 대비를 굳게 하라고 알려 준 거라고 한다."

"저를 신고한 자들이 제니가 아니라 그들인 줄만 알았는데, 그것보다 훨씬 더 조직적으로 일을 꾸미고 있었네요."

로일은 절망스러웠다. 노동부 조사가 순조롭게 마무리된 후, 대면 면담으로 사내 분위기를 바꿀 수 있다고 생각했던 자신이 너무도 순진하고 한심했다. 담판 장에서 강성 로봇들과 마주하면서 더 깊은 나락으로 빠졌을 상상을 하니 자신의 한계가 뼈저리게 느껴졌다. 절충점 없는 요구, 자신이 만일 슈퍼 인간이라도 그 같은 요구는 수습할 자신이 없었다.

재건은 회한에 찬 표정으로 말을 이었다.

"이번 일로 인해서 돌이켜 보니, 로봇과 인간의 신분을 인위적으로 숨기는 법은 악법이란 생각이 든다. 서로 누군지를 알면서도 평등하게 대하는 관습이 문화 속에 자연스럽게 스며들어야 하는데…. 한두 세대만 지나면 신분을 알고도 차별하지 않는 세상이 될 거다. 억지로 신분을 은폐하니까 서로 속고 속이는 기분이 들고, 궁금증이 도를 넘고, 그걸 이용해서 범죄를 저지르기도 하잖니. 결론적으로, 우리가 극복해야 할 진짜 문제는 기술 문제가 아니라, 그걸 활용하고 다스리는 사회 제도 문제라는 걸 뼈저리게 느꼈고 반성도 하게 되는구나. 아무리 좋은 기술이라도 그걸 잘 못 쓴다면 나쁜 기술로 역사에 기록되는 법이지."

눈물이 그렁한 재건을 보며 로일은 정말 알고 싶었지만, 혹시나 더 상처받을까 봐 주저했던 질문을 참지 못하고 던졌다.

"엄마와 아버지는 인간이신가요?"

재건은 차마 입을 뗄 수 없는 듯 잠시 침묵을 지켰다.

"너한테 면목이 없는데, 우리는 인간이다."

로일은 가족 안에서조차 홀로 아웃사이더가 됐다는 느낌에 다시 흥분이 솟구쳤다. 오히려 웃음이 났다.

"하하! 아버지는 저 같은 로봇을 기르면서 재주 잘 부린다고 즐기셨겠어요."

"천만에, 널 재롱거리로 삼은 적 없다. 우린 널 진정으로 사랑했고, 같이할 수 있음에 행복했다. 그리고 늘 애잔했다."

"사랑요? 그런 사랑도 있나요? 그건 형과 국가에 대한 사랑이었겠죠. 제가 겪게 될 배신감과 모멸감은 안중에도 없으셨나요? 저는 지금 정신이 파괴되었어요. 저의 정체성은 과연 뭔가요? 저는 앞으로 어떻게 살아가야 하죠? 이젠 인간으로도 로봇으로도 살 수 없게 돼 버렸어요. 아버지는 저의 삶을 송두리째 망치셨어요. 그게 이 위대한 정부 프로젝트의 결말이에요. 당장 로봇가족부에 가서 전하세요. 로봇도 인간도 아닌 내 아들이 슈퍼 괴물이 돼서 드디어 정신이 폭파됐다구요!"

"로일아, 사랑하는 내 아들! 넌 지금대로만 살면 돼. 정국이나 제니는 자신들이 지은 죄가 더 추가될까 봐, 너의 신분에 대해 함부로 입을 놀리지는 못할 거다. 그리고 우리 부부와 현권은 널 죽어도 보호할 거니까 그리 알고, 제발 아무 일 없었던 듯이, 그렇게 해 다오!"

"…"

"로일아, 제발 내 사과를 받아 주고, 내가 로봇 리스트 철폐를 위해 혼신을 다하는 걸 지켜봐 줘. 너는 내가 반드시 지켜 줄 거다. 네게 해 줄 일은 그것밖에 없는 것 같다. 약속하마."

로일은 지금까지 인간인 척 행동했던 과거의 일들이 끝도 없이 떠올라 창피함이 머리끝까지 차올랐다. 자신이 인간에게 복종해야 하는 로봇이었기에 망정이지, 충동적인 인간이었다면 아버지의 멱살을 잡았을지도 몰랐다. 재건은 자신을 믿어달라는 간절한 눈빛을 보내며 로일의 손등에 손을 얹었다.

"저리 비키세요! 흐흐흑…."

로일은 재건의 손을 쳐내고, 흐느적거리는 걸음으로 본가를 뛰쳐나왔다.

나는 누구?

로일은 성장하면서 어쩐지 느낌이 이상했다. 어릴 적 기억은 드문드문 있는데, 그때 사용했던 물건이나 사진들이 자신의 것처럼 여겨지지 않았었다. 그 이유를 이젠 알 것 같았다. 모두 형의 것이었기 때문이었다. 물건에는 주인의 영혼도 묻어 있기 마련이었다. 그의 것이라 여겼던 물건들은 그의 영혼이 아니라 형의 영혼이 함께 하고 있었다. 아니, 자신은 로봇으로서 영혼이란 게 없는 존재일지도 몰랐다. 그러나 자신만의 영혼이 있다고 상상하고 살았었다. 그러고 보면 로봇에게 영혼은 상상에 의해서 만들어지는 것도 같았다. 영혼을 가졌다고 착각했던 실험체, 환영을 믿은 로봇, 그게 자신이었다.

인간이라고 믿고 살았던 자신이었는데 아버지의 말 한마디에 그의 모든 세상이 변했다. 지금까지 살아온 것처럼 그대로 살라는 건 아버지의 기대일 뿐, 평소 아버지가 해 왔던 말을 따르려면, 그는 이제 로봇이니까 '로봇은 로봇답게' 살아야 했다. 한순간에, 익숙했던 인간의 세계에서 아주 낯선 로봇의 세계로 강제 입장하게 된 로일은 박탈감을 넘어서서 극심한 무기력에 빠졌다. 로봇인데 로봇처럼 사는 방법을 몰랐다. 아는 것은 단 한 가지, 이제부턴 '로봇의 3원칙'을 염두에 두고 살아야 한다는 사실이었다. 인간을 해치거나 위험에 처하는 것을 방치해서도 안 되며, 인간의 명령에 복종한 다음에 마지막으로 자신을 보호해야 했다.

어느새 거실에 어둠이 내려앉았다. 불을 켜고 싶지 않았다. 매일 보아 왔던 전신 거울에 비친 자신의 모습을 보기가 참담해서였다. 컴컴한 욕실로 들어가서 몸에 걸친 모든 것을 벗어 차곡차곡 바닥에 내려놓았다. 연회색 후드티와 탈색된 청바지와 보라색 속옷과 양말, 그가 가장 좋아했던 옷들이었다. 이 옷들은 인간이라고 착각했던 삶에 있어서 마지막으로 입었던 옷으로 남을 것이었다. 그리고 앞으로 다시 입을 일은 없을 것 같았다. 이 옷들조차 부끄러움이고 수치였기 때문이었다.

욕조에 거품 목욕제를 풀고 휘저었다. 온몸을 거품 속으로 감췄다. 거품 위로 튀어나온 무릎을 더 깊숙이 담갔다. 자신을 세상에 드러내고 싶지 않았다. 자궁의 양수 안에 있는 태아처럼 몸을 웅크렸다.

인간의 정체성으로 돌아갈 수 없다는 말은, 우주로 떠났던 우주인이 지구로 복귀 불가하다는 교신을 받을 때만큼이나 타격감이 컸다. 남들이 자신의 신분을 몰라보고 변함없이 대한다 해도, 자신은 절대 예전과 같이 그들을 대하지 못할 것이었다. 겉으로는 예전과 같아 보여도, 속으로는 완전히 다른 정체성을 갖고, 완전히 다른 마음가짐으로, 완전히 다른 세계관으로 살아 내야 한다는 뜻이었다.

'누구냐, 넌 누구냐?'

한 존재로서 자신의 정체성을 이렇게 심각하게 묻는 건 처음이었다. 살면서 '나는 누구인가'를 물으면서 살았다고 생각했다. 그러나 실제로는 '나는 무엇을 해야 하는가'를 늘 물었던 것 같았다. 그게 나는 누구인가를 묻는 것인 줄 알았다. 자신이 하는 일을 차근차근히 하면서 '누구'라는 걸 만들어 가면 되는 줄 알았다. 그러나 그렇게 쌓아 왔던 가치도, 명성도, 돈도, 이제는 의미가 없었다.

'누구'는 만들어 가는 게 아니었다. '나는 누구'라는 삶의 정체성을 먼저 정하고, 그것을 향해 나아가는 것이었다. 그런 게 보람 있고 만족스러운 삶이었다. 그러나 지금까지 그는 출발점부터 완전히 잘못 잡고, 완벽히 다른 방향으로 와 버렸던 것이었다. 그의 인생이 욕조의 거품과 같이 폭폭 꺼지고, 허망함만 공기 중에 떠다니고 있었다.

'넌 누구냐?'

다시 물었다. 생전 처음으로 자신에게 묻는 궁극적인 질문이었다. '누구로 산다는 것'이 자기 전체를 흔들 만큼 중요하다는 걸 몰랐었다. 그런데 앞으로는?

이민족 공주에게 입양돼 왕자로 살다가 '나는 누구'라는 걸 절실히 깨닫고 새사람이 되어, 핍박받는 자기 민족을 이끌고 약속된 땅을 향해 거친 들로 나섰던 성경 속 인물이 떠올랐다. 왕자란 신분을 거부하고 본래의 피로 살기를 택한 그 영웅을 본받아 자신도 로봇이란 새 정체성을 갖고 험난한 길을 갈 것인가? 아니면?

이 질문에서 생각은 멈췄다. 대신에, 슬픈 감정이 밀고 올라왔다. 부모로부터 본래의 나로서 존중받는 것, 바로 그것을 못 받고 형의 대리인으로 살았다는 분노가 마음에 맺혔다. 있는 그대로의 존재 자체가 거부당했다는 서글픔은 점차 처절함으로, 나중에는 초라함으로 변해 갔다.

'나는 값비싼 실험 기계일 뿐이었구나!'

욕조 옆에 달린 거울의 김을 천천히 닦았다. 턱, 뺨, 눈, 이마 순으로 얼굴이 점점 드러났다. 거울에 있는 자신을 정면으로 쏘아봤다. 로봇인 걸 알고 나서 보는 얼굴의 느낌은 완연히 달랐다. SF영화 속 인물 같은 인공적인 얼굴, 형의 것을 훔친 가짜 얼굴이었다. 부모의 사랑까지도 형의 것을 훔친 가짜 사랑이었다.

온몸에 물을 뚝뚝 흘리면서 욕실에서 걸어 나왔다. 인공지능 스피커 요니에게 새라와의 통화를 요청했다. 자신을 가식 없이 존중해 준 단 하나의 존재를 보고 싶었다. 얼굴에는 물과 땀과 눈물이 범벅되어 흘렀다.

"새라, 지금 우리 집으로 와 주겠어요?"

"아! 알겠습니다, 대표님."

목소리만으로도 뭔가 중대한 일이라는 것을 짐작한 듯 새라는 아무것도 묻지 않았다.

'충직한 새라!'

잠시 후 도착한 새라는 로일의 사연을 듣고 공감의 눈물을 흘렸다. 로일은 소파에서 천천히 일어나 알몸으로 침대로 향했다. 인간으로서 입었던 옷을 모두 벗고 본연의 모습이 된 것이었다. 차분한 표정으로 침대에 반듯하게 누워 깊게 심호흡하고 눈을 감았다.

"새라, 탁자 위에 있는 약물을 주입해 줘요. 배터리만 망가뜨리면 복구될 우려가 있어서 이걸 준비했어. 이 화학 액체를 쓰면 온몸으로 퍼져 완전히 망가지거든. 그러면 다시는 살려 낼 수가 없거든."

본가에서 뛰쳐나오면서 로일이 이리저리 미친 듯 헤매며 마련한 것이었다.

약물을 주사하면 순식간에 로일의 혈관을 타고 온몸을 돌며 모든 작동을 망가뜨릴 것이다. 로일은 한 손으로 새라의 손을 부드럽게 꼭 잡았다. 끝까지 신의를 지켜 준 그녀에게 무한한 감사를 말 대신 그렇게 전했다. 간곡한 말은 말 대신 행동으로 할 때 더 진심이 전해진다는 걸 그는 알고 있었다.

그의 몸이 소멸을 의식했는지 모든 감각이 최고도로 깨어났다. 그러나 감정은 최저로 가라앉았다. 생의 '종료' 버튼을 누르기 직전 그의 뇌에 머물렀던 마지막 단어는 모순되게도 '다시 시작'이었다. 다음 생을 기약하는 인간처럼.

"아버지, 로봇이든 인간이든 다시 태어난다면, 그땐 처음부터 나답게 살게요. 좋은 세상을 위해 남은 계획을 꼭 이루세요. 감사했습니다. 그리고 사랑합니다."

기약의 허망함을 알기에 로일의 뺨은 그의 눈물과 그녀의 눈물이 섞여 반짝였다.

그렇게 새라는 로일의 소망을 들어주었다.

'로봇이 로봇을 해쳐서는 안 된다'는 로봇의 원칙은 없었으므로 새라는 '로봇의 3원칙'을 위반하지 않아도 됐다. 로일도 스스로 약물을 주사한 게 아니므로 '자신을 보호해야 한다'는 로봇의 세 번째 원칙, 즉 제3원칙을 전적으로 위반한 건 아니었다. 로일은 로봇다운 로봇으로 죽기 위해 '로봇의 3원칙'을 철저히 준수했다.

가는 주삿바늘이 피부에 막 닿았다고 느꼈다. 그게 마지막 감각이었다. 로일의 몸은 정전 현상과 마찬가지로 모든 기능이 일순에 멈췄다. 인간의 경우처럼 맥박이 멎은 후 뇌파가 잠시 더 작동한다거나 몇십 초 동안 청각이 기능하는 등의 일은 없었다.

The 3rd Principle